Raymond Queneau

Die blauen Blumen

Raymond Queneau

Die blauen Blumen

Aus dem Französischen von Eugen Helmlé

Verlag Klaus Wagenbach Berlin

Die Originalausgabe erschien 1965 unter dem Titel *Les Fleurs Bleues* bei Gallimard in Paris.

Wagenbachs Taschenbuch 423

© 2001 für diese Ausgabe: Verlag Klaus Wagenbach, Emser Straße 40/41, 10719 Berlin. Umschlaggestaltung Groothuis & Consorten unter Verwendung eines Fotos von Tony Stone. Autorenfoto von Marc Foucault. Das Karnickel auf Seite 1 zeichnete Horst Rudolph. Gesetzt aus der Palatino von der Offizin Götz Gorissen, Berlin. Gedruckt und gebunden von Pustet, Regensburg. Printed in Germany. Alle Rechte vorbehalten. ISBN 3 8031 2423 9

ὄναρ ἀντί ὀνείρατος
PLATON

1

Am fünfundzwanzigsten September zwölfhundertvierundsechzig erklomm der Herzog von Auge in aller Frühe die Turmspitze seines Geschlosses, um dort mal kurz ein kleines bisserl die historische Lage in Augenschein zu nehmen. Sie war recht verschwommen. Überreste aus der Vergangenheit lagen hier und da noch wrackhaft herum. An den Ufern des nahen Bächleins lagerten zwei Hunnen; nicht weit von ihnen entfernt tauchte ein Gaulois, zu deutsch Gallier genannt, kühn seine Füße in das fließende, kühle Wasser. Am Horizont zeichneten sich die weichen Silhouetten müder Römer, korinthischer Sarazenen, alter Franken, einsamer Alanen ab. Ein paar Normannen tranken Calvados.

Der Herzog von Auge seufzte, betrachtete jedoch weiterhin aufmerksam diese ausgedienten Erscheinungen.

Die Hunnen aßen Tatarbeefsteaks, der Gaulois, zu deutsch Gallier genannt, rauchte eine Gitane, die Römer zeichneten Mäander, die Sarazenen tanzten eine Sarabande, die Franken suchten Kreuzer und die Alanen betrachteten fünf Osseten. Die Normannen tranken Calvados.

– Soviel Geschichte, sagte der Herzog von Auge zum Herzog von Auge, soviel Geschichte für ein paar Kalauer, für ein paar Anachronismen. Ich finde das jämmerlich. Wird das denn nie ein Ende haben?

Fasziniert beobachtete er einige Stunden lang diese Abfälle, die sich dem Verkrümeln widersetzten; dann verließ er ohne äußerlich erkennbare Ursache seinen Beobachtungsstand und ging in die unteren Stockwerke des Geschlosses, wobei er unterwegs seiner Laune nachgab, die aufs Schlagen gerichtet war.

Er schlug seine Frau nicht, weil sie verstorben war, aber er schlug seine Töchter, drei an der Zahl; er schlug Diener, Mägde, Purzelbäume, einen Haken, den Takt, ein Kreuz, Münzen und zum Schluß über die Stränge. Gleich darauf beschloß er, eine kurze Reise zu unternehmen und sich mit kleinem Gefolge, nur von seinem Pagen Mouscaillot begleitet, in die Hauptstadt zu begeben. Unter seinen Zeltern wählte er seinen Lieblingspercheron, Demosthenes mit Namen, weil er, selbst mit dem Maulgatter zwischen den Zähnen, sprach.

– Ach, mein braver Demo, sagte der Herzog von Auge mit klagender Stimme, ich bin sehr traurig und merankolisch.

– Immer noch die Geschichte? fragte Sthenes.

– Sie läßt jede Lustigkeit in mir verkümmern, antwortete der Herzog.

– Mut, Messire! Mut! Schwingt Euch in meinen Sattel und reiten wir spazieren.

– Genau das war meine Absicht und mehr noch gar.

– Was denn?

– Für ein paar Tage verreisen.

– Das freut mich ungemein. Und wohin, Messire, soll ich Euch bringen?

– Weit fort, ja weit! Hier speist die Blume nur den Kot.

– … die blaue, ich weiß. Und was noch?

– Wähle.

Der Herzog von Auge stieg auf den Rücken Sthenes', der folgenden Vorschlag machte:

– Was meint Ihr dazu, wenn wir mal nachsähen, wie weit die Arbeiten an der Notre-Dame gediehen sind?

– Ja wie, rief der Herzog, sind sie noch nicht abgeschlossen?

– Das werden wir eben feststellen.

– Wenn sich das so lange hinzieht, wird man am Ende noch ein Muselmaneum bauen.

– Warum nicht gar ein Buddhoir oder ein Sankt-Lao-tsearium?

Man darf nicht alles schwarz sehen, Messire! Vorwärts! Und bei gleicher Gelegenheit werden wir dem heiligen König Ludwig, dem Neunten dieses Namens, unsere feudale Aufwartung machen.

Ohne auf die Antwort seines Herrn zu warten, trabte Sthenes auf die Zugbrücke zu, die funktional herunterging. Mouscaillot, der aus Angst, einen Schlag mit dem Panzerhandschuh ins Zahnfleisch zu bekommen, kein Wort sprach, folgte auf Stephan, der so genannt wurde, weil er nicht sehr gesprächig war. Da der Herzog über seinem Kummer brütete und Mouscaillot, seine kluge Politik fortsetzend, in Schweigen verharrte, plauderte nur Sthenes fröhlich weiter und rief denen, die ihn vorüberkommen sahen, ergötzliche Tandtedings zu. Es betrachteten ihn so die Kelten gallikanisch, die Römer cäsarisch, die Sarazenen tänzerisch, die Hunnen hündisch, die Alanen nartisch und die Franken tückisch. Die Normannen tranken Calvados.

Während sie ihren gutt lieb Lehnsherr sehr tief grüßten, brummten die Huber und die Hüfer gefährliche Drohungen vor sich hin, von denen sie jedoch wußten, daß sie wirkungslos waren, worob sie nicht über die Grenzen ihrer Schnurrbärte hinausgingen, falls sie welche trugen.

Auf der Landstraße legte Sthenes eine schnelle Gangart ein und schwieg schließlich, da er, der Verkehr war gleich Null, keinen Gesprächspartner fand. Seinen Reiter, den er dösen spürte, wollte er nicht belästigen; da Steph und Mouscaillot diese Zurückhaltung teilten, schlief der Herzog von Auge schließlich ein. Er wohnte auf einem Schleppkahn, der in der Nähe einer großen Stadt fest verankert war, und hieß Cidrolin. Man tischte ihm eine Languste auf, die nicht mehr allzu frisch war, dazu eine meergrüne Mayonnaise. Während er die Beine des Tieres mit einem Nußknacker aufbrach, sagte Cidrolin zu Cidrolin:

– Nichts Berühmtes, das Ganze, nichts Berühmtes; Lamélie wird nie kochen lernen.
Er fügte hinzu, sich immer noch an sich selber wendend:
– Aber wo ritt ich denn hin, so hoch zu Rosse? Ich erinnere mich nicht mehr. So ist das eben mit den Träumen; nie in meinem Leben bin ich auf ein Pferd gestiegen. Ich bin auch nie in meinem Leben auf ein Fahrrad gestiegen, und nie steige ich im Traum auf ein Fahrrad, aber dennoch steige ich auf ein Pferd. Dafür gibt es ganz sicher eine Erklärung. Diese Languste ist wirklich nichts Berühmtes und diese Mayonnaise noch viel weniger, wie wärs, wenn ich reiten lernte? Im Bois de Boulogne zum Beispiel. Oder Fahrrad fahren?
– Und du brauchtest keinen Führerschein, gibt man ihm zu bedenken.
– Schon gut, schon gut.
Dann bringt man den Käse.
Gips.
Eine Frucht.
Würmer wohnten drin.
Cidrolin wischt sich den Rüssel ab und murmelt:
– Wieder einer im Eimer.
– Das wird dich aber sicher nicht hindern, deine Siesta zu halten, sagt man zu ihm.
Er gibt keine Antwort; sein Liegestuhl erwartet ihn auf dem Deck. Er bedeckt sich das Gesicht mit einem Taschentuch, und bald ist er vor den Mauern der Hauptstadt, ohne sich um die Anzahl der Tagesmärsche Gedanken zu machen.
– Prima, rief Sthenes, wir sind da.
Der Herzog von Auge erwachte und hatte den Eindruck, eine sehr schlechte Mahlzeit gehalten zu haben. Da überkam Steph, der seit der Abreise nichts gesagt hatte, das Bedürfnis, wie folgt das Wort zu ergreifen:
– Gloriose und sublime Alma …

– Ruhe! sagte Sthenes. Wenn man uns reden hörte, würde unser guter Herr wegen Hexerei angeklagt werden.
– Brrr, machte der Herzog.
Und sein Page item.
– Brrr, machte Mouscaillot.
Und um zu zeigen, auf welche Weise ein Pferd sich passend auszudrücken hat, wieherte Sthenes.
Der Herzog von Auge stieg in der ›Schiefen Sirene‹ ab, die ein vorbeiziehender Trover ihm eines Tages empfohlen hatte.
– Name, Vorname, Beruf? fragte Martin, der Wirt.
– Herzog von Auge, antwortete der Herzog von Auge, Joachim pränominiere ich mich und bin begleitet von meinem ergebenen Pagen Mouscaillot, Sohn des Grafen von Packzu. Mein Pferd hört auf den Namen Sthenes und das andere auf den Namen Steph.
– Wohnort?
– Larche, bei der Brücke.
– Das kommt mir alles sehr kathole vor, sagte Martin.
– Das will ich auch hoffen, sagte der Herzog, du gehst mir nämlich langsam aufs Gemüt mit deinen bösen Fragen.
– Möge Messire mir verzeihen, es ist Befehl des Königs.
– Du wirst mich doch nicht noch fragen, was ich in der Hauptstadt will?
– Nicht nötig! Messire will unsere Huren besuchen, die die schönsten der ganzen Christenheit sind. Unser heiliger König hasset sie gar sehr, aber mit Inbrunst beteiligen sie sich an der Finanzierung des nächsten Kreuzzuges.
– Ei, mitnichten, du irrest, Herbergsvater. Ich will nur sehen, wie weit die Arbeiten an der Notre-Dame gediehen sind.
– Der Turm im Süden ist schon weit fortgeschritten, jetzt fängt man mit dem im Norden an und mit dem Laufgang, der sie verbindet. Auch die hohen Teile werden neu gemacht, damit mehr Licht einfällt.

– Genug! der Herzog brüllt. Wenn du mir alles sagst, kann gleich ich wieder heim, was keineswegs ich wünsche.
– Ich auch nicht, deshalb werd ich unverzüglich das Abendbrot Euch bringen.
Der Herzog aß reichlich, dann ging er zu Bett und schlief mit sehr gutem Appetit.
Er hatte seine Siesta noch nicht beendet, als zwei Nomaden ihn weckten, die ihn von der Uferböschung aus anriefen. Cidrolin antwortete ihnen durch Zeichen, aber zweifellos verstanden die andern diese Sprache nicht, denn sie kamen die Böschung herunter bis zur Stegplanke und gingen an Bord des Kahns. Es waren ein männlicher Camper und ein weiblicher Camper.
– Esquius as, sagte der männliche Camper, ma nous sommes lost.
– Guter Anfang, entgegnet Cidrolin.
– Capito? Egarrirrt ... lost.
– Trauriges Los.
– Camping? Lontano? As ... smarriti ...
– Der quasselt gut, murmelte Cidrolin, aber spricht er einheimisches Europäisch oder Neo-Babylonisch?
– Ah, ah, machte der andere mit den offenkundigen Zeichen lebhafter Zufriedenheit. Sie ferschté iuropäisch?
– Un poco, antwortete Cidrolin; aber legt doch erst mal eure Klamotten ab, edle Fremde, und nehmt einen Drink, bevor ihr wieder geht.
– Ah, ah, capito: Drink.
Strahlend legte also der edle Fremde seine Klamotten ab, kauerte sich dann, die zu diesem Zwecke bestimmten Möbel verschmähend, auf den Fußboden und kreuzte geschmeidig die Beine unter sich. Das Fräulein, das ihn begleitete, tat das gleiche.
– Sollten es etwa Japaner sein? fragte sich Cidrolin halblaut.
– Aber sie haben doch blondes Haar. Ainos vielleicht.

Und sich an den jungen Mann wendend:
– Sind Sie etwa Aino?
– I? No. Ich: kleiner Freund von allem in der Welt.
– Ich sehe schon: Pazifist?
– Iawohl. Und dieser Drink?
– Verlier nicht die Richtung, Europäer.
Cidrolin klatschte in die Hände und rief:
– Lamélie! Lamélie!
Man erschien.
– Lamélie, bring diesen edlen Fremden zu trinken.
– Was?
– Fenchelessenz zum Beispiel, mit Kranenwasser.
Man verschwand.
– Na, ihr Vögelchen, dann habt ihr euch also egarrirrt?
– Verfranzt, sagte das Mädchen. Total verfranzt.
– Sind Sie etwa Französin, mein Kind?
– Noch nicht: Kanadierin.
– Und dieser Drink? fragte der Niedergekauerte. Vite, damit wir anstoßen!
– Ein richtiger Quälgeist, sagte Cidrolin.
– Oh, er ist kein schlechter Kerl.
– Und natürlich wollt ihr beide ins Campingcamp für Camper.
– Wir suchen es.
– Ihr seid quasi angekommen. Es liegt am Fluß, nicht ganz fünfhundert Meter oberhalb von hier.
– Nu sommes arrivati? rief der Bursche und stellte sich mit einer einzigen Bewegung wieder auf die Beine. Sri hundred Yards? Andiamo! Er nahm seine Klamotten wieder auf den Rücken, Klamotten, die gut eine Tonne wiegen mußten.
– Wir warten auf die Fenchelessenz, sagte das Mädchen, ohne sich zu rühren.
– Ouell, ouell!
Er setzte seinen Tonnenpacken wieder ab und ließ sich mit der

gleichen Natürlichkeit nieder, wie wenn der Fußboden ein Lotus gewesen wäre.
Cidrolin lächelte dem Mädchen zu und sagte artig:
– Der ist dressiert.
– Dressiert? Verstehn wir nicht.
– Na ja, er gehorcht aufs Wort.
Sie zuckte die Achseln.
– Sie sind ausgesprochen brägenträge, sagte sie. Er bleibt, weil er frei ist, nicht weil er dressiert ist. Wenn er dressiert wäre, ginge er sofort ins Campingcamp für Camper. Er bleibt, weil er frei ist.
– Was in so einem kleinen Kopf doch für Vorstellungen drin sind, murmelte Cidrolin und sah die Kanadierin, hauptsächlich aber den blonden Flaum ihrer Schenkel und die Sohle ihrer Schuhe aufmerksam an. O ja, Vorstellungen ...
Derweil brachte man die Fenchelessenz und das Kranenwasser. Sie tranken.
– Und wie nomadisieren Sie? fragte Cidrolin. Zu Fuß, zu Pferd, mit dem Wagen? Mit dem Heliko, dem Velo, dem Auto?
– Per Anhalter, antwortete das Mädchen.
– Per Auto-Anhalter?
– Natürlich, per Auto-Anhalter.
– Ich fahre manchmal mit dem Taxi. Das ist allerdings nicht so ökonomisch.
– Das Geld ist uns wurscht.
– Gewiß. Und meine Fenchelessenz?
– Nicht schlecht. Ich ziehe klares Wasser vor.
– Hier ist es nie klar. Der Fluß ist eine Kloake, und in der Leitung ist es voller Chlor.
– Soll er Ihnen nicht was vorsingen?
– Wozu?
– Um Ihnen zu danken.
– Für die Fenchelessenz?

– Für den Empfang.
– Das ist nett. Danke.
Das Mädchen wandte sich an den Burschen und sagte zu ihm:
– Sing.
Er kramte in seinem Gepäck und zieht ein winziges Banjo hervor, an dessen Saiten er sogleich kratzte. Nach einigen präliminarischen Akkorden öffnete er den Mund und sie hörten diese Worte:
– J'aime Paimpol et sa falaise, son clocher et son vieux pardon ...
– Wo hat er das gelernt? fragte Cidrolin, als es vorbei war und er dem Virtuosen gedankt hatte.
– In Paimpol natürlich, antwortete die Kanadierin.
– Mensch, bin ich dumm, sagte Cidrolin und schlug sich an die Stirn. Ich hatte gar nicht dran gedacht.
Das Minibanjo wanderte wieder in den Rucksack. Der Bursche nahm wieder die Stehstellung ein und hielt Cidrolin die Hand hin.
– Sanx, sagte er, und à rivedertschi.
Und zu dem Mädchen:
– Schnell! Onivati oder onivatipa?
Das Mädchen steht anmutig auf und zieht sich illico an.
– Die ist dressiert, sagte Cidrolin halblaut.
Der Nomade protestierte:
– Non! Non! Nix tressiert: frei. She iß frei. Anda to the campus bicose she iß frei d'andare to the campus.
– Ich weiß, ich weiß.
– Adieu, sagte das Mädchen und hielt Cidrolin nun ebenfalls die Hand hin. Nochmals vielen Dank und wir werden Sie vielleicht mal wieder besuchen, wenn wir Zeit haben.
– Ganz recht, sagte Cidrolin.
Er sah sie mit ihrem ganzen Gepäck die Böschung hinaufkraxeln.

– Das ist ein Beruf für starke Burschen, murmelte er.
– Werden sie wiederkommen? fragte Lamélie.
– Ich glaube nicht. Nein, sie werden nie wiederkommen. Was sollte ich auch mit ihnen anfangen? Kaum sind sie weg, hab ich schon Mühe, mich an sie zu erinnern. Dabei existieren sie, sie verdienen zweifellos zu existieren. Sie werden sich nie wieder in das Labyrinth meines Gedächtnisses verirren. Es war ein Zwischenfall ohne Bedeutung. Es gibt Träume, die spielen sich ab wie Zwischenfälle ohne Bedeutung, im wachen Leben würde man solche Dinge nicht behalten und doch interessieren sie einen, wenn man sie am Morgen ergreift, dieweil sie in wilder Auflösung gegen die Tür der Augenlider stoßen. Vielleicht habe ich geträumt?
Lamélie brauchte ihm nicht ja oder nein zu sagen, sie hatte auch gar nicht das Ende dieser Rede abgewartet.
Cidrolin befragte die Uhr in der Kajüte und stellte nicht ohne Befriedigung fest, daß die Episode mit den Nomaden nur ein ziemlich kurzes Intermezzo in der Zeit gewesen war, die er seiner Siesta zugestand, und daß diese noch ein paar Minuten gebührend fortgesetzt werden könne. Er legte sich also auf seinen Liegestuhl und schlief wieder ein.

2

– Ja, was sehe ich, rief der König, der unter seiner Eiche saß, ist das nicht mein allerliebster Auge, der da ankommt?
– Er selbst, Sire, antwortete der Junker und verbeugte sich sehr tief. Meine Hochachtung, fügte er hinzu.
– Ich bin glücklich, dich bei blühender Gesundheit zu sehen, sagte der König. Wie geht es der kleinen Familie?
– Meine Frau ist gestorben, Sire.
– Du hast sie doch hoffentlich nicht umgebracht? Bei dir weiß man ja nie.

Der König lächelte in wohlwollender Nachsicht und die Menig, die ihn umgab, bewunderte ihn darob nur noch mehr.

– Und immer noch keinen Stammhalter? fragte der König.

– Leider, sagte der Herzog. Ich habe nur meine Dreilinge, und ich versichere Euch, es ist ein wahres Kreuz.

– Apropos Kreuz, sagte der König. Ich bin sehr glücklich, dich zu sehen. Wir bereiten einen neuen Kreuzzug vor, und wir rechnen fest damit, daß du dich uns anschließt.

– Das sagt mir eigentlich nichts.

– Ttt, ttt. Faß keine Entschlüsse, ehe du nicht die näheren Umstände gehört hast. Zunächst: diesmal gehen wir nicht nach Ägypten (s ist dort immer nasser), sondern wir segeln nach Karthago.

– Das sagt mir genauso wenig.

– Karthago? Aber sieh doch, mein allerliebster Auge, allein schon wegen den historischen Erinnerungen ... Augustinus ... Jugurtha ... Scipio ... Hannibal ... Salammbô ... sagt dir das nichts?

– Überhaupt nichts, Sire. Ich kein Intellektueller sein.

– Ach, Auge, mein allerliebster Auge, du mußt mich einfach begleiten, um den Ungläubigen den Bauch aufzuschlitzen.

– Nenni, Sire. Diesmal bin ich nicht dabei.

– Willst du denn nicht mehr die Anhänger Mohammeds abtilgen?

– Seht Ihr, Sire, ich habe mich aufs Land zurückgezogen in mein kleines Geschloß, ich erziehe dort meine Töchter, mit denen der liebe Gott mich bestraft hat, ich behandle dort, ohne es zu kurieren, das Sumpffieber, das ich aus Damiette und andern fernen Kolonien mitgebracht habe, mein heiliger Mann und Schloßkaplan, Abbé Onésiphore Biroton, führt mich den Wegen der Heiligkeit entgegen, warum, Sire, ja, warum sollte ich meine kleine Provinz verlassen, damit man mich im darauffolgenden Jahr in einem Krug eingesalzt zurückbringt?

Der heilige König seufzte.
– Kurzum, sagte er, du willst nicht El Mostanser Billah mit einem Säbelhieb durchhauen?
– Der soll sich mal allein durchhauen, Sire, das ist mein letztes Wort.
– Ach, ich sehe schon, daß es mich große Mühe kosten wird, diesen achten Kreuzzug zu führen.
Der gute heilige König war darüber ganz traurig.
– Na, na, sagte der Herzog von Auge, Ihr werdet wohl immer noch ein Viertelhundert Armleuchter finden, die Euch an diese fernen Gestade begleiten.
– Das hoffe ich auch, sagte der König melancholisch.
– Darf ich mich verabschieden?
Der König gab sein Einverständnis.
Als sich der Herzog zurückzog, bekam er eine ganze Ladung fauler Eier und welker Tomaten ins Gesicht; die Menig, die dem heiligen König zuhörte, wie er unter seiner Eiche schwatzte, fand, daß besagter König eine schuldhafte Schwäche zeigte gegenüber diesem feigen Vasall, der die Bequemlichkeit seines kleinen Geschlosses dem Wagnis eines christlichen Feldzuges in die Gegend von Bizerta vorzog; und dies um so mehr, als sie, Burger, Handwerker oder Dörflinge, in keiner Weise Gefahr liefen, an die einst karthagischen Gestade geschickt zu werden, um dort Kirchhofshiebe einzustecken und sich unkurierliche Krankheiten zu holen.
– Hu, hu, das Aas, schrien sie, o der feige Filein, der gespickte Schlappschwanz, der schwule Schweinstreiber, der abscheuliche Waschlappen, der schlechte Patriot, der verfluchte Frischling, der garstige Grindkopf, der schamlose Lump, der treubrüchige Apostözler, der lausige Schwachmatikus, der filzige Duckmäuser, das gotsschalkig Furzloch, der lumpige Verräter, der das Grab unseres Herrn Jesus in den Händen der Heiden lassen will und seinem König

schlechte Antwort gibt. Es lebe Ludwig von Poissy! Hu hu, das Aas!
Und sie warfen weiter saftige Kuhfladen und gefüllte Köteln nach dem Herzog, der schließlich die Nerven verlor. Seine Spatha aus der Scheide ziehend, schlug er große Räder und die Dörflinge, Handwerker und Burger in die Flucht. Sie stoben schnelle in die Runde, doch nicht, ohne sich heftig mit den Füßen zu treten, wodurch etwa zehn von ihnen getötet wurden, für deren Seelenheil der heilige König später wirksam betete. Angewidert begab sich der Herzog in ein Badehaus, um sich dort von den Rückständen der öffentlichen Feindseligkeit zu säubern.
– Ach, die Schweinehunde, brummte er, es gibt keine Freiheit mehr, wenn das gemeine Volk sich einmischt. Er, Ludwig, vergißt die Dienste nicht, die ich ihm in Damiette und in El Mansurah erwiesen habe. Er weiß, was Kolonialkrieg heißt, er versteht mich. Er, Ludwig, will wieder hin: das ist seine Sache. Er, Ludwig, ist nicht wie ich, er ist ein heiliger Mann, sein Name wird schließlich noch in den Kalender kommen; dieses gemeine Volk hingegen, das mich da anzischt, was will es eigentlich? Das Heilige Grab befreien? Was liegt denen am Heiligen Grab? Die wollen doch nur, daß alle adligen Herren wie ich von den Schleuhs niedergemetzelt werden, damit sie unsere Geschlösser überfallen, unsern Rotwein in unseren Kellern trinken und wer weiß? Unsere Mütter, unsere Frauen, unsere Töchter, unsere Mägde und unsere Mutterschafe vergewaltigen können.
– Und unsere Stuten, sagte Sthenes.
Ein Passant zuckte zusammen.
– Und unsere Stuten, sagte der Herzog laut.
Und er beugte sich zu dem Kidam herab:
– Das habe ich gesagt: ›und unsere Stuten‹. Das war ich, verstehst du, Bürgerlicher?

Da der Herzog wild mit den Augen rollte, antwortete der andere sehr höflich:

– Mitnichten widersprech ich Euch, Messire.

Dann verschwand er, etwas beunruhigt.

– Es ist höchste Zeit, daß wir diese Stadt verlassen, sagte der Herzog. Wir haben die Arbeiten an der Notre-Dame gesehen, die Sainte Chapelle bewundert, diese Perle der gotischen Kunst, unserem heiligen König die gebührende Reverenz erwiesen, das ist alles gut und schön, aber ich habe das ungute Gefühl, daß es mit der Bevölkerung noch Scherereien geben wird; daher werden wir nach der Baderei in einer Luxusschenke zu Abend essen, um uns zu stärken, und gleich darauf aufbrechen.

Während man seine Kleider reinigte und er im warmen Wasser schmorte, schlief der Herzog ein.

Nachdem er das Törchen hinter sich zugemacht hatte, sah Cidrolin nach, ob der Zaun, der das abschüssige Gelände, das an den Schleppkahn grenzte, vom Boulevard trennte, mit Inschriften besudelt war. Er war es nicht. Nachdem dies getan war, beschloß er, die Straße zu überqueren, um nach den Bauarbeiten zu sehen, die gegenüber im Gang waren; ein Haus sollte dort errichtet werden, aber einstweilen war da nur ein Loch.

Unter Beachtung der notwendigen Vorsichtsmaßregeln fand sich Cidrolin gesund und munter auf der anderen Seite der Fahrbahn wieder. Er nähert sich vorsichtig dem Bretterzaun, auf dem Gefahr-Ausfahrt-der-Lastwagen stand. Im Hintergrund schaufelt ein Löffelbagger Kellerüberreste zusammen, um damit einen dieser Lastwagen zu füllen, deren Ausfahrt als so gefährlich angekündigt wird. Männer in weißen Lederhelmen gehen hin und her. In einer Ecke werden Sachen abgeladen. Für einen Bauliebhaber ist das wohl alles verständlich.

Ein Passant hat sich Cidrolin angeschlossen; sie schauen beide zu, wie der Lastwagen sich füllt. Als er voll war, kletterte der

Lastwagen die Rampe hinauf, die ihn aus dem Loch führte. Cidrolin trat vorsichtig beiseite. Sobald der Lastwagen auf dem Ebenen war, brauste er auf den Boulevard; der Passant machte einen Satz nach rückwärts, während die Bremsen der Ouagen quietschten.

– Haben Sie das gesehen? sagte ganz blaß der Passant zu Cidrolin. Dieser Dreckslümmel hat mich doch beinahe überfahren.

– Er hat nichts dergleichen getan, antwortete Cidrolin objektiv.

– Er hat alles getan, was er konnte.

– Sie waren gewarnt. Da stand geschrieben: ›Gefahr – Ausfahrt – der – Lastwagen‹. In der Schule habe ich mich immer gefragt, wozu man lesen lernt; jetzt habe ich begriffen: um den Lastwagen aus dem Wege zu gehen.

– Möglich, aber nehmen wir mal an, ich hätte auch lesen gelernt, aber eine andere Sprache als die Ihre. Muß ich dafür unbedingt überfahren werden?

Ein Herr auf einem Moped bremste kurz, stieg ab, führte sein Fahrzeug an einem Ohr und trat zu ihnen. Er war mit einer langen schwarzen Robe bekleidet und trug auf dem Kopf einen Sombrero mit aufgerollten Rändern von der gleichen Farbe.

– Ad majorem Dei gloriam, sagte er und streckte die Hand aus.

– Der Herr spricht nicht französisch, sagte Cidrolin.

– Sed tu?

– Ich verstehe es kaum.

– Gut, gut.

Er setzte sich wieder auf den Sattel, legte ein Stück Weg unvorschriftsmäßig auf dem Bürgersteig zurück und fuhr etwas weiter ab wieder auf die Fahrbahn, wobei er sich in den Strom der Ouagen einfügte.

– Konziliant wie ein Konzilsvater, sagte der Passant.

Cidrolin gähnte.
– Haben Sie Schlaf? fragte der Passant.
– Nein, ich habe Hunger. Die Essenszeit kommt heran. Bitte entschuldigen Sie mich, ich werde jetzt meinen anteprandialen Spaziergang fortsetzen, dessen Kreislauf ich noch nicht abgeschlossen habe.
– Ich, fuhr der Passant fort und hob den Ton, sagte Ihnen also, daß ich Ausländer bin. Erinnern Sie sich an den Lastwagen?
– Gehören Sie zu diesen Nomaden ...? fragte Cidrolin höflich.
– Ich? Keineswegs. Ich wohne im Hotel ...
– ... und ich auf diesem Kahn ...
– ... in einem Luxushotel sogar ...
– ... der unbeweglich ist ...
– ... in den Badezimmern sind Wasserklosetts ...
– ... verankert ...
– ... dazu Aufzug ...
– ... ich könnte sogar ein Telephon haben ...
– ... in den Zimmern Telephon ...
– ... ich habe ein blaues Nummernschild mit Zahlen drauf wie für ein Haus ...
– ... mit Selbstwählferndienst fürs Ausland ...
– ... es ist die einundzwanzig ...
– ... und im Erdgeschoß ist eine Bar ...
– ... von meinem Zimmer aus könnte ich angeln ...
– ... eine echt amerikanische ...
– ... ich könnte angeln, wenn ich angelte, aber ich angele nicht gern.
– Sie haben wirklich recht, sagte der Passant, der sich plötzlich für die Worte seines Gesprächspartners interessierte, die Angelei ist genauso grausam wie der Stierkampf ...
– Ich habe das nie verglichen, sagte Cidrolin bescheiden.
– Denken Sie doch mal fünf Minuten nach. Diese Angler sind

sadistische Tollhäusler. Sie stehen in dem angemaßten Ruf, gute Philosophen zu sein. Aber mal ehrlich, finden Sie nicht den Widerhaken heimtückischer und gemein barbarischer als die Espadrilla?

– Die Espadrilla?

– Diese Dinger, die sie dem Tier in den Hals stecken.

– Sind Sie sicher, daß das so heißt?

– Im Augenblick nenne ich das so, also heißt es so, und da Sie in diesem Augenblick mit mir reden, müssen Sie meine Wörter in ihrer angesichtlichen Bedeutung erfassen.

– Tatsache ist, daß ich Sie vollkommen verstehe.

– Sehen Sie! Na gut, brechen wir hier die Unterhaltung ab und halten wir uns an die Prämissen der gegenseitigen und uneskalischen Verständigung zwischen den Völkern und dem künftigen Frieden. Erlauben Sie, daß ich meinen Spaziergang fortsetze? Angenehm, Sie kennengelernt zu haben.

Der Passant entfernte sich, während der Polier zur Pause pfiff. Cidrolin überquerte den Boulevard, was er mit gesteigerter Vorsicht tat, denn es war die Stunde, da die Ouagen zur Tränke fahren. Nachdem er gesund und munter auf der anderen Seite der Fahrbahn angelangt war, konnte er feststellen, daß Zaun und Törchen immer noch unberührt von jeglichem Sgraffito waren.

Die Fenchelessenz und das Kranenwasser, der Liter Rote und der Senftopf warteten auf Cidrolin. Man setzte ihm Anchovis mit Butter, Hausmacherblutwurst, Äpfel und Erdäpfel, Roquefort und drei Babas vor. Die Anchovis sind verschimmelte Heringe, die Blutwurst und ihre Äpfel erweisen sich als unbeständig, der Roquefort knirscht unterm Messer, der Rum der weichen Babas konnte höchstens auf die Bezeichnung Wasser Anspruch erheben.

Cidrolin seufzt und murmelt:

– Wieder einer im Eimer.

– Was gibt es in Ihrer Luxusschenke zu essen? fragt der Herzog von Auge.
Der Wirt gab zur Antwort:
– Borschtsch, was eine slawische Kohlsuppe ist, Kutteln nach Caener Art, dazu Wein von den Hängen von Suresne.
– Reicht ja kaum für nen hohlen Zahn, sagte der Herzog verächtlich.
– Hat Messire schon einmal Borschtsch gegessen? entgegnete der bis zur Unverschämtheit verärgerte Wirt.
– Auf mein Wort, rief der Herzog und wandte sich an Mouscaillot, der hält mich für einen Dämel! Borschtsch kenne ich seit der Zeit der Königin Anna!
Der Wirt, beeindruckt, verbeugte sich tief.
– Ich sehe an deinem Gesicht, fuhr der Herzog fort, daß du dich fragst, wer die Königin Anna ist.
– Aber … Messire …
Es war ganz offensichtlich, daß der Wirt tatsächlich nichts darüber wußte.
– Ach, Mouscaillot, sagte der Herzog, wie schnell hat das Volk doch unsere guten Könige und unsere netten Königinnen vergessen. Es sind jetzt gerade zweihundert Jahre her, und dieser Wirt weiß schon nicht mehr, wer Anna Wladimirowitsch war, was ihn aber nicht daran hindert, Borschtsch auf den Tisch zu bringen. Na, lassen wir das!
Seinen Vorteil wahrnehmend, fährt der Herzog mit diesen Worten fort:
– Zuvor aber, Wirt, möchte ich ein Gläschen ekphraktischen Likörs trinken, Fenchelessenz zum Beispiel. Kannst du mir ein Gläschen Fenchelessenz servieren?
– Ach, Messire, rief der Wirt den Tränen nahe, ich flehe Euch demütig an, dem Wappen meiner drei Sterne nicht seinen Glanz zu nehmen.
Dazu machte er mehrere Bücklinge.

– Das, sagte der Herzog, erinnert mich an die Selams der Anbeter Mohammeds.
– Ob ich Euch Fenchelessenz servieren kann? fuhr der Wirt mit herzzerreißender Stimme fort. Messire, ich habe sogar mehrere Marken.
– Dann bringe die beste auf den Tisch! Und sorge dafür, daß meine Pferde mit gutem Heu, gutem Stroh und schönem Hafer gefüttert werden.
Man beeilte sich, alles zu tun. Der Herzog leerte mehrere Gläschen Fenchelessenz mit einem Tropfen Kranenwasser. Zwei muskulöse Truchseßdiener brachten einen großen Topf Borschtsch herbei, als ein Kerl auftauchte, der Schreckensschreie ausstieß. Er zitterte, und sein gelbes und zinnoberrotes, grün marmoriertes Gesicht versuchte weiß zu werden wie ein Stück Kreide.
– Hulala, sagte er und tanzte auf der Stelle.
– Hector, sagte der Wirt, schämst du dich denn gar nicht, hierherzukommen und mein Refektorium in Aufruhr zu versetzen? Ich werde dir den Stock zu schmecken geben. Das ist mein Pferdeknecht, fügte er an den Herzog gewandt hinzu.
– Hulala, lieblicher Jesus, jammerte der Pferdeknecht weiter. Hulala, ich hab große Angst gehabt, die größte in meinem ganzen, bescheidenen Leben als Stallknecht. Hulala, hab ich Angst gehabt!
– Aber so erzähl doch!
– Könnt ich nicht ein Gläschen Fenchelessenz trinken, um mich zu stärken?
Hector streckte die Hand aus, um die Flasche auf dem Tisch des Herzogs zu ergreifen, aber dieser schlug ihm derb auf die Finger.
– Au, sagte Hector.
– Aber so erzähl doch, erzähl doch!
Der Wirt wurde nervös.
– Könnte ich nicht meinen Borschtsch kosten? fragte der Her-

zog mit gefährlicher Ironie. Diese muskulösen Truchseßdiener sollen den Topf auf den Tisch stellen und …

– Sein Pferd spricht! begann Hector zu heulen. Das Pferd von Messire, fügte er hinzu und zeigte ganz unanständig mit dem Finger auf den Herzog, es spricht wie ihr und ich. Hulala!

– So ein Waschlappen, sagte der Herzog.

– Ah, machte der Wirt mit drohender Miene, wehe, wenn du gelogen hast …

– Ich schwöre, daß es wahr ist! Ich schwöre, daß es wahr ist! Das Pferd von Messire spricht! Es plaudert! Es schwatzt!

– Aber das ist ja ein Teufelswerk! rief der Wirt.

Bei diesen Worten ließen die muskulösen Truchseßdiener den großen Topf fallen, dessen Inhalt sich auf den Boden ergoß. Das ganze Haus kniete sich in die Suppe, wobei es sich die Knie verbrannte und vielfach Kreuzzeichen machte; man hörte die Paternoster von allen Seiten losprasseln.

– Mangels Borschtsch, sagte der Herzog ruhig, könnten wir Kutteln essen.

Aber der Koch, angesteckt von der Aufregung um ihn her, hatte das Gericht ins Feuer fallen lassen.

– Wieder einer im Eimer! maulte der Herzog.

Unterdessen lief durch die anliegenden Straßen das Gerücht, daß in der Schenke mit den drei Sternen ein Pferd sprach; so nutzte das gute Volk der Hauptstadt die Gelegenheit, um im Hui zu schwatzen und das Ereignis mit diesen Worten zu kommentieren:

– Esel der spricht, Seele erlischt.

– Wenn der Hahn zu früh lacht, sinkt der Kahn noch vor Nacht.

– Wenn Austern sprechen, wird Stern zerbrechen.

– Fängt der Fisch zu schwätzen an, kennt das Ferkel keine Scham.

– Bellts in der Stub, ist es Beelzebub.
Und andere Sprechwörter aus dem Geselcht der folklorischen Tiefen der Weisheit der Franzosen.
– Messire, sagte Mouscaillot, die Dinge nehmen eine schlechte Wendung, wie Ihr vorausgesehen habt. Wie wärs, wenn wir heimkehrten?
– Ohne zu Abend zu essen?
Draußen fing man an zu schreien.
– Auf den Scheiterhaufen mit dem Sibdreer! Auf den Scheiterhaufen mit dem Hexer!
– Du hast recht, meinte der Herzog. Wir sind in diesem Viertel nicht populär.
Er stand auf; gefolgt von Mouscaillot begab er sich in den Pferdestall, was Flucht, Gedränge und Gekreisch hervorrief.
– Ach, mein braver Demo, sagte der Herzog, was ist denn in dich gefahren, daß du diesem Stallknecht deine Fähigkeiten gezeigt hast? Jetzt sitzen wir schön in der Tinte mit dieser brüllenden Menig, die uns gern rösten möchte.
– Ach, Messire, antwortete Sthenes, dieser Schurke schummelte, er gab mir meinen Hafer nicht. Hättet Ihr gewünscht, daß ich mir das gefallen lasse?
– Nein, nein, mein guter Demo, du hast recht getan. Dieser böse Stallknecht wird an scheeler Angst krepieren, das hat er wohl verdient. Brechen wir auf!
Draußen erwartete sie eine beachtliche Menig.
– Oh, oh, riefen mehrere Pfarrkinder, das ist ja dieser garstige Krautjunker, der sich weigert, am Kreuzzug teilzunehmen. Dieser Albigenser betet bestimmt Mohammed an, und sein Zelter heißt sicherlich Satan.
Kothaufen und Kieselsteine regneten nun auf den Herzog und auf Mouscaillot; dann kamen brennende Holzscheite, Spicknadeln, Schemel und Tragsteine. Der Herzog hatte alles, um sich mißliebig zu machen, und das gute Volk erzürnete sich sehr

gegen den Ketzer, den Aristokraten und den Provinzler: aber man stürmt nicht jeden Tag die Bastille, vor allem nicht im dreizehnten Jahrhundert.
Zum zweiten Male für diesen Tag seine Spatha aus der Scheide ziehend, stürzte sich Joachim von Auge in die Menig und tötete zweihundertsechzehn Personen, Männer, Frauen, Kinder und andere, darunter siebenundzwanzig gewerbesteuerpflichtige Burger und sechsundzwanzig, die im Begriffe standen, es zu werden.
Um aus der Stadt herauszukommen, mußten auch Bogenschützen gemetzelt werden.

3

– Huhu, rief man.
Cidrolin rührt sich nicht; sein Atem läßt das Taschentuch, mit dem er sich das Gesicht bedeckt hat, in kleinen, regelmäßigen Abständen hochgehen.
– Huhu, ruft man lauter.
– Wieder eine Kanadierin mit ihrem Banjospieler, murmelte Cidrolin unter seinem Taschentuch.
– Huhu.
Es ist ein Huhu, das näherkommt.
– Sie ist allein. Die hat wirklich Schneid.
Cidrolin beschließt, seine Siesta abzubrechen. Er gähnt und steht auf. Auf der andern Seite des Plankenstegs steht tatsächlich eine als Camperin ausgerüstete Jungfer.
– Verzeihung, Monsieur, sagt sie. Das Campingcamp für Camper, bitte.
Auf diese Frage antwortet er mit einer anderen Frage.
– Sind Sie nicht zufällig Kanadierin?
Allerdings, sie ist wirklich Kanadierin, und es ist kein Zufall, sondern eine Notwendigkeit, weil sie als solche geboren ist

und sich nicht mit einem Ausländer verheiratet hat (sie behauptet nicht, daß sie Jungfrau ist), und weil sie nicht die rubanische oder zanzebienische Staatsbürgerschaft angenommen hat. Als er sie aufmerksamer betrachtet, stellt Cidrolin fest, daß er sie noch nicht sehr aufmerksam betrachtet hatte und daß er, da er kein Rassist ist, nicht bemerkt hatte, daß sie eine Rothaut war.

– Setzen ich Sie in Erstaunen? säuselte sie.

– Keineswegs, antwortete Cidrolin.

– Ich sind Irokesin, sagte sie, und es schmeichelt mir.

– Dazu ist auch Grund.

– Ist das Ironie?

– Nein, nein. Lassen Sie Ihro kessen Bemerkungen.

– Haben ich Sie wach gemacht?

– Ich löge, wenn ich nein sagte.

– Dann sind Sie mir also böse?

– Meine Liebe, reden Sie nicht so geschwollen daher.

– Und das Camping? Werden Sie mir endlich sagen, wo es steckt?

Cidrolin machte Gebärden, die die Lage des Ortes bis auf etwa zehn Zentimeter genau bestimmten.

– Ich danken Ihnen, sagte die kanadische Irokesin, und ich bitten Sie mir zu verzeihen, daß ich Ihre Siesta unterbrochen habe, aber man hatte mir gesagt, daß die Franzosen so gefällig seien ... so zuvorkommend ...

– Das ist ein Ondit.

– Daher habe ich mir erlaubt, permise, auf französisch ...

– Permis.

– Permis? Ja, aber ... die Konkordanz des Partizips?

– Glauben Sie noch daran?! Wie an die Zuvorkommenheit und Gefälligkeit meiner Landsleute? Sind Sie etwa gläubig, Mademoiselle?

– Ja, wie? Man darf nicht mehr an die französische Grammatik glauben? ... Die so sanft ... so rein ... zauberhaft ... entzückend ... sauber ...

– Aber, aber, Mademoiselle, Sie werden doch nicht wegen solcher Lappalien zu weinen anfangen. Na, wollen Sie nicht zur Stärkung ein Gläschen Fenchelessenz an Bord meines Kahns trinken?

– Aha! Ein Satyr! Auch das hatte man mir gesagt. Alle Franzosen ...

– Mademoiselle ... glauben Sie bitte ...

– Wenn Sie meinen, Monsieur, daß Sie Ihre vöglerischen und geilen Ziele erreichen, indem Sie mich mit galanten Redensarten beschwatzen, um mich in Ihre perverse Höhle zu locken, mich armes Vögelchen, mich armes Irokeselchen, dann haben Sie sich aber in den Finger geschnitten, Monsieur, ja, in den Finger geschnitten.

Das jungeFräulein machte kurzentschlossen kehrt und kletterte wieder die Böschung hinauf, wobei es die harmonische Muskulatur seines Hinterteils zur Schau stellte.

– Wieder eine Kanadierin, die ich nicht mehr sehen werde, murmelte Cidrolin, und doch werde ich Kanadierinnen gesehen haben, Stiefel sogar, Stiefel von Kanadierinnen, Kanadierinnen ohne Stiefel und ohne Anoraks, denn alle, die ich sehe, sehe ich im Sommer. Oder im Frühjahr. Oder im Herbst. Mensch, ich hätte sie darauf aufmerksam machen sollen, daß heute ein schöner Herbsttag ist; vielleicht wäre ihr das nicht in die falsche Kehle geraten.

Er ging in die Kajüte, um nach der Zeit zu sehen, und als Folge dieser Prüfung streckte er sich von neuem auf seinen Liegestuhl, um seine unterbrochene Siesta zu beenden.

Als er wieder die Augen öffnete, erblickte er um sich herum all das, was er hier zu sehen gewöhnt war, die Wände seines Zimmers, das schmale Fenster, das etwas Licht spendete und auf einem Strohbündel zu seinen Füßen liegend den treuen Pagen

Mouscaillot, umgeben von ein paar Hunden, die alle Namen hatten: Taiau, Taio, Thaillault, Allali und Cetera. Gar sehr beruhigte dieser vertraute Anblick den Herzog, der, nachdem er sich erhoben hatte, dieses kleine Völkchen mit Fußtritten weckte, was Gegreine und Gebell hervorrief.

Nachdem er seine Paternoster aufgesagt und seine Blase im Treppenhaus geleert hatte, begab er sich in die Kapelle, um dort die Messe zu hören, die sein Kaplan Onésiphore Biroton zelebrierte. Onésiphore Biroton war ein schlagfertiger Abbé; wenn der Herzog ihm einen Fußtritt versetzte, gab er ihm zwei zurück, daher liebte der Herzog ihn sehr und an diesem Tag drängte es ihn, sich mit ihm über mehrere wichtige Punkte zu unterhalten. Kaum hatte Abbé Biroton itemissaestiert, als der Herzog ihn auf den Vorplatz führte und zu ihm sagte:

– Hör mal gut zu, Onésiphore, ich hab vielfachig Sorgen, die ich dir in die Ohren leiten werde.

– Hattet Ihr Unannehmlichkeiten in der Stadt?

– Darum geht es jetzt nicht, sagte der Herzog verärgert. Sag mal, weißt du es oder nimmst du es an?

– Hm, hm, machte Onésiphore. Während Eurer Abwesenheit waren Eure Töchter brav wie Bilder, die an der Tür eines Schuhflickers kleben.

– Jaa. Darauf werden wir später noch zurückkommen. Im Augenblick habe ich dir drei Fragen zu stellen und zwar: erstens, was du von Träumen hältst, zweitens, was du von der Sprache der Tiere hältst, drittens, was du von der Weltgeschichte im allgemeinen und von der allgemeinen Geschichte im besonderen hältst. Ich höre.

– Hm, hm, machte Onésiphore. Distinguo …

– Kein Distinguo! brüllte der Herzog und stampfte mit dem Fuß auf. Hörst du? Kein Distinguo, keine Dialektik, nichts von allem. Ich will was Handfestes. Ich höre.

– Hm, hm, machte Onésiphore. Ich kann nicht auf drei Fragen

gleichzeitig antworten: meine Rede ist linear, wie jede menschliche Rede.

– Worauf willst du hinaus?

– Auf dies: ich muß zuerst auf eine Frage antworten, dann auf eine andere, schließlich auf die letzte. Mit welcher wünscht Ihr, daß ich anfange?

– Mit der zweiten.

– Optime. Und welches war die zweite?

– Gesattelter Esel, hast du meine Fragen schon vergessen? Ich soll sie wohl wiederholen, wie, du kleiner Pfaffenkopf?

Der Herzog ließ diesen Worten eine anständige Kopfnuß hinters rechte Ohr folgen. Der Abbé antwortete mit einem Schwinger in die Fresse und einer Dachte auf die Birne.

– Also, sagte der Herzog von Auge und spuckte einen Schneidezahn aus, fang an, wo du willst. Mit der ersten zum Beispiel.

– Ich habe Eure Fragen nicht vergessen, nur ihre Reihenfolge.

– Na, dann fang an, wo du willst.

– Ich werde mit den Träumen anfangen.

– Gut. Sag mir, was du von den Träumen hältst.

– Die einen kommen von Gott und die andern vom Teufel.

– Bist du vielleicht zufällig ein Albigenser?

– Nenni, Messire, und es ist ein guter Kathole, der da sagt: Es gibt zwei Arten von Träumen, die einen kommen von Gott und die andern vom Teufel.

– Wie soll man sie unterscheiden?

– Oh, das erkennt man sofort.

– Wie? Verdammt nochmal, wie unterscheidest du sie? Ich kann sie nicht unterscheiden.

– Dabei ist das doch ganz leicht. Wenn man den Himmel sieht, Engel oder ganz einfach nur Vögel, vorausgesetzt, daß es keine Nachtvögel sind, dann kommt der Traum von Gott; wenn man Flammen sieht, Dämonen oder ganz einfach kriechende Tiere, ganz besonders aber Schlangen, dann kommt der Traum vom Teufel.

– Ich träume nie von diesen Dingen.

– Und wovon träumt Ihr, Messire?

– Ich träume oft, daß ich auf einem Kahn bin, ich lege mich auf einen Liegestuhl, hänge mir ein Taschentuch übers Gesicht und halte eine Siesta.

– Siesta ... Taschentuch ... Kahn ... was sollen alle diese Wörter? Ich kapiere sie nicht.

– Das sind Wörter, die ich erfunden habe, um Dinge zu bezeichnen, die ich in meinen Träumen sehe.

– Ihr praktiziert also den Neologismus, Messire?

– Neologisiere nicht selber: Das ist ein Herzogsprivileg. So bilde ich aus dem Altirischen gann, dem Altisländischen kani Kahn, aus dem Lateinischen sexta hora das spanische Siesta und anstelle von Schneuztuch, das ich vulgär finde, leite ich nach den akzeptiertesten und diachronischsten Regeln aus dem Wort Tasche ein anständiges Kompositum ab.

– Da sind wir aber weit entfernt von der sapientialen, christlichen Onirologie. Eure semantische Wissenschaft, Messire, riecht nach Ketzerei.

– Was soll denn da ketzerisch sein, von einem Kahn zu träumen?

– Ich gebe zu, daß es keineswegs gewöhnlich ist, im Traum die Engel und die Heiligen zu sehen. In den meisten Fällen haben die Träume, wenn ich nach meiner Erfahrung urteilen darf, nur die kleinen Ereignisse des täglichen Lebens zum Gegenstand.

– Und diese, verdammt nochmal, sind die nun vom Teufel oder von Gott?

– Weder von dem einen noch von dem andern. Sie sind indifferent. Positiv indifferent. Ad prismam respondi.

– He da! Gib dich nicht so schnell zufrieden, Abbé. Für solche mittelmäßigen Redensarten brauche ich dich nicht, die könnte ich auch ganz allein erfinden. Glaubst du, ich werde dir weiterhin dein tägliches Futter geben, wenn du dich mit solchen Banalitäten zufrieden gibst? Ich verlange eine andere Antwort. Und er richtete auf das rechte Schienbein des Abbés einen anständigen Fußtritt, der sein Ziel erreichte. Onésiphore wollte mit einem wuchtigen Haken in den Bauch antworten, aber man wich dem Schlag geschickt aus, und er legte sich lang. Der Herzog springt sofort auf ihn, trampelt auf ihm herum und schreit dazu:

– Antworte, kleiner Pfaffenkopf! Antworte!

Der andere macht ein Zeichen, daß er will.

– Na, fragt der Herzog und steigt von seinem Opfer herunter.

– Na, sagt der Abbé und stellt sich wieder auf die Füße, es sind Träume jener Zwischenwelt, in der Kobolde, Feen, Gnome, Tückebolde, Elfen, Korrifans, Irrlichter, Schrate, Undinen und Nattern leben, Wesen, die weder von Gott noch vom Teufel und weder dem Bösen noch dem Guten geweiht sind.

– Du bist ja auf einmal sehr gnädig. Was würde denn die heilige Inquisition dazu sagen?

– Optime. Und folgendermaßen antworte ich auf Eure Frage. Ad secundam, was die Sprache der Tiere betrifft …

– Du läufst jetzt sehr schnell.

– … werde ich sagen, daß es keineswegs allgemein anerkannt ist, die Schuld Adams habe auch die Tierwelt in den Sündenfall mit hineingezogen. Die bedeutendsten Theologen bestreiten es. Da sie zum andern nicht eindeutig am Bau des Turms von Babel teilgenommen haben, besteht kein Hindernis, daß sie sich untereinander verstehen.

– Die Theologen?

– Nein, Messire, die Tiere.

– Trivial! Wenn ich sprechen sagte, meinte ich keine Tiere, die unter sich sprechen, was banal ist, sondern Tiere, die die Spra-

che der Menschen sprechen; aber du, du sprichst, um nichts zu sagen.
Der Herzog hebt die Hand, um ihm eine Maulschelle zu verpassen, aber der Abbé ist schneller und versetzt ihm einen kurzen Geraden aufs Kinn, der seinen Gesprächsparmer ins Taumeln bringt.
– Ad tertiam, respondeo ..., beeilte sich der Kaplan zu sagen.
– Ttt, ttt, machte der Herzog und renkte seinen Kiefer wieder ein. Nicht so schnell. Ich möchte dich jetzt von den Tieren sprechen hören, die in den Träumen sprechen. Kommen sie von Gott oder vom Teufel?
– Ohne Bedeutung. Vollkommen gleichgültig. Ad tertiam ...
– Ttt, ttt. Vorhin hast du zu mir gesagt, daß im Traum die kriechenden Tiere vom Teufel kämen.
– Dixi.
– Und wenn sie sprechen?
– Bis diaboli.
– Und wenn man mit ihnen spricht?
– Ter diabolici.
– Und wenn sie antworten?
– Quater.
– Gut. Das befriedigt mich sehr, denn nie hatte ich im Traum eine Unterhaltung mit einer Schlange; mir geht's nicht wie unserer Mutter Eva.
– Sie träumte nicht.
– Wovon träumte Adam, als Gott ihn einschläferte, um ihm die Rippe herauszuholen?
– Das ist eine vierte Frage, die wir auf morgen verschieben können. Ad tertiam, respondeo.
– Ttt, ttt. Ich bin noch nicht zu Ende mit den Tieren, die sprechen. Und die Ouagen? Kommen die von Gott oder vom Teufel?
– Die Ouagen? Weiß gar nicht, was das ist.

– Das sind lebhafte, quiekende Viecher, die auf ihren runden Beinen in alle Richtungen laufen. Sie essen nichts Festes und trinken nur Petroleum. Ihre Augen leuchten bei hereinbrechender Nacht auf.
– Nimmer sah ich so was.
– Ich sehe welche in meinen Träumen. Tausende, Myriaden, Legionen. Ich sehe sie, wie sie die Straßen und Landstraßen überfluten. Und wenn sie über den Quai kommen, geben sie dieses kontinuierliche Brummen von sich, das ich von meinem Kahn aus höre …
Da ihn die Traumgeschichten nicht interessierten, schlief Abbé Biroton ein.
– Zum höchsten Ruhme Gottes.
Cidrolin drehte sich um.
– Oh, Verzeihung, sagte ein Mann, der mit einem elegant geschnittenen, eisengrauen Anzug bekleidet war. Ich kenne Sie, ich wollte Sie nicht belästigen. Sie sind aus dem Viertel.
– Ich wohne auf dem Kahn von gegenüber, sagte Cidrolin, und …
– Genügt. Gott behüte Sie!
Der Quasi-Clergyman stieg wieder auf sein Moped und begab sich zum Campingcamp für Camper.
Cidrolin, der den Bauarbeitern bei der Arbeit zuschaute, setzte ebenfalls seinen Spaziergang in dieser Richtung fort. Hinter dem Stacheldraht gingen Angeln, Brabanter, Niederländer, Suomiphone, Pikten, Gallier, Skandinavier und Rugier ihren Beschäftigungen nach, die darin bestanden, von ihrem Wohnwagen oder ihrem Zelt aufs Weze zu gehen, vom Weze zu den Duschen, von den Duschen zur Kantine, von der Kantine zu ihrem Wohnwagen oder ihrem Zelt, bis sie sich auf den Rückweg nach Helsingör, nach Salzburg, nach Upsala oder nach Aberdeen machten. Mannigfaltige Musikweisen begleiteten diese verschiedenen Tätigkeiten, und der schmachtende Ge-

sang der zahlreichen Transistorgeräte wurde manchmal von fremdsprachigen Chören mit Dudelsack-, Signalhorn- oder Okarinabegleitung übertönt. Ganz besonders optimistische Personen stießen laute Schreie der Zufriedenheit aus, während sie sich mit den Fäusten auf die Brust hämmerten, um einen Trommelwirbel zu erzeugen.

Andere Gaffer neben Cidrolin betrachteten aufmerksam die Lage; einer von ihnen sagte zu ihm:

– Man betrachtet sie wie seltsame Tiere, dabei ist es doch kein Zoo.

– Aber fast, sagte Cidrolin.

– Sie werden mir doch nicht weismachen wollen, daß es Tiere sind und keine Menschen.

– Beweisen Sie es, sagte Cidrolin.

– Sie sprechen.

– Und die Papageien, sagte Cidrolin, sprechen die nicht?

– Die verstehen nicht, was sie sagen.

– Beweisen Sie es.

– So ein Banause! Mit so einem Banausen wie Ihnen ist keine Unterhaltung möglich.

– Immerhin hatten wir eine und dazu eine sehr interessante. Der Anblick eines Campingcamps für Camper ruft tagtäglich Reflexionen hervor, die fast verdienten, auf Tonband aufgenommen zu werden.

– Tonband im Nasenloch, sagte der Gaffer angewidert und entfernte sich brummend.

Von weitem gab der Quasi-Clergyman Cidrolin ein herzliches kleines Zeichen mit der Hand. Cidrolin antwortete ihm sehr höflich und ging dann nach Hause zurück. Auf Zaun und Törchen waren beleidigende Inschriften geschmiert worden. Cidrolin ging einen Farbtopf und einen Pinsel holen, um dieses Sgraffito verschwinden zu lassen.

4

Auf der Terrasse des Cafés übten Paare die Mundbeatmung aus, und der Speichel tröpfelte an ihren verliebten Kinnen herunter; unter den Eifrigsten, die sich dem Zungenkuß hingaben, waren Lamélie und ein Omnibusler. Lamélie vor allem, denn der Omnibusler vergaß nicht, von Zeit zu Zeit nach der Uhr zu sehen, in Anbetracht seiner beruflichen Geschäfte. Lamélie schloß die Augen und widmete sich fromm der Zungenakrobatik.

Es kam die Minute der Trennung; der Ommbusler fing langsam mit den Loslösungsarbeiten an, und als er sein Ziel erreicht hatte, machte es flutsch. Er putzte sich mit dem Handrücken ab und sagte:

– Muß mich verziehen.

Und er goß etwas Bier auf seine ausgetrockneten Schleimhäute.

Lamélie hört, und verstört sieht sie ihn an.

Er holt Francstücke aus der Tasche und klopft damit auf den Tisch. Er sagt ziemlich laut:

– Kellner.

Verstört hört Lamélie und sieht ihn an.

Der Kellner kommt, um einzukassieren. In diesem Augenblick stürzt sich Lamélie auf ihren Omnibusler und kommt wieder auf die Sache zurück. Der andere muß sich durch Zeichen verständlich machen, die übrigens leicht zu verstehen sind. Der Kellner streicht das Kleingeld ein. Das Schauspiel reizt ihn nicht im geringsten. Er entfernt sich.

Der Omnibusler versucht eine neue Loslösung. Es gelingt ihm schonend und von neuem macht es flutsch. Er wischt sich mit dem Handrücken die Lippen ab und sagt:

– Diesmal muß ich mich verziehen.

Er zischt seinen Halben und steht hurtig auf.

Lamélie hört verstört und sieht ihn an. Sie folgt der Bewegung und sagt:

– Ich habs nicht eilig, ich werde dich ein Stück begleiten.

– Weißt du, um diese Zeit ist viel Verkehr, da gibts immer Verspätung, ich werde keine Zeit haben, mit dir zu schwatzen.

– Ich werde dir zugucken, wie du die kleine Kurbel auf deinem Bauch drehst, ich werde deine Stimme hören, wenn du die Stationen ausrufst, und ich werde glücklich sein.

– Es ist nicht sicher, daß du mitkommst. Der Andrang wird groß sein.

Er war groß. Siebenhundertsiebzehn Personen standen sich die Beine in den Bauch, wobei sie eine lange Schlange bildeten, die sich nach den offiziellen Anweisungen formiert hatte. Lamélie wartete, die Leute stiegen ein, der Autobus füllte sich, und sie war noch weit weg im Strom der Anwärter, als ihr Scheich mit einer eleganten Gebärde das Schild ›Besetzt‹ herunterließ und an seiner kleinen Klingel zog. Das Ganze fuhr ab. Der Omnibusler machte eine Handbewegung, die sich vielleicht an irgend jemanden in der Schlange richtete, die immer länger wurde. Lamélie machte kehrt und hurtig hob den hehren Haufen Hintereinanderstehender zu halbieren sie an. Als sie versuchte, gegen den Strom anzugehen, sagte man zu ihr:

– Na, Kokottchen, man weiß wohl nicht mehr, was man will?

– Auch so eine, die glaubt, man hätte nicht schon genug Ärger.

– Die Weiber, die ihre Meinung ändern, sind eine Welt für sich.

– So was steht verkehrt rum Schlange und wundert sich dann noch, daß man darüber nicht glücklich ist.

Eine Dame meckerte:

– Haben Sie jetzt bald genug gedrängelt? Haben Sie nicht meinen Bauch gesehen?

– Wenn Sie schwanger sind, entgegnete Lamélie mürrisch, dann gehen Sie doch vor.
Ein Bürger, der von diesem Dialog nichts verstanden hatte, platzte los:
– Platz da! brüllte er, Platz! Einer schwangeren Frau wird schlecht!
– Platz! Herrgott noch mal, haben Sie nicht verstanden? Eine schwangere Frau!
– Macht Platz! Etwas Achtung vor schwangeren Frauen und Ehre der Mutterschaft!
– Platz! Platz!
– Macht Platz!
Lamélie wurde aus der Flut der Warter ausgeworfen wie ein Büschel Seetang, das auf einen normannischen Strand fliegt. Sie entfernte sich. Sie ging wieder an dem Café vorbei; auf der Terrasse probierten Paare immer noch den Zungenkuß. Ganz melancholisch kam Lamélie am Quai an.
Allmählich stand sie schließlich vor der Arche.
Cidrolin ruhte sich auf dem hinteren Deck aus; bequem liegend, aber nicht dösend, schaute er in die Ferne. Die Ankunft Lamélies änderte in nichts seinen Mangel an Haltung. Erst als man die Fenchelessenz und das Kranenwasser brachte, modifizierte er sein Verhalten, indem er gleichzeitig eine sitzende Stellung einnahm und wie folgt das Wort ergriff:
– Der Inspektor der Corbitarsteuer ist da gewesen.
– Ich habe den Autobus genommen, antwortete man.
– Er hat alles besichtigt.
– Der Schaffner war zum Schießen.
– Er hat mich beglückwünscht.
– Er erzählte jedem Fahrgast drollige Geschichten.
– Er war der Ansicht, daß die Arche zwei Anker in der Kategorie A verdient.
– Mit mir hat er auch gesprochen.

– Noch keine drei Anker. Aber zwei ist immerhin schon recht gut.
– Sie sind verflucht besser gebaut als ne Wochenkarte, hat er zu mir gesagt, und beileibe draller als n Fahrscheinblock.
– Natürlich werde ich mehr Steuern bezahlen, aber das gehört eben zum Statussymbol.
– Mensch, Sie, meine Fresse, so was, hab ich ihm zurückgegeben.
– Er hat mich auf etwas hingewiesen.
– Aber ich mußte doch lachen.
– Sie nennen Ihren Kahn Arche? hat er zu mir gesagt, dabei ist kein einziges Tier an Bord; das ist doch paradox. Das stimmt, gab ich ihm zur Antwort, das ist paradox; aber es ist nun mal so. Gut, gut, hat er hinzugefügt, er: mir ist das im Grunde ja wurscht. Und mir erst, hab ich meinerseits hinzugefügt. Darauf ist er gegangen. Er war zufrieden mit sich, und ich war zufrieden mit mir. Bis jetzt ist es, wenn man vom Essen absieht, ein recht guter Tag gewesen, aber man soll ihn nicht vorm Abend loben. Es kann noch alles passieren.
– Der Kerl gefällt mir.
– Wer denn?
– Der Schaffner von der Linie 421.
– Ich nehme an, daß es dort nicht nur einen gibt.
– Der, den ich kenne.
– Ich kenne ihn nicht.
– Ich habe dir gerade von ihm erzählt.
– Dann interessiert es dich also nicht, daß die Arche zwei Anker in der Kategorie A bekommen wird?
– Ärmlich. Warum keine drei? Dabei schrubbe ich doch genug dran rum.
– Wir müssen noch etwas warten. Eines Tages werden wir die drei Anker bekommen.
– Und warum keine vier?

– Ich weiß, ich weiß.
Er streckte die Hand nach der Flasche Fenchelessenz aus, um sich wieder einen tüchtigen Schluck einzugießen.
– Du trinkst zuviel, gab man ihm zu bedenken. Er zuckte die Achseln und goß sich reichlich ein.
– Na, fragte er, und dein Schaffner?
– Die Fenchelessenz führt zum Wahnsinn, das steht doch in den Zeitungen.
Cidrolin zog die Stirn kraus, glättete sie wieder, um sein Glas zu leeren, und zog sie von neuem heftig kraus. Vier tiefe Falten durchfurchten seine Glabella. Er knurrte:
– Du hast mir den Spaß verdorben. Wieder einer im Eimer.
Man bringt die Flasche, das Kranenwasser und die Gläser weg.
– Erzähl mir von deinem Schaffner.
– Ich habe zu tun.
– Soll ich mir den Farbtopf vornehmen?
– Nein, nichts zu verzeichnen.
Da dem so war, legte er sich von neuem in seinen Liegestuhl und begann wieder in die Ferne zu schauen.
Am Horizont erschien eine Abteilung der königlichen Sicherheitskompanien; der Türmer meldete es dem Herzog von Auge, der die notwendigen Befehle gab und dabei so laut schrie, daß Abbé Biroton wach wurde.
– Die Kaeskas kommen, sagte der Herzog und rieb sich die Hände. Aus denen werden wir Kleinholz machen.
– Was ist los? Warum die Kaeskas?
– Ah, ah, ich hatte es dir noch gar nicht gesagt. Ich habe ein paar Burger, die mich mit Kot bewarfen, abgekelt.
– Die Unwürse ist eine schlechte Ratgeberin. Ihr werdet Buße tun müssen.
– Soviel man will, aber die da haben sicherlich heimtückischere Absichten.

– Unser heiliger König spaßt nicht mit den Verstößen der Lehnsherren.
– Er nimmt uns ernst, sagte der Herzog zufrieden.
Es waren jetzt mehrere Abteilungen, die sich, von verschiedenen Punkten des Horizontes kommend, dem Geschloß näherten.
– Das nimmt eine schlimme Wendung, murmelte der Abbé, das nimmt eine schlimme Wendung.
– Mach dir keine Sorgen; wenn sie sich böse verhalten, werde ich Kleinholz aus ihnen machen.
– O Gott! Ihr wollt auch noch ein Rebell werden?
Die Kaeskas umzingelten das Geschloß; der Heroldste unter ihnen näherte sich der Zugbrücke und gab durch sowohl sonore als auch heraldische Zeichen zu erkennen, daß er dem Herrn dieses Ortes eine Botschaft überbringen wollte.
Der Abbé jammerte:
– So eine Geschichte! So eine Geschichte!
– Du hast eigentlich noch gar nicht auf meine dritte Frage über die Weltgeschichte im allgemeinen und die allgemeine Geschichte im besonderen geantwortet.
Aber man führt den Herold herein, der anfängt, dem Herzog zu erklären, daß der heilige König ganz und gar ungehalten ist, daß man so was nicht mehr tut, aus nichtigen Gründen Burger töten, und daß die Herren es sich gesagt sein lassen sollen, daß man nicht mehr unbesonnen enthirnt und daß infolgedessen Joachim Herzog von Auge pro zerbrochenem Pfeifenkopf hundert französische Thaler aus geläutertem, reinem, unverfälschtem Gold aus seinem Schatz herausrücken soll, und daß das natürlich eine beachtliche Summe ausmachen wird, vor allem, da es etliche mit Sprüngen gibt, die noch am Sterben liegen und daß Joachim Herzog von Auge bedenken solle, daß diese Summe nur teilweise zur Entschädigung der Witwer, Witwen oder Waisen verwendet werden wird, in der Hauptsache je-

doch dazu dient, den in Vorbereitung befindlichen Kreuzzug substantiell zu subventionieren.
Ferner soll Joachim Herzog von Auge sechstausendeinhundertsiebenundfünfzig Pater aufsagen, ebenso viele Ave und dreimal weniger Confiteor, ebenso viele Messen lesen lassen, wie es Getötete gibt, an welchen Messen er barfuß, im Hemd, das Haupt mit kalter oder warmer Asche bestreut, ganz nach Belieben, teilnehmen wird.
Daß Joachim von Auge überdies bedenken möge, daß der heilige König ihn an den beiden Ohren hätte aufhängen lassen, bis daß der Tod eintritt, wenn der heilige König sich nicht der von Joachim von Auge in Damiette und El Mansurah für die christliche Sache geleisteten Dienste erinnert hätte.
Daß schließlich Joachim von Auge seine französischen Thaler aus geläutertem, reinem, unverfälschtem Gold behalten, die Anzahl seiner Pater und die Anzahl seiner Ave, obgleich diese Zahl ungleich sei, um die Hälfte, und um ein Viertel, obgleich vier nicht in zweitausendzweihundertneunzehn aufgeht, die Anzahl seiner Confiteor verringern könne, während bezüglich der Messen nichts geändert werde, wobei es dem Herzog jedoch unbenommen bleibe, ihnen beschuht und nach Belieben bekleidet beizuwohnen, unter der einfachen, wohlwollenden, segensreichen und verzeihenden Bedingung allerdings, daß er sich dem heiligen König anschließe, um beim nächsten Kreuzzug Sarazenen aufzuschlitzen.
– Nie, antwortete der Herzog von Auge. Ich habe ihm schon erklärt, daß ich keinen Fuß mehr in diese unmöglichen Kaffs setzen will. Ein Kreuzzug ist viel, zwei Kreuzzüge sind zu viel.
– Aber, Messire, sagte der Herold, wollt Ihr das Heilige Grab nicht den Händen der Ungläubigen entreißen?
– Aber das ist doch schon im Eimer, du armer Stutzer! Man wird wieder eine schöne Pleite erleben. Unser Heiliger Vater selber glaubt ja nicht mehr dran. Seit beinahe zweihundert Jah-

ren rackert man sich ab, es wiederzukriegen, aber es ist immer noch drin, in den Händen der Ungläubigen, das Grab.
Entsetzt bekreuzigte sich der Herold.
– Und, fuhr der Herzog von Auge fort, glaubt Ihr etwa, man kann es den Ungläubigen aus den Händen reißen, das Grab, indem man nach Tunesien geht? Warum nicht gleich ins Land der Amauroten oder der Hamaxobier? Und wenn er schon dabei ist, unser heiliger König, warum geht er da nicht zu den Indern oder nach Serika? Warum fährt er nicht auf dem Ozeanmeer bis hinter die Insel Thule, vielleicht fände er dort ein unbekanntes Land mit zusätzlichen Ungläubigen, die er zu Kleinholz machen kann?
– Mäßigt Euch, Messire, murmelte Abbé Biroton. Der Herold bekreuzigte sich unentwegt.
– Nein, nein und nochmals nein, schloß der Herzog von Auge.
– Ich nicht Kreuzzug gehen. Ich werde diesen Haufen Patravefiteor runterleiern, ich werde allen Aschenmessen beiwohnen, und ich werde meine schönen französischen Thaler aus geläutertem, reinem, unverfälschtem Gold abtreten, aber mich an den Gestaden der Syrten herumzutreiben, dazu möchte ich noch einmal sagen: nein, nein, nein. Das ist meine Antwort und nachdem dies gesagt ist, möchte ich darauf hinweisen, daß der heilige König uns verboten hat, uns, die wir das Münzrecht haben, unsere Heller und unsere Thaler außerhalb unserer Domänen in Umlauf zu setzen, aber trotzdem will er ihre Farbe sehen. Abschließend, Herold, fordere ich dich auf, unsere Ländereien von deiner mißliebigen Gegenwart und der deiner Akoluthen, die es nicht weniger ist, zu befreien. Ich habe gesprochen.
– Das werde ich unverzüglich tun, aber ich kann nicht aufbrechen, Messire, ohne einen Abschlag auf die Geldbuße, die Euch trifft, einzustreichen, einen Abschlag, der sich auf … na … Moment mal … auf siebentausendzweihundert französische Thaler aus geläutertem, reinem, unverfälschtem Gold beläuft,

plus zwölf Pariser Heller für die Schreibgebühren und vier Batzen für die Stempelmarke.

– Habe ich als Teilnehmer des siebten Kreuzzuges keinen Anspruch auf Preisnachlaß? fragte der Herzog mit bleicher Grimasse, jener bleichen Grimasse, die er zu schneiden pflegte, wenn man an seine Thaler ranwollte.

Der Herold antwortete standhaft:

– Nein. Die Rechnung ist in Ordnung.

Er fügte noch hinzu:

– Sie kann nur größer, niemals kleiner werden.

Joachim von Auge schwieg und machte ein nachdenkliches Gesicht.

Der Kaplan erriet, daß der Herzog den Plan ins Auge faßte, zur offenen Rebellion überzugehen. Der Herold erriet dasselbe. Der Herzog erriet, daß die beiden andern erraten hatten. Der Kaplan erriet, daß der Herzog erraten hatte, daß er erraten hatte, erriet aber nicht, ob der Herold ebenfalls erraten hatte, daß der Herzog erraten hatte, daß er erraten hatte. Der Herold hingegen erriet nicht, ob der Kaplan erraten hatte, daß der Herzog erraten hatte, daß er erraten hatte, aber er erriet, daß der Herzog erraten hatte, daß er erraten hatte.

Diese heftige Spannung stimmte zum Schweigen, was einem jeden erlaubte, Belusine und Pigranelle Spinnlieder singen, Pferde wiehern, Hunde bellen, Kaeskas aufstampfen und Phelise blöken zu hören.

– Zum Henker, rief schließlich der Herzog, mein Entschluß ist gefaßt, nit wird der heilige König die Farbe meiner französischen Thaler aus geläutertem, reinem, unverfälschtem Gold sehen, nit werde ich Aschenmessen hören, nit werde ich einen Haufen Patravefiteors aufsagen und nit werde ich am Kreuzzug teilnehmen. Raus hier, stutzerhafter Kaeska! Dir und deinesgleichen gebe ich den Rat, euch von meinen Mauern zu entfernen, denn ich werde euch mit kochendem Öl und geschmolzenem Blei bewirten, ein ausgezeichnetes kulinarisches Rezept zur Anrichtung der königlichen Sicherheitskompanien, die besser daran täten, am Kreuzzug teilzunehmen, anstatt adlige Herren wie mich zu belästigen. Wenn die Kapetinger jetzt anfangen, uns auf die Tour zu behandeln, werden die Aristokraten bald am Laternenpfahl aufgeknüpft werden. Hast du nicht gehört, Herold? Ich habe dir gesagt raus hier und raus aus meinen Ländereien, und wenn du nicht gleich Dampf dahinter machst, werde ich dir den Wanst mit den Zähnen aufschlitzen, ham.

Der entsetzte Herold, erschreckt, legte, nachdem er sich viele Male bekreuzigt hatte, die notwendige Anzahl von Schritten zurück, um aus den Augen des Herzogs von Auge zu verschwinden. Die Zugbrücke ging herunter, um ihn herauszulassen, dann ging sie sofort wieder hoch.

– Man siede Öl, brüllte der Herzog. Man bringe Blei zum Schmelzen, aber etwas ruck zuck!

– Ihr geht vielleicht etwas zu weit, sagte schüchtern der Kaplan. So schrecklich sind die Messen und Gebete ja auch wieder nicht.

– Ja, aber er will an mein Gold ran, der Kapetinger.

– Na, na, Messire, Ihr werdet doch nicht glauben, daß Ihr Eurer Metzellaune an guten Burgern und unglücklichen Dörflingen nachgeben könnt, ohne ihren Witwen und Waisen eine kleine Rente zu bezahlen?

– Eine kleine Rente, da hab ich nichts dagegen. Sie brauchen sie sich nur holen zu kommen. Nicht nötig, daß das Geld über den König geht, der sich unterwegs seinen Teil unter den Nagel reißen wird.

– Ihr verleumdet Euren Souverän, Messire.

– Ich spreche nicht von ihm. Der arme Mann ist ja ein guter Kerl. Aber seine Amtmänner und Schatzmeister werden sich an meinen guten, schönen Thalern aus geläutertem, reinem,

unverfälschtem Gold gütlich tun. Man soll mir doch keine Geschichten erzählen. Los! Laßt das Bratfett kochen und das Metall brutzeln!
Er rieb sich zufrieden die Hände, während die königlichen Sicherheitskompanien, in sicherer Entfernung von den Mauern des Geschlosses, an die Lebensmittel Hand anlegten, die für die Verpflegung des Herzogs, der Seinen und seiner Tiere bestimmt waren.
Als Abbé Biroton ihn auf diese heimtückische Handlung aufmerksam machte, schlug sich der Herzog zum Zeichen des Hohns auf die Schenkel.
– Ich habe meine Vorkehrungen getroffen. Meine Vorräte werden mir erlauben, so lange auszuhalten, bis der allerchristlichste König zu seinem Kreuzzug aufbricht und wieder zurückkommt, wenn er zurückkommt.
– Gott beschütze ihn! sagte der Abbé mechanisch.
– Wenn nötig, werden wir Menschenfleisch essen! Gekocht natürlich; man sagt, daß es seinen Reiz hat. Wenn wir Kruditäten wollen, werden wir einen Ausbruch unternehmen und diese bösen Kaeskas ausplündern. Ich freue mich schon darauf zu sehen, wie ihre Leiber meine Radieschenfelder düngen, denn auf Radieschen bin ich sehr versessen. Und jetzt, Abbé, wirst du auf die dritte meiner Fragen antworten, nämlich, was du von der Weltgeschichte im allgemeinen und von der allgemeinen Geschichte im besonderen hältst. Der Augenblick scheint mir gut gewählt: ich höre.

5

– Na, kommst du bald? sagt Bertrande.
– Ach, du Elend, sagt Yoland. So eine Strapaze.
– Du hast mich nicht nur fürs Vergnügen geheiratet. Los, raus, auf gehts.

– Deine Schwester will ich ja gern besuchen, aber deinen Vater, weißt du …
– Was weiß ich?
– Nichts. Es reicht schon.
– Das will ich auch hoffen.
– Ich weiß, was ich meine.
– Ich hoffe, du bist der einzige. Komm her, daß ich dir die Krawatte richte. Du wirst nie imstande sein, einen anständigen Knoten zu binden.
– Was man doch nicht alles hören muß.
Sie haben eine Verabredung mit Sigismonde und Lucet.
– Sieh da, sagt Sigismonde, habt ihr einen neuen Ouagen?
– Was fragste denn so dumm, sagt Lucet, das sieht man doch.
– Steigt ihr ein? sagt Yoland.
– Wir fahren mit unserm, sagt Lucet.
– Sieh da, sagte Bertrande, ihr habt ja auch einen neuen Ouagen?
– Da ist doch nichts Besonderes dabei, sagt Yoland. Alle Welt hat stets neue Ouagen.
– Nun macht aber bloß kein Wettrennen, sagt Sigismonde.
Nein, sie machen kein Wettrennen, aber sie kommen ungefähr zur gleichen Zeit vor der Arche an. Cidrolin streicht gerade den Zaun am Quai neu. Lamélie wartet auf dem Kahn; sie hat die Fenchelessenz, das Kranenwasser und die Gläser bereitgestellt. Die Frauen gehen die Böschung hinunter. Die beiden Männer bleiben stehen, um Cidrolin zuzuschauen, wie er ein paar letzte Pinselstriche anbringt; schweigend schauen sie ihm mit Kennermienen zu.
– Das ist gekonnt, sagt Lucet schließlich.
– Gute Arbeit, sagt Yoland.
– Und den Kahn? fragt Lucet Cidrolin, werden Sie den auch neu anstreichen?

– Nächstes Jahr, antwortet Cidrolin. Alle zwei Jahre. Er ist letztes Jahr neu angestrichen worden. So, das hätten wir.
Er nimmt den Farbtopf, steigt die Böschung hinab.
– Fallt nicht aufs Maul, rät er.
Auf dem Steg sagt er:
– Aufgepaßt, daß ihr nicht ins Wasser plumpst.
Ihr Glas mit Fenchelessenz erwartet sie; die Frauen sprechen gerade vom Tevau.
– Du solltest dir einen kaufen lassen, sagt Bertrande zu Lamélie. Was kannst du am Abend schon treiben? Du mußt dich doch langweilen.
– Ich gedulde mich, sagt Lamélie. Ich werde nicht immer hier bleiben.
– Was willst du denn tun?
– Ich werde heiraten, mein Gott!
– Hast du einen in Aussicht?
– Ei, ei!
Sie ziert sich.
– Sie werden sich langweilen, wenn sie nicht mehr da ist, sagt Lucet zu Cidrolin.
– Och, ich, wissen Sie, da muß es schon dick kommen, bis ich mich langweile.
– Er findet immer was, um nichts zu tun, sagt Lamélie. – Er versteht es sehr gut, sich nicht zu beschäftigen.
– Wir kennen ihn genauso gut wie du, sagen im Chor Sigismonde und Bertrande.
– Natürlich, sagt Cidrolin, wäre es mir lieber, wenn sie bliebe, aber sie muß schließlich ihr eigenes Leben haben, die Kleine, das ist normal.
– Das ist normal, sagt Bertrande.
– Das ist normal, sagt Sigismonde.
– Dann hast du also einen in Aussicht? sagt Bertrande.
– Ei, ei, sagt Lamélie.

Sie ziert sich.
– Hört mal, sagt plötzlich Lucet, warum habt ihr eigentlich keinen Tevau? Das zerstreut.
– Es bildet sogar, sagt Yoland.
– Na, Lamélie, sagt Cidrolin, willst du dich zerstreuen oder bilden, bis du heiratest?
– Nein, Papa, ich will nur ficken.
– Im Tevau wird fast nicht gefickt, gibt Lucet zu bedenken.
– Es wird sogar überhaupt nicht gefickt, sagt Yoland.
– Seid ihr dumm, sagt Bertrande, das geht doch nicht, weil die Gören zugucken.
– Und du, fragt Sigismonde, läßt du deine gucken, sooft sie wollen?
– Nur was instruktiv ist, antwortet Yoland, vor allem die Tagesschau. Da lernen sie die Geschichte Frankreichs, sogar die Weltgeschichte kennen.
– Wieso denn das? sagt Lucet.
– Na ja, die Tagesschau von heute ist die Geschichte von morgen. Das brauchen sie dann in der Schule nicht mehr zu lernen, weil sie es schon kennen.
– Hör mal zu, Alter, da quatschst du jetzt aber dummes Zeug, sagt Lucet. Die Geschichte ist nie die Tagesschau gewesen und die Tagesschau ist nicht die Geschichte. Du darfst das nicht durcheinanderbringen.
– Aber doch, gerade! Ganz im Gegenteil!! Man muß es durcheinanderbringen!!! Schau mal her. Nimm an, du sitzt vor dem Tevau und du siehst, jawohl, du siehst Lucien Bonaparte, der sein Glöckchen schwingt, sein Bruder in einer Ecke, die Abgeordneten, die grölen, die Grenadiere, die ankommen, kurzum, du wohnst dem neunzehnten Brumaire bei. Hinterher legst du dich ins Bett, du schläfst hundert Jahre und dann wirst du wach: in diesem Augenblick ist der neunzehnte Brumaire Geschichte geworden und du brauchst nicht in die Bücher

zu gucken, um zu wissen, was es mit diesem Datum auf sich hat.

– Das ist doch idiotisch, sagt Sigismonde, zu der Zeit gabs ja noch gar kein Tevau.

– Zugegeben, sagt Yoland, aber schau dir doch mal die Wochenschau im Kino an; manchmal bringen sie ja die alten Wochenschau-Filme wieder. Da siehst du den Zaren Nikolaus, wie er Poincaré die Hand drückt, die Taxis von der Marne, Wilhelm II., den Kronprinzen, Verdun: ist das vielleicht keine Geschichte? Und doch sind es einmal Aktualitäten gewesen, Wochenschau im Kino.

– Es bleibt Wochenschau, sagt Lucet. Beweis: du siehst es im Kino und man sagt dir vorher: das ist die Wochenschau.

– Das ist doch idiotisch, sagt Yoland. Was ist denn dann deiner Meinung nach die Geschichte?

– Wenn es in den Büchern steht.

– Das ist wahr, sagt Bertrande.

– Er hat recht, sagt Sigismonde.

– Er hat hundertmal recht, sagt Lamélie.

Yoland schlägt auf den Tisch.

– Geben Sie acht, daß Sie nicht die Fenchelessenz umstoßen, sagt Cidrolin.

Yoland schlägt auf den Tisch und gibt dabei acht, daß er die Fenchelessenz nicht umstößt. Er fügt der Gebärde das Wort hinzu:

– Ihr müßt doch saublöd sein, um nicht zu verstehen, was ich sagen will.

– Wir haben sehr gut verstanden, sagt Bertrande, aber das ist doch idiotisch.

– Dann überleg doch mal fünf Minuten. Da waren einmal Leute, die einen Waffenstillstand unterschrieben haben, neunzehnhundertachtzehn zum Beispiel ...

– Angenommen.

– ... man hat das gefilmt. Damals wurde es in der Wochenschau gezeigt und nachher, jetzt zum Beispiel, ist es Geschichte geworden. Ist das klar oder nicht?

– Nein, sagt Lucet. Das hat weder Hand noch Fuß. Weil, deine Wochenschau, die siehst du nämlich nicht gleichzeitig mit der Sache, die passiert. Die siehst du oft erst acht Tage später, vierzehn Tage später. In manchen Vorstadtkinos bringen sie die Tour de France sogar erst im November. So, und von wann ab wirds dann Geschichte, in diesem Fall?

– Sofort! Illico presto subito! Die Tagesschau beim Fernsehen ist Aktualität, die zur Geschichte gerinnt. Getan, gesagt.

– Und als es noch kein Tevau gab, sagt Sigismonde, da gabs also auch keine Geschichte?

– Siehst du, sagt Lucet, darauf weißt du nichts zu antworten.

– Trinkt doch noch etwas von dieser Fenchelessenz, sagt Cidrolin.

– Und du, Papa, sagt Lamélie, was hältst du davon?

– Ich hab keinen Tevau.

– Wissen wir, wissen wir, sagt Bertrande, denn wir erklären Lamélie ja gerade, daß du ihr eins kaufen sollst, damit sie sich nicht mehr so beschissen langweilt.

– Ja, gewiß, sagt Cidrolin, aber sie denkt doch nur ans Ficken.

– Im Tevau, sagt Lucet, wird fast nicht gefickt.

– Es wird sogar überhaupt nicht gefickt, sagt Yoland.

– Seid ihr dumm, sagt Bertrande, das geht doch nicht, weil die Gören zugucken.

– Und du, fragt Sigismonde, läßt du deine gucken, sooft sie wollen?

– Nur was instruktiv ist, sagt Yoland. Vor allem die Tagesschau. Da lernen sie die Geschichte Frankreichs, sogar die Weltgeschichte kennen.

– Wieso denn das? sagt Lucet.

– Na ja, dieTagesschau ist die Geschichte von morgen. Das brauchen sie dann in der Schule nicht mehr zu lernen, weil sie es schon kennen.
– Lustig, sagt Cidrolin. Mir scheint, daß es wieder von vorn anfängt, daß ich das alles schon mal anderswo gehört habe.
– Dabei, sagt Lucet, ist das, was wir sagen, nicht so häufig. Es ist Ihnen bestimmt noch nicht oft passiert, daß Sie Gespräche von einem so hohen philosophischen und moralischen Niveau gehört haben.
– Vor allem in den Kreisen, in denen Sie bis vor kurzem gelebt haben, sagt Yoland.
Bertrande verpaßt ihm einen Fußtritt ans Schienbein.
– Au, sagt Yoland.
– Litten Sie? fragt Cidrolin.
– So was Brutales, sagt Yoland.
– Kurzum, sagt Cidrolin, ich habe mich sehr gefreut, euch gesehen zu haben. Ihr seid sehr liebenswürdig zu mir.
– Wirfst du uns vor die Tür? fragt Bertrande.
– Es sieht ganz so aus, sagt Sigismonde.
– Keineswegs, sagt Cidrolin, bloß, wenns anfängt, sich im Kreis zu drehen, wenn ich mich frage, wohin ich fallen werde, dann ist es besser, wenn es sofort aufhört, sonst würd ich womöglich noch durchdrehen, käme in alten Zeiten an oder in zukünftigen, man weiß es nicht, oder auch nirgendwo, aber so, daß ihr eine Heidenangst bekämt.
– Wie, sagt Yoland zu Lucet, wärs, wenn wir zusammenlegten, um ihm zum Geburtstag ein Tevau zu schenken, das würde sein Gehim am Wiederkäuen hindern.
– Wir werden sehen, sagt Lamélie. Im Augenblick ist es das beste, wenn wir ihn seine Siesta halten lassen: Das ist noch sein bestes Kino.
Von den Kaeskas blieben nur noch verfallene Gräber, auf denen Moos wucherte; man hatte sie völlig vergessen, die Kaes-

kas, die in der Schlacht zur Zeit des Königs Ludwig, Neunten dieses Namens, gefallen waren.
Der Herzog von Auge öffnete ein Auge und erinnerte sich, daß Abbé Biroton auf eine gewisse dritte Frage antworten sollte und daß er nichts dergleichen getan hatte. Sein zweites und letztes Auge öffnend, erblickte der Herzog von Auge in seinem Sehfeld keinen Abbé Biroton.
– Ach, der Kuttenträger, der Galkenstrick, der Faulpelz, brummte der Herzog. Ich möchte wetten, daß er zum Konzil von Basel aufgebrochen ist, falls es nicht das von Ferrara oder von Florenz ist, man kennt sich da ja nicht mehr aus. Auf jeden Fall bin ich jetzt sehr verärgert.
Er steht auf und erklimmt die Plattform des Turms seines Geschlosses, um dort mal kurz ein kleines bisserl die historische Lage in Augenschein zu nehmen.
Kein Angel war in Sicht, kein Waffenmann, gleich von welcher Partei oder Nation. Es war sogar eher menschenleer. Ein paar Dörflinge hier und da scharrten im kärglichen Boden, aber sie zählten fast gar nicht in der Landschaft, waren kaum sichtbar. Der Herzog betrachtete dieses Schauspiel mit düsteren Augen und seufzte; dann stieg er in die Küche hinunter, um dort im Vorbeigehen ein Lerchenragout zu verschlingen, mit dem er sich etwas Appetit verschaffen wollte. Ein paar Küchenjungen, die ihn nicht gesehen hatten, bekamen handfeste Fußtritte, so daß sie nach rechts und links flogen. Der Koch, der die Neigungen des Herrn kannte, brachte ihm eilends das begehrte Ragout. Der Herzog schmaust, zermalmt die Knochen, leckt sich die Finger, leert Pinten. Er blüht auf. Er lächelt.
– Es ist einfach köstlich, erklärt er, aber neben so einem kleinen, fünfjährigen Kind, das schön am Spieß gebraten wurde, ist es nichts.
Er lacht auf.
– Messire, Messire, sagt der Koch, ich flehe Euch in aller

Bescheidenheit an, mit solchen Greueln keine Scherze zu treiben.
– Ich mache keine Scherze, ich spreche im Ernst.
– Dann, Messire, macht lieber Scherze.
– Ja, sag mal, Koch, was willst du eigentlich? Soll ich nun Scherze machen oder im Ernst reden?
– Messire, ich glaube, es ist besser, wenn wir dieses Thema nicht anschneiden: Die Menschenfresser haben keinen guten Ruf in den augenblicklichen Zeiten. Vor allem nicht der Menschenfresser-Freckert.
– Du weißt genau, von diesem Fleisch freß ich nicht! Menschenfresser mag ich nit, Freckert will ich nit, Herzog von Auge bin ich.
– Messire, jedermann weiß, daß Ihr strafbare Nachsicht übt...
– Ja wie, solltest du mir etwa die Treue zu meinem guten, alten Waffengefährten, dem edlen Herrn Gilles de Rais, vorwerfen?
– Das heißt...
– Ja wie! Da hab ich nun, für die Sache unseres Königs, gemeinsam mit ihm unter dem Kommando von Jehanne der Jungfrau soviele Angeln kurz und klein gehauen und jetzt, wo er in der Klemme ist, soll ich ihn fallen lassen? Nein, nein und nochmals nein! Das wäre nicht edel.
– Man sagt, daß er ein großer Verbrecher ist.
– Klatschbasengeschwätz! Legenden, die erfunden werden, um edle Herren wie ihn oder mich schlecht zu machen. Dieser Karl, Siebter seines Namens, der, also jetzt, wo er so in etwa den Hundertjährigen Krieg gewonnen hat, er dauert sogar schon etwas länger als hundert Jahre, die brauchen nämlich, nebenbei bemerkt, recht lange, unsere guten Könige, so gerissen sie sind, um einen Krieg zu gewinnen, kurz, was habe ich gesagt? Ja, jetzt, wo die Niederlage der Angeln voranschreitet, mit den Riesenschritten der Kapetinger, wir haben vielleicht höchstens noch etliche fünfzehn Jährchen vor uns, ja, jetzt, wo

unser König uns nicht mehr so unbedingt für die Vertreibung der Engländer braucht, jetzt mache ich mich darauf gefaßt, daß er antifeudalistische Maßnahmen ergreift, um uns die Flügel zu stutzen und uns an die Kandare zu nehmen. Ich hüte mich vor ihm wie vor dem Teufel.

– Huhu, Messire, beschwört nicht dieses garstige Vieh.

– Dieser Prozeß unseres guten Freundes Gilles kündet antifeudalistische und heimtückische Maßnahmen an, um uns die Flügel zu stutzen und uns an die Kandare zu nehmen.

– Messire, Ihr wiederholt Euch.

– Erstens ist es nicht ganz richtig: Ich habe ein Adjektiv hinzugefügt; und zweitens wisse, du dickes Schwein, daß die Wiederholung eine der wohlriechendsten Blüten der Rhetorik ist.

– Ich würde gern daran zweifeln, Messire, wenn ich nicht große Angst vor Euren Schlägen hätte.

Derart provoziert, steht der Herzog auf, ergreift einen Schemel und zerbricht ihn auf dem Rücken des Küchenmeisters.

– Messire, Messire, sagt der Koch, ich flehe Euch an, nicht mehr länger auf den Busch zu klopfen.

– Ach, du kotzt mich an und machst mich hungrig. Bring mir etwas getrocknetes Obst, damit ich die Zähne sauber krieg.

Der Herzog verschlingt sein Obst und kommt dann wieder auf seinen Hammel zurück.

– Na, Küchenmeister, findest du das etwa in Ordnung, daß man einen Marschall von Frankreich vors Gericht zitiert?

– Messire, das ist ganz gewiß sehr schlecht und sehr gemein.

– Man versucht, ihm am Zeug zu flicken, diesem lieben Freund. Selbst wenn er wirklich ein Dutzend kleine Buben vergewaltigt und drei oder vier davon abgemurkst hat, ist das noch lange kein Grund, einen Marschall von Frankreich auszupeitschen, einen Marschall und vor allem einen Kampfgefährten unserer guten Lothringerin, welche Engländer in Rouen verbrannten.

– Messire, man sagt, daß es tausendunddrei sind.
– Tausendunddrei was?
– Kleine Kinder, die dieser garstige Schweinstreiber von Marschall gemartert, geschlachtet und aufgefressen hat. Das ist doch entsetzlich, entsetzlich.
Der Koch weinte wie ein Kalb. Der Herzog sah ihn mehr erstaunt als wütend an.
– Liest du etwa die Romane der Table Ronde? fragte er ihn sanft.
– Messire, ich kann gar nicht lesen.
– Dann ist vielleicht die erfundene Wehklage eines Trouvères niederer Herkunft in deinen Gehörgang eingedrungen?
– Richtig, Messire, richtig: Ein Trouvère hat meine Seele mit einem Rachelied verdorben, in dem vom allerchristlichsten König von Frankreich Gerechtigkeit für die armen Eltern gefordert wird, deren Kinder dieser Schuft von Marschall abgekelt hat.
– Das sind Zeiten, sagte der Herzog von Auge mit einem Seufzer. Das sind Zeiten! Nun denn, ich, der du mich hier vor dir siehst, begebe mich stehenden Schrittes oder vielmehr mit dem trabenden Schritt meines Pferdes, des guten Demo, ich begebe mich also, sage ich, zu unserem weisen König Karl, dem Siebten seines Namens, und verlange von ihm volle und ganze Freiheit für Gilles, Marschall von Frankreich, verlange seine sofortige Freilassung und darüber hinaus die Bestrafung aller dieser Rechtsgelehrten und aller dieser latinisierenden und lumpigen Achterleut des römischen Rechts, die sich anschicken, über einen guten Soldaten herzufallen wie Schmeißfliegen über einen edlen Renner, einen guten und sogar, was selten ist, siegreichen Soldaten. Heda! Wo ist denn mein Schildknappe Mouscaillot? Er soll sich bereit machen und meinen Demo satteln!
Da also sattelte den Sthenes Mouscaillot, und schon brach der

Herzog nach der Hauptstadt auf, begleitet von dem Junker, der auf Steph saß. Der Herzog war in Redelaune.

– Komm schon zu mir, Mouscaillot, damit ich dir den Grund für unsere Reise erzähle.

Mouscaillot ließ sein Pferd auf gleicher Höhe wie das seines Herrn traben, versuchte aber, einen Abstand einzuhalten, den er für nötig hielt, um einer plötzlichen Maulschelle auszuweichen.

– Komm schon näher, komm schon näher, sagte der Herzog.

– Ich komme näher, Messire, ich komme näher.

– Komm schon näher, du Nulpe, sagte Sthenes, du siehst doch, daß mit unserem Herzog zur Stunde gut auskommen ist.

– Da hat er wirklich recht, sagte der Herzog. Komm also näher!

Mouscaillot mußte also auf Sporenfühlung gehen.

– Weißt du auch, mein Freund, warum ich mich so in die Hauptstadt begebe?

– Ich weiß es nicht.

– Dann rate mal!

– Um dort ein Bad zu nehmen?

– Ich werde vielleicht die Gelegenheit nützen. Such weiter.

– Um dort Putanen und Trumpelmezen zu besuchen?

– Ich werde vielleicht die Gelegenheit nützen. Such weiter.

– Um die schöne gotische Vorhalle von Saint-Germain l'Auxerrois zu bewundern, eine Vorhalle, die Meister Jehan Gaussel gerade vollendet hat?

– Ich werde vielleicht die Gelegenheit nützen. Such weiter.

– Es ist sinnlos, sagte Sthenes, er wird es nie herausfinden und Ihr werdet ihn am Ende verprügeln. Wollt Ihr ihn denn nicht überraschen?

– Du bist ein kluger Gaul. Hör gut zu, Mouscaillot, ich suche den König von Frankreich auf, um von ihm Gerechtigkeit für

meinen Waffengefährten Gilles de Rais, Marschall von Frankreich, zu fordern.
– Was! Für diesen garstigen Schuft?
Mouscaillot wälzt sich im Staub.
Steph bleibt stehen.
Sthenes fragt den Herzog:
– Soll ich auch stehenbleiben?
– Trab weiter! Er wird uns schon einholen. Dieser Kleine enttäuscht mich, und ich habe keine Lust mehr, mich zu unterhalten.
– Darf ich dann singen?
– Wenn du willst, mein guter Demo.
Sthenes begann darauf lauthals sein Repertoire herauszuschmettern. Er war gerade bei einem Rondo, das Charles d'Orleans zu schreiben sich anschickte: Wintar, du bist ein Bösewicht, als vor ihren Blicken das Tor einer befestigten Stadt auftauchte, das bewaffnete Burger bewachten. Vorsichtig hielt Sthenes den Rand, und schweigend ging die Tagereise zu Ende.

6

Während Mouscaillot seine Wunden und seine Beulen von einem Fliedner aus dem Viertel behandeln ließ, wartete der Herzog von Auge in der Herberge des Mont-à-Lambert auf das Abendessen, wobei er einen Aalkäse verzehrte und jeden Bissen mit einem kräftigen Schluck Rotwein hinunterspülte. Das hob seine Laune um so mehr, als ihn jeder Augenblick dem Moment näherbrachte, an dem die richtige Mahlzeit endlich beginnen sollte. Daher empfing er voller Wohlwollen einen Herrn, der von vornehmem Stand zu sein schien und der ihn mit einer solch anmutigen Höflichkeit gegrüßt hatte, daß der Herzog ihn an seinen Tisch bittet. Der junge Herr nimmt ohne zu zaudern an und nennt seinen Namen: Adolphe Vicomte de Péchiney.

Da Mouscaillot, von dem Fliedner verbunden, gerade ankommt, wird das Abendessen in Angriff genommen, das mit drei verschiedenfarbigen Suppen beginnt: Makronensuppe, Erbsensuppe und Kuttelsuppe. Anschließend verleibt man sich den Braten mit der Knospensoße und der Muskatnußsoße ein. Man leert Pinten. Danach macht man sich hinter den zweiten, gut gewürzten Braten, leert weitere Pinten, schließt mit getrocknetem Obst und Süßigkeiten ab. Zwar herrschte Hungersnot in den benachbarten Straßen, aber man mußte doch zu einem Ende kommen.

– Mein junger Freund, sagte darauf der Herzog zum Vicomte de Péchiney, habt Ihr schon von dem edlen Herrn Gilles de Rais, Marschall von Frankreich, gehört?

– Aber doch, Messire.

– Er war mein Waffengefährte! Mit fünfundzwanzig Jahren Marschall von Frankreich, was sagt Ihr dazu?

– Ich sage dazu, daß es ein schönes Alter ist für einen Marschall.

– Nicht wahr? Und wißt Ihr, was ihm passiert?

– Ich habe gehört, daß man ihn ins Gefängnis geworfen hat.

– Man will ihn sogar köpfen.

– Das macht mich sehr traurig.

– Nun, mein junger Freund, wißt Ihr, warum ich mein Geschloß verlassen habe, um einige Tage in der Hauptstadt zu verbringen?

– Ich weiß es nicht.

– Nun, mein junger Freund, ich werde den König um Gnade für den Marschall bitten. Ich finde, daß man einen Befreier Frankreichs so nicht behandeln kann. Bloß weil er ein paar Gören gebraten hat, darf man die Dienste, die er seinem Land erwiesen hat, nicht vergessen.

– Sprecht nicht so laut, Messire, die öffentliche Meinung ist dem Marschall nicht wohl gesonnen.

– Ist mir wurscht. Ich werde trotzdem den König aufsuchen.
– Wo denn?
– Wie: wo denn? In Paris natürlich.
– Er ist nicht in Paris.
– Wie!? Der König ist nicht in seinem Louvrepalast, an dessen Eingangstoren die Wache wacht? Wo ist er denn?
– Er ist an den Ufern der Loire.
– Dafür hätte man den Angeln seine gute Hauptstadt nicht zu entreißen brauchen, wenn er jetzt doch keinen Fuß hineinsetzt.
– Messire, ich würde mir nicht erlauben, unseren König Karl, den Siebten seines Namens, zu kritisieren.
– Ich erlaube es mir. Ich bin Herzog und ich habe ein Anrecht auf acht Pfeiler für meinen Galgen. Ich stamme in direkter Linie von Merowech ab, da könnt Ihr Euch denken, daß die Kapetinger für mich Dünnbier sind. Ja, was glaubt denn dieser Kapetinger überhaupt: Ohne uns und das Hirtenmädchen, man darf nämlich das Hirtenmädchen nicht vergessen, ohne uns, sagte ich, würde der Engländer noch herrschen. Daher finde ich es ganz besonders unschicklich, daß der König sich nicht in seiner Hauptstadt aufhält, wenn ich ihn dort aufsuchen will.
– Ihr seid nicht der einzige, der so denkt.
– Ihr setzt mich in Erstaunen. Gewöhnlich bin ich der einzige, der denkt, was ich denke.
– Was den König von Frankreich betrifft, würdet Ihr Freunde finden.
– Das will ich hoffen! Jeder edle Landherr sollte wie ich die Beleidigung empfinden, die ihm angetan wird.
– Und sollte sich dafür rächen!
– Ja, wahrhaftig! Aber das wäre schon schwieriger. Was wollt Ihr denn tun gegen diese ganze reguläre Armee, diese Freibogenschützen, diese Ordonnanzkompanien und diese Artillerie der Brüder Bureau.

– Apropos Brüder Bureau, findet Ihr nicht, daß sich unser König etwas viel mit solchen kleinen Leuten umgibt wie die besagten Brüder, Jacques Cœur und diesen Etienne Chevalier …
– Auf mein Wort, sagte der Herzog von Auge, Ihr sprecht wie ein Buch.
– Ich glaube, ich habe das in einem Buch gelesen, sagt Cidrolin, daß die Bettelmönche bis ins Mittelalter zurückgehen.
– Und die Nonnen, sagt der Passant, die betteln ununterbrochen, ich weiß nicht, ob das Mittelalter ist oder was.
– Immerhin haben wir das Mittelalter hinter uns gelassen, sagt Cidrolin. Na ja … es scheint …
– Und dieser Quasi-Clergyman mit seinem Moped, der ist im Grunde vielleicht auch nur ein Betrüger.
– Er hat mich nie um etwas betrogen, sagt Cidrolin, ich gebe ihm nichts.
– Sie könnten an die andern denken, sagt der Passant, an die, die er vielleicht betrogen hat.
– Ich will niemandem übel, sagt Cidrolin.
– Das sagen Sie.
Cidrolin schaut den Passanten an, dessen Gesicht nichts ausdrückt, und in diesem Augenblick ruft man sie an.
– Diese Rede ist an Sie gerichtet, sagt der Passant zu Cidrolin.
– Guten Tag, Mademoiselle, sagt Cidrolin.
– Diese Rede ist an Sie gerichtet, Monsieur, sagt das Fräulein zu dem Passanten.
– Wenn ich recht verstehe, Mademoiselle, sagt der Passant, so machen Sie Auto-Stop.
– Ich bin Camperin und Kanadierin und …
Der Passant macht ein Zeichen; ein großer Ouagen fährt an den Bürgersteig heran, für die großen Ouagen ist immer Platz, ein Chauffeur in Livree steigt aus, öffnet den Wagenschlag, das Fräulein steigt ein, der Passant sagt zu Cidrolin:

– Haben Sie gesehen, wie die Kleine den großen Ouagen gewittert hat?
Er steigt ebenfalls ein und das Ganze verschwindet. Cidrolin sagt zu Cidrolin:
– Wieviele Passanten gibt es? Tatsache ist, daß es viel mehr Passanten gibt als nötig, oder aber es ist der gleiche Passant, der sich von Tag zu Tag wiederholt. Und der Quasi-Clergyman auf seinem Moped ist bestimmt auch immer der gleiche … soweit man das beurteilen kann; aber die Kanadierinnen? Zweifellos alle verschieden, weil es irokesische gibt und babylonische. Vielleicht sind auch welche drunter, die ins Malvenfarbene oder ins Granatapfelfarbene spielen und die unbekannte Sprache sprechen. Diese hier hatte einen kleinen Stich ins Ebenholzschwarze; am Ende sind sie vielleicht alle identisch. Wie die Passanten. Der hier ist kein richtiger Passant: Er trägt eine Uniform. Sie wünschen, Monsieur?
– Können Sie mir sagen, wo Mademoiselle Lamélie Cidrolin kahntiert?
– Hier selbst, antwortet Cidrolin.
– Haben Sie etwas mit dieser jungen Person zu tun? fragt der Neuankömmling argwöhnisch.
– Das will ich meinen, sagt Cidrolin. Ich bin ihr Vater.
– Das trifft sich ja gut, ruft der andere höchst zufrieden. Ich komme gerade, um Sie um ihre Hand zu bitten.
– Was das Schwein angeht, so haben Sie ausgesprochen Schwein: Sie geraten sofort an die adäquate Person.
– Na, ist es ja oder nein? Wissen Sie, ich bin eigentlich nicht so versessen drauf, aber wenn ich mirs recht überlege, warum auch nicht, außerdem hat sie mir zu verstehen gegeben, daß sie nen Luftballon unterm Hemd hat, wie mein Großvater zu sagen pflegte, der auch ganz scharf war auf die Sache, was Sie schon daran sehen, daß ich mindestens zweiundsiebzig illegitime oder aus einem Ehebruch hervorgegangene Vettern habe,

und da ich nun mal n Ehrenmann bin, wohlgemerkt, für uns, in unserm Beruf, ist es ein leichtes, unterwegs auf der Strecke rechts und links Kinder zu machen, ich hab sogar nen Kollegen, der hat eins zwischen der Rue des Petits-Champs und der Opera fabriziert, daß ich mich da also auskenne, können Sie sich wohl denken, und wenn ich nicht gradestehen wollt dafür, so wär das gar nichts Ungewöhnliches, aber es ist nun mal so, ich bin bereit, gradezustehen, daher fordere ich Sie auf, die Gelegenheit zu nützen. Außerdem würde es mir auch nicht mißfallen, auf nem Kahn zu wohnen.

– Rechnen Sie nicht damit, sagt Cidrolin.

– Sie haben doch schließlich Platz auf Ihrem Schiff.

– Meine Töchter, wenn die sich verheiraten, wohnen sie anderswo. Das ist nun mal so.

– Dann verurteilen Sie uns also zum sozialen Wohnungsbau?

– Das, mein Lieber, sagt Cidrolin, ist Ihre Sache. Nebenbei bemerkt, es gibt nicht nur den sozialen Wohnungsbau, da gibt es auch noch das Einfamilienhaus in der Bannmeile, die kleine Wohnung im vierten Stock ohne Aufzug, der feststehende Wohnwagen und was sonst noch.

– Trotzdem, an Platz fehlt es hier doch nicht.

– Wen wollen Sie heiraten? fragt Cidrolin. Lamélie oder den Kahn?

– Ich hatte den Kahn ja noch nicht gesehen.

– Das muß man wirklich gelten lassen, sagt Cidrolin, für einen Kahn kann er sich sehen lassen, und ich möchte sogar hinzufügen, daß es für einen schönen Kahn ein wirklich schöner Kahn ist. Wollen Sie ihn besichtigen?

– Es wird mir Kummer machen, wenn ich dran denke, daß ich nie drauf wohnen werde.

– Damit müssen Sie sich abfinden, sagt Cidrolin. Aber ein Glas Fenchelessenz können Sie ruhig drauf trinken. Ich lade Sie nämlich dazu ein.

Cidrolin zeigt den Weg, sie gehen die Böschung hinab, laufen über die Steg-Planke, ums Haar, und der Omnibusler flattert in die Fäkalien des Flusses.

– Man sieht, daß Sie nie auf einem Bateau-Mouche gedient haben, sagt Cidrolin liebenswürdig zu ihm.

Dann schreit er:

– Dein Scheich ist da!

Diese Worte sind an Lamélie gerichtet, und man erscheint sofort.

– Wer ist denn dieser Herr? fragt Lamélie Cidrolin.

– Dein Zukünftiger, wie es scheint.

– Ich kenne ihn nicht, sagt Lamélie, aber wenn er ein Glas Fenchelessenz trinken will, kann man ihm eins anbieten.

– Ist schon geschehen. Du brauchst nur noch die Erfrischung zu bringen.

Lamélie schrammt ab, um diesen Plan zu verwirklichen.

– Na, mein Lieber, sagt Cidrolin zu dem Omnibusler, wie finden Sie meine Pinasse?

– Einfach dufte, antwortet der Omnibusler zerstreut. Sie heißt doch Lamélie?

– Nein, sie heißt Arche.

– Ihre Tochter heißt Arche?

– Meine Tochter heißt Lamélie.

– Sind Sie ganz sicher?

– Erkennen Sie sie nicht?

Der Omnibusler kratzt sich sichtbarlich am Kopf.

– Jetzt ... frag ich mich, ob ... frag ich mich doch ... Also was ist nun, heißt sie wirklich Lamélie?

– Das ist eine Tatsache.

– Es wäre doch sehr erstaunlich, wenn eine andere Lamélie, die meine, auch auf einem Kahn, einem andern, hier in der Gegend wohnte.

– Warum nicht?

– Na ja ... die Wahrscheinlichkeitsrechnung ...
– Vorwand für Rätsel und Paradoxe. Vielleicht heißen auf den Kähnen längs des Flusses alle Mädchen Lamélie.
Der Omnibusler sah aus, als zweifelte er daran.
– Auf den Kähnen, die fest verankert sind, fügte Cidrolin hinzu.
Der Omnibusler schien fast überzeugt. Er hätte einen großen Fehler begangen, wenn er es ganz gewesen wäre, denn Lamélie, die die Fenchelessenz brachte, sagte zu ihm:
– Na, mein Süßer, hab ich dir Angst gemacht?
– Sie ist es! rief der Süße fröhlich aus.
– Hast du mit Papa gesprochen?
– Ja, sagte der Süße.
– Ist er einverstanden?
– Frag ihn doch.
– Papa, darf ich den Omnibusler heiraten?
– Ja, sagte Cidrolin, der nicht ohne Melancholie hinzufügt:
– So, das wäre geschafft.
Man stößt an. Man plaudert. Man spricht von der künftigen Wohnung, da keine Rede davon sein kann, sich hier niederzulassen, außerdem würde es dem Omnibusler auch nicht passen, von der Feuchtigkeit, das ist doch allbekannt, bekommt man Rheuma, und er hat schwere Manschetten vor Rheuma, der Omnibusler. Außerdem könnte das Kind, denn es ist ja die Rede davon, daß ein Kind kommt, in die schändliche Kloakenbrühe fallen, die um den Kahn herum stagniert, deshalb wird man sich ein kleines Häuschen in der Bannmeile suchen, aber mit welchem Geld, das ist die Frage. Auch Cidrolin stellt sich die Frage.
Der Omnibusler wagt nicht, ihm die Frage zu stellen.
Vielleicht muß man auf das Häuschen in der Bannmeile noch warten.
Man kann ja mal die Frage stellen.

– Wieviel werden Sie ihr denn geben? fragt der Omnibusler.
– Wieviel was? Wem ihr? fragt Cidrolin. In Geldfragen, wissen Sie ...
– Na ja, sagt der Omnibusler, na ja, die Mitgift, was man früher die Mitgift nannte, die kleine Schlüsselsumme für die Hochzeit eben.
– Was Sie da erzählen, ist nicht ganz klar, sagt Cidrolin.
– Kurz und gut, ich meine, Lamélie, geben Sie ihr nichts für ihre Hochzeit?
– Nichts, sagt Cidrolin.
– Wirklich nichts?
– Wirklich nichts.
– Aber Sie haben doch bestimmt etwas Geld auf der hohen Kante.
– Sicher, aber ich werde Kosten haben.
– Was für Kosten denn?
– Ersatzkosten. Sie bilden sich doch wohl nicht ein, daß ich ohne Frau bleiben werde? Wer soll denn meine Schuhe wichsen? Das Fressen machen und das übrige? Ich muß mir eine andere Frau besorgen. Und das kann ein teurer Spaß werden.
– Aber, sagt der Omnibusler beunruhigt, Lamélie ist doch wohl nicht Ihre Frau, sondern Ihre Tochter?
– In dieser Hinsicht können Sie ganz beruhigt sein, erklärt Cidrolin glaubwürdig, Lamélie ist die dritte von Drillingen, die meine verstorbene Frau entband, als sie verschied.
– Davon wußte ich nichts, sagt der Omnibusler bestürzt.
– Nun machen Sie mal nicht so ein Gesicht, das ist doch eher pittoresk, einen Drilling zu heiraten. Wenn Sie das Ihren Kumpels erzählen, werden die Bauklötze staunen ...
– Das stimmt.
– Und um auf die Geldfrage zurückzukommen, das ist nun mal so, ich brauche jemanden, der die Deckplanken schrubbt und an allen hohen Feiertagen die große Flagge hißt. Ich machs

bestimmt nicht, verstehen Sie, also brauch ich Moneten, um den seltenen Vogel zu finden, folglich heißt es für Sie: nixi.
– Wenn das so ist, sagt der Omnibusler, dann frage ich mich, ob ... dann frage ich mich, ob ...
– Erinnere dich an unsere Küsse, sagt Lamélie zu ihm.
– Na, na, fügt Cidrolin hinzu. Sie werden doch nicht behaupten wollen, Sie seien hinterm Geld her.
– Nein, natürlich nicht, und dann, ein Drilling, immerhin, ein Drilling, da hab ich vielleicht sogar ne Chance, daß mein Bild in die Zeitung kommt oder daß ich im Fernsehen in der Tagesschau gezeigt werde, meinen Sie nicht?
– Ohne jeden Zweifel, sagt Cidrolin ernst.
– Also, ruft der Omnibusler, ein Schweinehund, der da zurücktritt, ich nehme Lamélie, ob Kies oder nicht!
– Braver Junge, sagt Cidrolin. Na, wie haben Sie meine Fenchelessenz gefunden?
– Erstklassig, sagt der Omnibusler. Erstklassig.
Es entsteht eine Stille.
– Na ja, sagt der Omnibusler schließlich, – das wär geschafft. Wenn Sie gestatten, gehe ich jetzt heim und sage Mama Bescheid.
– Ich mache Sie aber gleich darauf aufmerksam, sagt Cidrolin, wenn sie etwa Lamélie ersetzen soll, um das Deck zu scheuern und das Steuerruder zu schrappen, daß ich Ihre Mama nicht haben will.
– Ich hatte nicht die Absicht, ihr diesen Vorschlag zu machen.
– Das will ich auch hoffen.
Cidrolin steht auf, der Omnibusler tut ein gleiches.
Cidrolin sagt zu Lamelie:
– Ich begleite ihn zurück; ihm wird auf dem Steg schwindlig.
Er hält ihn an der Hand, aus Angst, daß er in den Schlamm fällt; dann klettern sie die Böschung hoch.
– Auf Wiedersehen, sagt Cidrolin zu dem Omnibusler.

Er betrachtet Zaun und Törchen, die mit Inschriften bedeckt sind. Der Omnibusler sagt:
– Ich verstehe die Leute nicht, die das Bedürfnis haben zu schreiben. Betrifft Sie das?
– Auf Wiedersehen, sagt Cidrolin zu ihm.
Während sich der Omnibusler langsam entfernt, geht Cidrolin den Farbtopf holen, und mit sorgfältigem Pinsel trägt er schöne Schichten Grün auf den Buchstaben M auf; er müht sich ab; er trägt soviel auf, daß der besagte Buchstabe wieder erscheint, wegen all der Farbe, dann geht er zum Buchstaben Ö über und sein Eifer läßt nicht nach. Er hört nicht mehr den Schritt des Passanten, der vorübergeht, noch das Fahren über den Boulevard von Tausenden und aber Tausenden von Ouagen. Der Vicomte de Péchiney spricht mit leiser Stimme auf den Herzog von Auge ein. La Trémoille, Dunois, der Herzog d'Alençon werden den Kapetinger ein wenig zur Vernunft bringen und ihn an die Achtung erinnern, die er den wohlgeborenen Leuten schuldet. Jemand noch Höheres hat sich ihnen sogar angeschlossen. Der Herzog von Auge fragt, wer das wohl sein kann, er fügt hinzu, daß er nicht die leiseste Ahnung hat. Nachdem er sich einen Augenblick hat bitten lassen, gesteht der junge Herr, daß der Jemand kein Geringerer sei als der Dauphin.
– Was! ruft der Herzog von Auge. Der berühmte Ludwig der Elfte?
– Er selber, antwortet der Vicomte de Péchiney, bedenkt aber, Herr, Elfter ist er noch nicht.
– Und er sollte gegen den Papa konspirieren?
– Wir konspirieren nicht, wir verteidigen nur unsere legitimen Rechte.
– Ich erkenne es an; und was wird bei dieser ganzen Geschichte aus meinem guten Freund Gilles de Rais?
– Wir würden ihn befreien.

– Wenn das geschieht, schenke ich Euch hundert Nelken, Gewürznelken natürlich. Bis dahin wollen wir saufen!
Und sie soffen.

7

Die Türmer erblickten zwei Personen auf Mauleseln, die auf das Geschloß zuritten. Der Herzog von Auge wurde sofort unterrichtet. Darauf erkannte man Abbé Biroton, gefolgt von Diakonus Riphinte.
– Denen werden wir mal einen schönen Possen spielen, sagte der Herzog von Auge. – Wir werden einen Schuß mit der Bombarde und ein paar Schüsse mit der Schlangenbüchs auf sie abgeben. Hinterher werdet ihr die Kugeln wieder einsammeln.
Die Artillerienovizen waren nicht allzu sicher, denn es war das erstemal, daß sie die Neuerwerbung des Herzogs von Auge in Anwendung bringen sollten. Die Bombarde funktionierte zufriedenstellend, und eine Kugel drang keine ganze dreihundert Meter von Onésiphore entfernt in den Boden ein. Onésiphore begriff so wenig wie Diakon Riphinte, was vor sich ging.
Als die Kugeln der Schlangenbüchs in unmittelbarer Nachbarschaft landeten, stürzte sich der Kaplan von seinem Maulesel, um den göttlichen Schutz zu erflehen, worin ihn Diakon Riphinte sogleich nachahmte. Eine Schlangenbüchsröhre explodierte, worauf die Schießerei eingestellt wurde, da der Herzog es nicht darauf ankommen lassen wollte, wegen eines gewöhnlichen Juxes Geräte in die Binsen gehen zu lassen, die er sehr teuer bezahlt hatte. Während die überlebenden Artilleristen die Kugeln einsammelten, stellte sich Abbé Biroton, gefolgt von Diakon Riphinte, beim Herzog vor.
– Was für ein Empfang, Messire, sagte Abbé Biroton. Ich weiß, daß Ihr keine böse Absichten hattet, aber wir sind nur knapp mit heiler Haut davongekommen.

– Das Ergebnis war zufriedenstellender als ich dachte.
– Na, Messire, dann besitzt Ihr also auch die teuflische Bombe?
– Ich muß mich verteidigen, mein Lieber. Ich erwarte von einem Tag auf den andern die königlichen Sicherheitskompanien, und da ich keine Lust habe, mir auf den Füßen herumtrampeln zu lassen, habe ich meine Vorkehrungen getroffen und mich mit modernen Erfindungen und den letzten Neuheiten ausgerüstet.
– Habt Ihr wieder Händel mit dem König?
– Unentwegt. Diesmal wegen meines guten Freundes Gilles de Rais ...
– Hu, der garstige Schuft!
– Schweig, Priester. Sollte es dir etwa an christlicher Nächstenliebe fehlen? Mein guter Freund Gilles de Rais ist ohne Umstände hingerichtet worden wie ein Dörfling, er, ein edler Herr und tapferer Krieger, obgleich der Hundertjährige Krieg noch nicht zu Ende ist. Da mir das nicht gepaßt hat, habe ich mich anderen edlen Herren und tapferen Kriegern angeschlossen, um dem König eine Lektion zu erteilen; und weißt du, wer zu uns gehörte?
– Kanns nicht erraten.
– Der Dauphin.
– Was! Der berühmte Ludwig der Elfte?
– Noch nicht der Elfte. Ich will dir nicht erzählen, was alles geschehen ist; am Ende haben sich die edlen Herren benommen wie Hanswürste, und der Dauphin hat uns fallenlassen, so daß ich nun allein dem König von Frankreich in offener Rebellion gegenüberstehe. Zum Glück habe ich meine kleinen Kanonen. Und weil du grad da bist, keine Geschichten, wirst du sie mir segnen.
Ohne lange zu diskutieren, führt Abbé Biroton auf der Stelle aus, was ihm befohlen. Nachdem dies getan ist, klopft ihm der

Herzog freundschaftlich auf den Rücken, erkundigt sich nach seiner Gesundheit, fragt:
– Na, und das Konzil?
– Es hat Eugen IV. abgesetzt und Amadeus eingesetzt, und der König von Frankreich wird die Pragmatische Sanktion, die die Freiheiten der gallikanischen Kirche verteidigt, öffentlich bekanntmachen.
– Wenn ich recht verstehe, ergreifst du die Partei des Königs?
– Nun geht mal nicht in die Luft, Messire, ich war dort nur ein kleiner Beobachter.
– Hm! Du scheinst mir viel vom Verhalten eines Verräters zu haben.
– Messire! Ein Verräter! Ich? Ein kleiner Beobachter, ich wiederhole es.
– Du kannst es auch wiederholen, ich werde dich im Auge behalten und ich frage mich, ob es nicht mein Schutzengel war, der mir geraten hat, deine Rückkehr mit ein paar Kanonenschüssen zu verzieren. Ich bin Guelfe und Feudalherr. Wenn sich mein Kaplan für moderne Ideen begeistert, so bleibt mir nichts anderes zu tun, als ihn vor den Schlund einer Bombarde zu binden, um ihn in kleinen Stücken in den Himmel zu schicken.
Abbé Biroton enthielt sich, diese Worte zu kommentieren, und in der Stille, die folgte, waren die Stimmen Pigranelles und Belusines zu hören, die ein Rondo sangen, das Charles d'Orleans zu schreiben sich anschickte: Wintar, du bist ein Bösewicht. In den Pferdeställen trällerten Sthenes und Steph mit.
– Eure Töchter scheinen guter Laune zu sein, sagte der Kaplan, um von was anderem zu reden als von sich selber.
– Ja, antwortete der Herzog. Ich verheirate sie.
– Alle drei?
– Ja.
– Sogar Phelise?

– Sogar Phelise. Siehst du, Onésiphore, seit meiner Witwerschaft sahen sie niemanden mehr, die Kleinen. Dank der Intrigen, auf die ich mich eingelassen habe, habe ich mir Freunde und Verbündete geschaffen, Hanswürste, ich habe es dir gesagt, und unter den Hanswurstigsten dieser Hanswürste habe ich mir drei junge Tölpel gekrallt, denen ich mein kleines Terzett unter die Weste jubele: Pigranelle dem Sire de Ciry, Belusine dem Comte de Torves und Phelise dem Vidame de Malplaquet. Das wär geschafft. Ich hoffe, daß wir diese Hochzeiten noch vor der Ankunft der Bogenschützen des Königs feiern können.

– Die Ihr zu Kleinholz zu machen gedenkt.

– Mit meinen kleinen Kanonen fürchte ich niemanden mehr.

Der Herzog von Auge rieb sich die Hände und legte dabei alle Zeichen lebhaftester Zufriedenheit an den Tag, als seine Miene auf einmal sorgenvoll wurde.

– Und die Weltgeschichte, nach der ich dich vor langer Zeit schon gefragt habe, ich warte immer noch auf deine Antwort.

– Was wollt Ihr eigentlich genau wissen?

– Was du von der Weltgeschichte im allgemeinen und von der allgemeinen Geschichte im besonderen hältst. Ich höre.

– Ich bin sehr müde, sagte der Kaplan.

– Du kannst dich später ausruhen. Sag mir, gehört dieses Konzil von Basel zur Weltgeschichte?

– Ja-da. Zur Weltgeschichte im allgemeinen.

– Und meine kleinen Kanonen?

– Zur allgemeinen Geschichte im besonderen.

– Und die Hochzeit meiner Töchter?

– Kaum zur vorfälligen Geschichte. Allerhöchstens zur Mikrogeschichte.

– Zur was? brüllt der Herzog von Auge. Zum Teufel, was für eine Sprache ist denn das? Ist heute vielleicht dein Pfingsten?

– Entschuldigt bitte, Messire. Das ist eben, wie Ihr seht, die

Müdigkeit. Und die Aufregung. Diese Kanonenkugeln sind entsetzlich: eine teuflische Erfindung!
– Aber du hast sie gesegnet, Nichtsnutz!
– Die Kanonen, nicht die Kugeln.
– Ach, so ein niederträchtiger Heuchler! Versteck dich, sonst massakrier ich dich.
Onésiphore verschwindet.
Der Herzog dreht eine Runde um die Wälle, beobachtet den Horizont, an dem kein Bogenschütze zu sehen, streichelt Bombarde und Schlangenbüchsen, gratuliert seinen Söldnern. Er hält sogar eine kleine Ansprache:
– Und wenn der Kaplan euch sagt, das hier sei eine Teufelserfindung, so gebt ihm zur Antwort, daß das Heilige Grab noch in christlichen Händen wäre, wenn wir zur Zeit der Kreuzzüge schon Artillerie gehabt hätten.
Nachdem er das gesagt hat, geht er in die Küche, um zu sehen, ob es nicht was Gutes zu naschen gibt, aber dann ändert er plötzlich seine Meinung und läßt seine drei Töchter zu sich rufen.
Diese drei jungen Personen stellen sich sogleich ein. Sie fangen an, ihrem Papa lebhaft für das ergötzliche Schauspiel zu danken, das er ihnen geboten hat, als er den Abbé Biroton und den Diakon Riphinte bombardierte und schlangenbüchsierte, dann erkundigen sie sich respektvoll nach den väterlichen Absichten hinsichtlich des Datums ihrer Hochzeiten. Der Herzog antwortet, indem er sie zunächst einmal fragt, ob sie ihn nicht endlich zu Wort kommen lassen wollen. Daß sie sich keine Gedanken machen sollen, fährt er fort, alles ist bereit, die Herren kommen im Trabtrab; was die Bogenschützen des Königs betrifft, da sind die kleinen Kanonen, um sie zu empfangen, und wenn sie auf den Gedanken kommen sollten, sich vor den Mauern des Geschlosses zu zeigen, wäre ihr Kleinholzmachen im Grunde nur Anlaß zu zusätzlicher Ergötzlichkeit. Da ihm

diese Rede abgeschlossen zu sein scheint, fordert der Herzog, sich wieder eines andern besinnend, die Dreilinge auf, ihn sofort von ihrer Gegenwart zu befreien, andernfalls gäbs Haue-haue. Während er auf die Turmspitze klettert, um nachzusehen, ob die Bogenschützen des Königs in der Nachbarschaft die Köpfe zeigen, machen sich seine Töchter auf die Suche nach dem Kaplan, den sie in der Küche finden, wo er sich gerade stärkt und darauf konzentriert, sich ein paar Bücklinge einzuverleiben, die er mit Rotwein bespült. Sie interviewen ihn, aber er kann ihnen nur gestehen, daß er über die Angelegenheit, die sie interessiert, nicht viel weiß, und fordert sie auf, ihre Seele durch fromme Gebete Gott zu empfehlen.

– Bäh, bäh, sagt Phelise.

Sie pflichtet bei.

Als die Töchter weg sind, macht der Küchenchef dem Kaplan den Vorschlag, sich noch etwas mehr zu stärken und eine Fleischtorte zu essen, die gerade im Ofen bäckt, eine mit Schafstalg und Zimt.

– Allerbesten Dank, sagt Onésiphore. Brrr, diese Kanonenkugeln, die wie Mücken um meine Tonsur herumflogen, das war eine harte Prüfung für einen pazifistischen Priester wie mich.

– Dabei, sagte der Küchenmeister, fürchtet Ihr Euch nicht vor Schlägen, Kaplan, soviel ich weiß.

– Glaubst du? Sollte ich mich etwa ändern …

– Jedenfalls bin ich der Ansicht, daß die Schlangenbüchserei, die Ihr durchgemacht habt, nur ein kleiner Anfang ist. Hier in der Gegend wird es noch heftige Keile geben und zwar in Kürze. Sobald unser allerchristlichster König, Karl der Siebte, die Angeln liquidiert hat, und sogar vorher schon, wird er unserem Herzog, der den Blödel spielt, eine Lektion erteilen; und diese Geschichte, den garstigen Menschenfresser-Freckert Gilles de Rais zu verteidigen, war nicht dazu angetan, unseren

Herzog populär zu machen. Jedenfalls nicht in meinen Augen; ich bin nicht für Kannibalismus zu haben, selbst wenn er als Posse angesehen wird. Ich bin auch nicht für die Feuerwaffen, diese Plage unserer Zeit. Gewiß, man ist gezwungen, Tiere zu töten, ihnen den Bauch aufzuschlitzen, sie auszuweiden; gut: Man muß eben leben; außerdem haben sie keine Seele, nicht wahr, Messire Kaplan?

– Das könnte nur einem Albigenser einfallen und Gott sei Dank sind keine mehr übriggeblieben.

– Na, soll ich Euch meine Fleischtorte mit Schafstalg und Zimt bringen?

Onésiphore kostet davon.

– Das ist etwas, sagt er, das mich darüber hinwegtröstet, daß ich von neuem in diesem Geschloß gelandet bin, während ich auf dem Konzil mit etwas Intrige eine Diözese hätte abstauben können; aber ich bin kein Intrigant. Trotzdem sitzen wir hier ungefähr wie Ratten in einer Falle. Und diese Hochzeiten, glaubst du an diese Hochzeiten?

– Auf keinen Fall, antwortete der Küchenmeister, nichts ist vorbereitet, die Lieferanten haben keinen Bescheid, die Vorräte, über die ich verfüge, würden nicht genügen, dreißig vornehme Personen zu verpflegen, geschweige denn eine Belagerung zu überstehen.

– Und unser Herzog macht sich große Illusionen über seine Artillerie. Diese Kugeln fallen doch nach links und rechts, mit einem Wort, wohin sie wollen: Das ist noch nicht die integrale Waffe; außerdem besitzt der König auch welche. Ein paar anständige Kanonenkugeln auf die Zugbrücke und die Bogenschützen des Königs dringen ungehindert ins Geschloß ein.

– Jetzt macht der Kuttenträger auch noch in Strategie! rief der Herzog, der heimlich still und leise hereingekommen war. Dazu noch in defätistischer Strategie! Ich weiß nicht, was mich davon abhält, ihn an seinen äußeren Drüsen aufzuhängen.

Unterdessen kann er sich nicht enthalten, ihn an einem Ohr zu ziehen. Empört fängt Abbé Biroton zu grölen an, da das den andern jedoch nicht davon abhält, weiterzuziehen, ergreift er auf dem Feuer eine Spicknadel und beginnt, die Zughand zu rösten. Der Herzog stößt einen furchtbaren Schrei aus, läßt los und schüttelt dabei das angebrannte Anhängsel. Derart befreit, tut Onésiphore mit klarer Stimme seine Beschwerde kund.

– Mir das anzutun! Einem Vertreter Gottes auf Erden! Einem Beobachter des Basler Konzils. Einem Glied der apostolischen, römischen und gallikanischen Kirche! Auf die Knie, Joachim Herzog von Auge! Fleh um Verzeihung, sonst lasse ich dich exkommunizieren; dann gibts keine Hochzeiten mehr, keine Ölungen mehr, nichts mehr! Auf die Knie, Joachim Herzog von Auge!

– Und das empört sich auch noch, sagt der Herzog brummend und streicht frische Butter auf seine Brandwunde. Aber das habe ich schon seit geraumer Zeit vorausgesehen: der Klerus will alles befehlen.

– Auf die Knie, Joachim Herzog von Auge! brüllt Abbé Biroton weiter. Fleh um Verzeihung für deine Respektlosigkeit gegenüber deiner heiligen Mutter Kirche. Auf die Knie, aber etwas schneller! Ich sehe schon kleine Teufelchen, die um dich herumgaloppieren und nur auf den richtigen Augenblick warten, um deine Seele in die Hölle zu tragen.

– Zu allem Elend hat er auch noch Visionen.

– Und denk dran: nichts mehr! Keine Ölung mehr! Keine Hochzeiten mehr!

Der Herzog zuckt die Achseln, lächelt und kniet hin.

– Verzeihung, sagt er.

– Es fehlt an Innigkeit, sagt der Kaplan. Na, na, etwas mehr Zerknirschung … etwas mehr Glaube …

Der Herzog beschließt, die richtige Dosis zu verabreichen.

– Ich flehe um die Verzeihung meiner heiligen Mutter Kirche und um die des nicht minder heiligen Abbés Onésiphore Biroton.
Es wird ihm verziehen.
– Immerhin, erklärt er etwas später Mouscaillot, ich wollte es nicht darauf ankommen lassen, wegen einem Kaplansohr in die Hölle zu kommen. Natürlich glaube ich nicht an die Teufelchen. Glaubt er denn selber dran? Aber ich kann mich schließlich nicht mit aller Welt anlegen, man muß sich im Leben gerissen zeigen. Na, um auf andere Gedanken zu kommen, gehe ich mal auf Großwildjagd. Ich werde zum Beispiel den Auerochsen oder Ur jagen. Sattle die Pferde und sieh zu, daß die Meute bereit ist … ich werde auch eine Schlangenbüchse mitnehmen … natürlich, wenn ich mitten ins Wild hineinbumse, wird nicht mehr viel übrigbleiben … nicht mehr viel …
Als Cidrolin wieder die Augen öffnet, geht beim sozialen Wohnungsbau am Stadtrand eine orangenfarbene Sonne unter. Er steht auf, trinkt ein anständiges Glas Fenchelessenz, bürstet seinen tollsten Anzug aus und zieht ihn an. Er vergewissert sich zuerst, ob Zaun und Törchen unbefleckt von jeglicher Kritzelei sind, dann schließt er die Tür hinter sich ab und marschiert nun zum Autobus. Er sucht einen aus, der ihn ins Zentrum der Hauptstadt bringt, wo er einen anderen nimmt, der zu einem unbedeutenderen Mittelpunkt der gleichen Stadt fährt. Die Dämmerung setzt sich fort, aber Cafés und Läden sind schon erleuchtet, als ob es tiefe Nacht wäre; es stimmt allerdings, daß in diesem unbedeutenden Mittelpunkt vom Morgengrauen bis zum Abend immer tiefe Nacht herrscht.
Cidrolin schaut rechts und links in alle Kneipen, als suche er jemanden oder ganz einfach nur einen Platz, einen Tisch, der ihm behagt. Er schlendert ein wenig umher und geht schließlich in die Bar Biture, eine Bar, die sich den Anschein gibt, allen anderen zu gleichen. Cidrolin setzt sich. Die einzigen Gäste sind

zwei Kerle, die stehen und übers Pferderennen reden. Hinter der Theke hört der Wirt untätig den Kommentaren über die Prognosen zu; er trägt eine viereckige halbrunde ovale Tuchmütze, die mit drei weißen Erbsen verziert ist. Der Untergrund ist dunkel. Die Erbsen haben eine elliptische Form; die große Achse einer jeden ist sechs Millimeter lang und die kleine Achse vier, das heißt eine Fläche von etwas weniger als neunzehn Quadratmillimeter. Der Mützenschirm besteht aus einem analogen Stoff, aber die Erbsen sind entschieden kleiner und von fast runder Form. Ihre Fläche beträgt nicht mehr als achtzehn Quadratmillimeter. Auf der dritten Erbse von links, wenn man dem Träger der Mütze gegenüberstehend zählt, und ganz nahe am Rand, ist ein Fleck. Es ist ein Fenchelessenzfleck. Er ist winzig, aber trotz seiner geringen Ausdehnung behält er die eigentümliche Farbe der ursprünglichen Substanz bei, eine etwas pissige Farbe zwischen infrarot und ultraviolett. Wenn man die Nachbarerbse aufmerksam betrachtet, dabei, immer noch dem Träger der Mütze gegenüberstehend, von links aus weiterzählt, ganz nahe am Rand entlang, erkennt man einen winzigen Schmutzfleck, dessen Ursprung ebenfalls auf das Spritzen eines Tropfens Fenchelessenz zurückgeht, doch sind seine Ausmaße solcherart, daß man glauben könnte, es wäre einfach ein schwarzer nachbarlicher Stoffaden, der sich dorthin verirrt und eine gelbliche Färbung angenommen hätte unter der Wirkung des Neonlichts, das recht und schlecht aus einer röhrenförmigen Röhre fällt; in der Tat kommt es beim Funktionieren des Apparats zu Stockungen, und manchmal könnte man meinen, es sende Signale aus in jenem von dem berühmten amerikanischen Maler erfundenen Alphabet, jenem Maler, der in Charlestown (Mass.) 1791 geboren wurde und in Poughkeepsie 1872 starb. Auf Grund einer merkwürdigen Koinzidenz hängt genau über dem Kopf Cidrolins eine Reproduktion des sterbenden Herkules von Samuel-Finley-Breese

Morse, ein Werk, das 1813 die Goldmedaille der Gesellschaft der Künste erhalten hatte.
Da sie genau über seinem Kopf hängt, kann Cidrolin diese Reproduktion, die sich übrigens in dem großen Spiegel spiegelt, der die ganze gegenüberliegende Wand bedeckt, nicht direkt sehen, aber Cidrolin kann sie auch nicht indirekt sehen, denn einer der beiden Gäste ist sehr groß und verdeckt völlig das Bild des sterbenden Herkules von Samuel-Finley-Breese Morse. Der andere, der bedeutend kleiner ist als sein Gesprächspartner, da er nur einen Meter dreiundvierzig Zentimeter mißt, blickt von Zeit zu Zeit auf diesen Stich, den er direkt vor Augen hat, weil er sich an die Theke lehnt und dem Wirt fast gänzlich den Rücken zukehrt, der plötzlich die Gegenwart eines neuen Gastes zu bemerken scheint und von weitem, ohne sich von der Stelle zu rühren, selbst ohne eine Gebärde zu machen oder gar seine Mütze abzunehmen, Cidrolin fragt, was er zu trinken wünsche.
Diese Frage bringt Cidrolin, der sie seit einigen Augenblicken kommen sah und sich vorbereitet hatte, darauf zu antworten, nicht aus der Fassung; daher läßt die Antwort nicht auf sich warten. Sie besteht aus einer Folge von Worten, die einen grammatikalisch gut gebildeten Satz bilden, dessen Sinn keinen Zweifel aufkommen lassen kann, nicht einmal im Geist eines Kneipenwirts, der so schwer von Begriff ist wie der aus der Bar Biture. Der Kneipenwirt hört sich noch einen Augenblick die Überlegungen der beiden Gäste hinsichtlich des Pferderennens an und bringt dann Cidrolin das gewünschte Getränk, das etwas lauwarme Fenchelessenz mit einem Tropfen Kranenwasser ist. Cidrolin fabriziert ein deutliches Lächeln, um angesichts solcher Liebenswürdigkeit und solcher Genauigkeit seine unbeschreiblich große und ewig währende Dankbarkeit zu beweisen, und der Mann mit der schwarzen Stoffmütze, die mit drei weißen Erbsen besät ist,

zieht sich, immer noch ernst, majestätisch hinter seine Theke zurück.
Es vergehen ein paar Minuten, in denen die beiden Gäste versuchen, die geheimnisvollen Probleme zu lösen, die das Pferderennen vom nächsten Sonntag stellt, der eine der beiden Gäste ist sehr groß, der andere hat sich dreiviertel herumgedreht, mit dem Rucken an die Theke gelehnt, was ihm erlaubt, ab und zu einen Blick auf die Reproduktion des Werkes von Samuel-Finley-Breese Morse zu werfen. Er schaut auch von Zeit zu Zeit auf den Mann, der da sitzt und seine Fenchelessenz zu trinken scheint. Er gewinnt ihm wohl kein Interesse ab, denn sein Blick verweilt nie länger als drei bis vier Sekunden auf dieser Person ohne besondere Kennzeichen. Er scheint entschieden den sterbenden Herkules von Samuel-Finley-Breese Morse vorzuziehen. Als sein Gesprächspartner erklärt, daß er alle vernünftigen, in Betracht kommenden Kombinationen ausgeschöpft hat, dreht er sich leicht um, holt Kleingeld aus der Tasche und bezahlt die beiden geleerten Gläser, die noch auf der Theke herumstehen. Dann drückt er dem Wirt die Hand und geht, gefolgt von seinem Gefährten, dem Mann, der sehr groß ist, hinaus. Die Tür schließt sich hinter ihnen.
Der Mann mit der Mütze spült die Gläser. Er spricht nicht mit Cidrolin.
Cidrolin spricht nicht mit ihm.
Da kommt Albert herein.

8

Als er Cidrolin sieht, enthält sich Albert jeder extravaganten Äußerung der Überraschung, der Dankbarkeit oder der Freude. Er setzt sich ruhig hin, er drückt ihm die Pfote, er verlangt vom Wirt ein Glas Champagner. Als das Glas voll ist, tritt der Mann mit der schwarzen Tuchmütze und den weißen Erbsen

drauf den Rückzug hinter seine Theke an, wo es ihm gelingt, sich ganz klein zu machen.
Albert und Cidrolin sprechen leise miteinander.
– Geht alles nach Wunsch? fragt Albert.
– Einigermaßen.
– Hast du dich wieder ins Zivilleben eingewöhnt?
– Es geht. Man gewöhnt sich eben an alles.
– Wohnst du immer noch auf dem Kahn?
– Ja.
– Da hast du wenigstens deine Ruhe.
– Einigermaßen. Bloß seit einiger Zeit schmiert so ein Scheißkerl Inschriften auf den Zaun am Boulevard. Ich bringe meine Zeit damit zu, ihn zu überstreichen. Den Zaun.
– Du machst dir Kummer wegen Kleinigkeiten. Was bedeutet das schon, das Sgraffito? Ist doch nur Literatur.
– Gewiß, aber ich überpinsele es lieber.
– Und wo haperts sonst noch?
– Abgesehen davon ist alles in Ordnung. Ich verheirate meine Tochter. Die letzte.
– Bravo. Da kannst du ja froh sein. Du hast sie jetzt alle unter der Haube.
– Offen gesagt: ich habe nicht geglaubt, daß sie es schafft.
– Siehst du: man darf nie verzweifeln.
– Oh, ich war nicht verzweifelt. Es war vor allem ihretwegen.
– Freilich.
– Das ists. Ich werde jetzt wieder allein sein auf meinem Kahn.
– Ich müßte dich mal demnächst besuchen, aber du weißt ja, meine Geschäfte.
– Gerade deshalb wollte ich mit dir reden.
– Ich weiß nicht, was du mir über meine Geschäfte sagen kannst.
– Doch, doch, du wirst schon verstehen.
– Das hoffe ich doch.

– Also, ich werde wieder ganz allein sein auf meinem Kahn. Ich werde kochen, meine Wäsche waschen, meine Socken stopfen, mein Deck schrubben müssen, alles Beschäftigungen, die mich ankotzen und die übrigens ausschließlich weiblich sind. Merkst du, was ich meine?

– Erklär es mir lieber etwas deutlicher.

– Kennst du nicht eine junge Frauensperson, allzu jung auch wieder nicht, die sich um den ganzen Kram kümmern könnte, kochen, Wäsche waschen, meine Socken stopfen, das Deck schrubben. Weißt du, ich bin nicht unbedingt scharf drauf, sie zu geigen, nein, ganz und gar nicht, es wäre nur dafür, für das, was ich gesagt habe, den Fraß kochen, meine Hemden bügeln, meine Slips ausbessern und den Kahn in schmuckem Zustand halten. Bei der Marine, weißt du, wird eben ständig herumgefummelt.

– Warum wendest du dich nicht an eine Stellenvermittlung?

– Bei dem Ruf, den man mir angehängt hat...

– Glaubst du, daß man noch an dich denkt? Man hat dich vergessen.

– Aber nein, da ist doch der Kerl, der meinen Zaun beschmiert.

– Das sind so Ideen.

– Das sind keine Ideen. Das steht da geschrieben.

– Ich geb dir den Rat, wende dich an die Stellenvermittlung.

– Ich hätte gedacht, daß unter den Mädchen, die du kennst, ne Menge drunter sind, die meinen Kahn dem argentinischen Bordell oder dem Erdölharem vorziehen.

– Da kann ich dir aber sagen, daß du dich irrst. Was du ihnen bietest, ist keine Zukunft; die Arbeit kotzt sie an, das darfst du mir glauben.

– Trotzdem. Trotzdem. Was ich von ihnen verlange, ist doch nicht schrecklich: die Back und die Schanze schrubben, einen Pulswärmer stricken, die Wäsche kochen und auf dem Supermarkt Kartoffeln kaufen, das ist doch nicht die Welt. Mir scheint, das müßte angenehmer sein, als sich von Schwärmen von Gauchos oder von einem polygamen, rülpsenden Scheich vögeln zu lassen.

– Du irrst dich gewaltig. Von den Kleinen, die durch meine Hände gehen, würde ich gern ein paar hierbehalten, ich habe regelrechte Sinekuren für sie …

– Das hier ist eine.

– … aber sie flehen mich an, sie in ferne Länder zu schicken. Sie haben einen richtigen Kolonienfimmel.

– Sie sind dumm, deine Weiber. Du bekohlst sie, du machst ihnen was vor. Finde doch wenigstens einmal eine, der du die Wahrheit beibringen kannst, daß nämlich mein Kahn ein keusches, reines Heim ist, mehr wert, als das Striptease in einem tropischen und jämmerlichen Puff.

– Moment. Ich arbeite nicht für drittklassige Puffs. Die Häuser, die ich beliefere, sind wirklich beste Klasse.

– Mein Kahn ist ebenfalls beste Klasse. Der Inspektor der Corbitarsteuer ist neulich dagewesen und hat mir Hoffnung gemacht, daß die Arche bald in die Drei-Anker-Kategorie A kommt.

– Gratuliere, sagt Albert beeindruckt.

– Du bist doch ein Kumpel, oder nicht? sagt Cidrolin.

– Zweifelst du daran? sagt Albert empört.

– Dann finde für mich, was ich suche.

– Das wird schwierig sein.

– Aber nein. Du läufst durch die Avenue du Maine …

– Du wirst mir doch nicht mein Handwerk beibringen wollen.

– … du siehst ein Mädchen, das aus dem Zug aus Avranches steigt, du sagst zu ihr, Mademoiselle, ich kenne einen Kahn, mehr sage ich Ihnen nicht, Sie haben nur ein bißchen Hausarbeit und das Fressen zu machen und Sie können Sonnenbäder nehmen und dabei die Ruderer eines Sportclubs betrachten,

schöne Burschen. Und es entspräche der Wahrheit: sie wird sich nicht an Bord eines liberischen Frachters wiederfinden, der die verlorensten Kaffs der Erde ansteuert.
– Es ist eigentlich gegen meine Grundsätze, was du da von mir verlangst.
– Schwankst du etwa zwischen den Grundsätzen und der Freundschaft?
– Also gut. Aber nur, weil du es bist. Onésiphore!
Der Mann mit der schwarzen Tuchmütze mit weißen Erbsen führte langsam eine Drehung um siebenunddreißig Grad aus.
– Gib uns, sagt Albert, eine Flasche Schampus. Aber Cuvée spéciale. Es ist, sagte er zu Cidrolin, die gleiche wie bei den Rothschilds, Onassis oder bei diesen Leuten.
Onésiphore öffnet eine kleine Falltür und verschwindet.
– Aber sag mal, fügt Albert verlegen hinzu, da ist eine Frage, die wir noch nicht angeschnitten haben.
– Ich will nicht, daß du bei dem Geschäft zusetzen sollst, sagt Cidrolin. Ich werde bei Lieferung genau das gleiche bezahlen, was du für den Export bekommen hättest.
– Ich gebe dir zwanzig Prozent Rabatt.
– Du bist ein wirklicher Freund.
Onésiphore bringt die Cuvée spéciale.
Sie kippen ein Glas Schampus runter.
Auch Onésiphore hat Anrecht auf ein Glas; aber er mischt sich nicht in die Überbleibsel der zu Ende gehenden Unterhaltung ein.
– Sieh zu, sagt Cidrolin, daß das Mädchen weder fies noch bescheuert ist.
– Ich werde mich bemühen, sagt Albert. Was die hübsche Fratze angeht, da kenn ich mich aus, aber die Blödheit ist manchmal unauslotbar.
– Ich gehe jetzt nach Hause, sagt Cidrolin.
– Mein Chauffeur wird dich heimfahren, sagt Albert.

– Nein, danke, sagt Cidrolin, ich ziehe den Autobus vor.
– Immer noch die bösen Erinnerungen, wie?
Cidrolin gibt keine Antwort. Er drückt Albert die Flosse, grüßt höflich den Mann mit der schwarzen Tuchmütze mit den weißen Erbsen drauf, nimmt die beiden erforderlichen Autobusse, und als er dann auf seinem Kahn ist, macht er eine Dose Leberwurst auf und schmiert sie sich aufs Brot. Anschließend verkonsumiert er dreieinhalb Gläser Fenchelessenz und legt sich schließlich ins Bett und schläft ein. Er steht einem Mammut gegenüber, einem richtigen.
Der Herzog schätzt das Tier kaltblütig ab. Er sagt zu Mouscaillot:
– Ich hatte an einen Auerochsen oder an einen Ur gedacht, aber nicht an dieses Vieh. Ich glaubte, es gäbe keine mehr auf meinen Ländereien. Artilleristen, auf! An euere Kanone! Zielpunkt: das Mammut! Legt an …
Nachdem das Mammut kräftig durchgeatmet hat, stürmt es in gemütlichem Trab auf seine Angreifer zu.
– Rette sich wer kann, wiehert Sthenes, der am Fuße eines Baumes Flechten knabberte.
– Jetzt fängt er an, Befehle zu geben! sagt der Herzog nachsichtig.
– Rette sich wer kann! blökt Mouscaillot.
– Tu quoque fili …
Der Herzog von Auge will dem Pagen eine Maulschelle verpassen, aber der ist schon getürmt, genauso wie die Artilleristen, die Meute und die Pferde. Diese Fahnenflucht beeindruckt ihn nicht; er zieht seine Spatha aus der Scheide und schickt sich an, das wilde Tier zu durchbohren, aber dieses verschmäht den Waffengefährten Jeanne d'Arcs und Gilles de Rais'. Mit kraftvollem Fuß wuchtet es die Schlangenbüchse in den Boden und setzt dann im Sturmflug seinen Weg in der pachydermischen Hoffnung fort, die Brut, die es erblickte, zu Mus und Brei zu machen, aber die Hunde sind schon in ihrer

Hütte, die Pferde im Stall und die Artilleristen ganz nahe an der Zugbrücke. Der Herzog von Auge bleibt also zurück, heil, verdutzt und adlig.
Traurig betrachtet er seine Artilleriekanone, die in eine Wurzel verwandelt ist, zwei Stück sind ihm jetzt am selben Tag schon flöten gegangen, die neuen Erfindungen kommen ihm am Ende teuer zu stehen. Er steckt seine Spatha wieder in die Scheide und macht sich daran, mal kurz ein kleines bisserl die historische Lage in Augenschein zu nehmen.
Sie war im Augenblick wäldlich und entvölkert. Die Bäume wuchsen schweigend, und das Tierreich beschränkte seine Gegenwart auf dunkle und stumme Handlungen. Der Herzog von Auge, der gewöhnlich wenig Zeit auf die Betrachtung der Natur verwendete, beschloß, wieder bewohntere Gegenden aufzusuchen; um dies zu tun, fand er es besonders intelligent, wieder den Weg zu nehmen, auf dem er gekommen war und der ihn normalerweise in sein Geschloß zurückführen müßte.
Unverzüglich identifiziert er den Weg, der ihm passend erscheint, und marschiert eine kleine Viertelstunde rüstig drauflos. Darauf bemerkt er, daß der Weg heideggerisch war. In die Brennesseln geraten, macht er kehrt und marschiert eine Viertelstunde lang rüstig drauflos, in der Hoffnung, die Lichtung wiederzufinden, auf der seine Schlangenbüchse ruhte, die Seele mit Humus und verwesenden Blättern gefüllt. Er kommt zwar an einer Lichtung heraus, aber von seiner Kanone keine Spur. Er denkt haarscharf über die Gegebenheiten des Problems nach und schließt: da gibt es nur zwei Möglichkeiten; entweder ist es nicht die gleiche Lichtung, oder Sciurus communis und Tineola biselliella haben ihm seine Artilleriekanone aufgefressen. Wie Buridan einige Jahrzehnte zuvor gelehrt hatte, konnte ein solches Dilemma nur zur Hungersnot führen, und der Herzog von Auge fürchtete mehr als alles die knappen Mahlzeiten, in noch größerem Maße aber die nichtseienden.

Sich einer probalistischen Methode bedienend, schlug er eine ebenso aleatorische wie willkürliche Richtung ein und begann umherzuirren, bis die Dämmerung hereinbrach.
– Natürlich, sagte der Herzog laut, um sich Gesellschaft zu leisten, hätte ich meinen Weg mit kleinen, weißen Kieselsteinen abstecken können, aber zum einen hatte ich keine zur Hand und zum andern würde es mich auch nicht weiterbringen, jetzt, wo es bald dunkel und sogar stockdunkel wird.
In der Tat wurde es dunkel und sogar stockdunkel. Der Herzog wanderte hartnäckig weiter, aber er fiel in Gräben oder stieß mit der Nase gegen hundertjährige Eichen, wobei er Wutschreie ausstieß und auf das unflätigste fluchte, ohne Ehrfurcht vor der nächtlichen Schönheit dieser Stätten. Er hatte schon die Nase voll, ganz voll, als er, auf dem Satinschatten der Finsternis, einen Lichtschein bemerkte.
– Ich werde mal sehen, was das ist, sagte der Herzog laut, um sich Gesellschaft zu leisten. Vielleicht ist es am Ende nur ein großer Glühwurm, aber ich habe solchen Hunger, daß ich ihn mit einem Bissen runterschlucken würde.
Es war kein Glühwurm, sondern eine Strohhütte.
– Ich trampele hier bestimmt noch auf meinen Ländereien herum, murmelte der Herzog beruhigt, und wer in dieser Selde wohnt, gehört sicherlich zu meinen Leibeigenen. Zweifellos ein Holzfäller. Wenn Sthenes da wäre, er könnte mir sagen, wie er heißt, er kennt alle Welt, aber der Schweinehund ist geflohen, und ich habe mich verirrt wie ein armer kleiner Däumling, das kommt dabei heraus, wenn man mit Kanonen auf die Jagd geht, ohne Vesper, Landkarten und die Liste seiner Fronpflichtigen mitzunehmen.
Er will die Tür aufstoßen (ist er nicht auf seinen Ländereien?), aber die Tür leistet Widerstand: die Tür ist verschlossen. Mit dem Knauf seines Schwertes klopft er und bekennt gleichzeitig Farbe:

– Öffne, Dörfling, hier ist dein Herzog!
Er wartet, aber nichts ändert sich an der bestehenden Situation und er wiederholt:
– Öffne, Dörfling, hier ist dein Herzog!
Und so fort, mehrere Male. Das Ergebnis: nach wie vor nichts. Nachdem der Herzog nachgedacht hat, spricht er seinen Gedanken für sich selber aus:
– Er hat Angst, der arme Teufel. Er hält mich sicher für einen nachtwandelnden Waldgeist. Er ist nicht so mutig wie ich: er ist von zu armseliger Herkunft, aber vielleicht läßt sich sein Mitleid erregen! Versuchen wir es mit List ...
Weinerlich stößt er einen verzweifelten Schrei aus:
– Ich habe Hunger!
Sogleich öffnet sich *wie durch Zauber* die Tür und eine *strahlende Erscheinung* erscheint.
Die oben genannte Erscheinung besteht aus einer Jungfrau von hervorstechender Schmutzigkeit, aber tadelloser Ästhetik. Dem Herzog *verschlägts den Atem.*
– Armer Messire, sagt die junge Person mit *verflucht melodischer* Stimme, kommt doch rein und setzt Euch ans Feuer und teilt *mein bescheidenes Mahl* aus Roßkastanien und Eicheln.
– Ist das alles, was es zu spachteln gibt?
– Leider ja, Messire. Mein Papa ist in die Stadt gegangen, um ein paar Unzen geräucherten Kabeljau zu kaufen, aber er ist noch nicht zurück und wird jetzt sicherlich nicht mehr vor Morgengrauen zurückkommen.
Diese Worte machen den Herzog nachdenklich: er braucht ja auch nicht die ganze Nacht, um das bescheidene Mahl zu verzehren, vor allem, wenn er es mit dem *zarten Kinde* teilen soll, das ihn jetzt mit *züchtiger Schüchternheit* anschaut. Er betrachtet die Kleine eingehend.
– Sie sind einfach zum Anbeißen, sagt der Herzog.
Sie tut so, als *nehme sie die galante Rede nicht wahr.*

– Setzt Euch, Messire, setzt Euch. Soll ich Pfeffer ans Essen machen? Ich besitze noch einen kostbaren Beutel, den mir meine Patin zum letzten Weihnachtsfest geschenkt hat. Er kommt aus Malabar, dieser Pfeffer, das Echteste vom Echten, nicht verfälscht.
– Bei Gott, sagt der Herzog errötend, ich sage nicht nein. Ein paar Körner ...
– Den ganzen Beutel, Messire, den ganzen Beutel! Das wird Euch stärken.
– Sehe ich denn aus, als müßte ich aufgemöbelt werden?
– Eure Feste stellt zwar viel vor, aber Ihr habt bestimmt Aufregungen gehabt.
– Das will ich meinen ... wenn man eine Kanone verliert ... einfach so ...
– Eine Kanone? Ihr habt eine Kanone?
– Ich habe sogar ein paar, sagt der Herzog stolz.
Die Kleine hüpfte vor Freude in die Luft und klatschte in die Hände.
– Oh, Ihr habt Kanonen? Ich liebe Kanonen wahnsinnig! Das ist wenigstens modern!
Sie begann rund um das Zimmer mit dem kleinen Perimeter zu laufen und sang dazu: Wir tanzen Karmagnole. Es lebe der Ton, es lebe der Ton ... Wir tanzen Karmagnole, es lebe der Ton der Kanon ...
– Sie ist charmant, die Kleine, murmelte der Herzog von Auge, aber ihr Ritornell sagt mir überhaupt nichts.
Und er fragte sie:
– Wer hat dich dieses Lied gelehrt, liebliches Kind?
– Mein Papa.
– Was macht er denn, dein Papa.
– Er ist Holzhacker, Mensch.
– Und wem gehört er?
– Dem hohen und mächtigen Herrn Joachim Herzog von Auge.

– Mit andern Worten mir selber. Gut so: ich werde ihn aufhängen lassen.
– Und warum wollt Ihr meinen Papa aufhängen lassen, Herr Herzog?
– Er lehrt dich garstige Dinge.
– Ja wie, mögt Ihr denn nicht den Ton der Kanon? Ich habe es doch nur gesungen, um Euch eine Freude zu machen.
– Was mir nicht gefällt, ist die Karmagnole.
– Ihr seid nicht nett. Erst nehm ich Euch bei uns auf und dann wollt Ihr meinen Papa aufhängen. Und die Gesetze der Gastfreundschaft, wie stehts damit?
– Ich bin hier bei mir, Kleine. Alles gehört mir hier: der Wald, das Holz, der Holzfäller, die Strohhütte, die Tochter.
– Gemach, gemach, Herr Herzog. Wenn Ihr meinen Papa aufhängen wollt, dann schütte ich das Fressen ins Feuer.
– Beim Blut Gottes, das wirst du doch nicht tun!
– Dann versprecht mir, daß Ihr meinem Papa kein Leid zufügen werdet.
– Versprochen! Versprochen!
– Ich trau Euch nicht. Ihr habt einen üblen Ruf. Ihr werdet meine Eicheln, meine Roßkastanien und meinen Beutel mit Pfeffer verschlingen und hinterher macht Ihr doch, was Ihr wollt.
– Nicht doch, nicht doch. Ich habs versprochen, reden wir also nicht mehr davon und bring mir dieses gute Pfeffergericht her: du läßt mich schmachten!
– Ihr versprecht nur, weil Ihr Hunger habt. Aber hinterher …
– Was soll ich denn anderes tun als versprechen?
– Es gibt auch noch ein schriftliches Versprechen, aber bei Euch wäre es genauso wenig wert.
– Ein schriftliches Versprechen! Ah, ah, ah! Hast du etwa eine Schreibgarnitur und Pergament hier? Das ist ja wirklich zum Schreien.

– Ihr macht Euch kaltlächelnd über unseren Analphabetismus lustig, Herr Herzog.
– Aber nicht über die Qualität deiner Küche. Komm, bring mir schnell dieses wohlriechende Pfeffergericht. Bring, bring. Klein, klein, klein.
Der Herzog war heimtückisch aufgestanden, bereit, sich auf die Kasserolle zu stürzen, selbst auf die Gefahr hin, sich die Finger zu verbrennen, aber das Mägdelein überwacht seinen Lehnsherrn aufmerksam. Als er schließlich zum Sprung ansetzt, flutsch! schon liegen die Roßkastanien, die Eicheln und die Pfefferkörner im Feuer, verwandeln sich dort in Glut.
– Wieder einer im Eimer, murmelt der Herzog, der nicht einmal den Mut hat, das Holzhackerskind zu verdachteln.
Er setzt sich auf seinen Schemel und mit eingezogener Schulter jammert er:
– Ich hab Hunger, olala, ich hab Hunger, olala, was hab ich Hunger.
Er schimpft das Mägdelein aus:
– Das ist doch idiotisch, was du da gemacht hast. Erstens ist es immer ein Jammer, Eßwaren verkommen zu lassen, und zweitens bin ich jetzt an kein Versprechen mehr gebunden, und überhaupt, reden wir schon gar nicht mehr von den Gesetzen der Gastfreundschaft: Schöne Gastfreundschaft!
Er schaut sich um:
– Gibt es hier wirklich nichts anderes zu spachteln?
Sein Auge wird starr:
– Natürlich, diese junge Person. Mein Freund und Waffengefährte Gilles de Rais hätte keinen Augenblick gezögert, aber ich habe schon genug Geschichten am Hals. Womöglich nähme man die Sache schlecht auf im Land. Meine zukünftigen Schwiegersöhne würden es vielleicht nicht schätzen. Und außerdem … ohne Pfeffer …
Er verfällt in eine trübsinnige Meditation, die in Dösen über-

geht. Er spürt keinen festen Boden mehr unter den Füßen, er hat den Eindruck zu schwanken, die Strohhütte wogt schon ungewiß hin und her, er wird sich in den Liegestuhl auf Deck legen können, aber ein kleines Mädchen weckt ihn:
– Herr Herzog, Herr Herzog!
– Was, was, was!
– Wie wärs, wenn wir bis zum Morgengrauen und bis zur Rückkehr Papas ein Spiel spielten?
– Was für ein Spiel?
– Ein Spiel.
– Und der Einsatz?
– Papas Leben.
– Was für eine ausgezeichnete Idee, rief der Herzog aufgeheitert.
Und sie spielten bis zum Morgengrauen.

9

Seitdem er achtzehn Monate im Gefängnis gesessen hatte, war Cidrolin nie mehr in einem jener gastronomischen Restaurants gewesen, in denen er früher verkehrte. Er fürchtete, erkannt zu werden. Manchmal kaufte er sich die *Semaine du Bedon*, eine Zeitschrift, die stets eine Liste der besten Restaurants herausgab; es waren welche darunter, die Cidrolin nicht kannte, er würde es gern mal mit diesem oder jenem versuchen, aber er konnte sich nie entschließen.
Da er während der Interimszeit zwischen Lamélie, die Madame Cuveton geworden war, und der Schutzbefohlenen Alberts, die noch kommen sollte und sogar erst gefunden werden mußte, für sich selber zu sorgen hatte, und die Ergebnisse sich, wie vorauszusehen, als eintönig und mittelmäßig erwiesen, fand er es klug, die Gelegenheit zu nutzen, um ein besonders empfohlenes und ihm bis dahin unbekanntes Luxusrestaurant

auszuprobieren und wenigstens einmal eine gelungene Mahlzeit zu sich zu nehmen.

Kaum war er in die Spelunke eingedrungen, als er sich über seine Absichten befragen hörte, die doch leicht zu erraten waren. Nachdem er sachlich und bescheiden geantwortet hatte, daß er hergekommen sei, um zu Mittag zu essen, wurde er gefragt, ob er einen Tisch vorbestellt hätte. Da er nichts dergleichen getan hatte, wurde ihm kundgetan, daß alles besetzt sei. Es blieb ihm nichts anderes übrig, als sich zurückzuziehen, was er auch tat, im Vorbeigehen die ausgestellten Hors d'œuvre und Desserts betrachtend, die sehr einladend aussahen.

– Wieder einer im Eimer, murmelte er, als er wieder auf dem Bürgersteig stand.

Er fragte sich, ob er anderswo ein neues Experiment versuchen sollte, als er seine Töchter und seine Schwiegersöhne erblickte, die aus zwei Ouagen ausstiegen. Die Gruppe war vollständig, da sogar der Omnibusler, der Herr namens Cuveton, dabei war. Während Yoland und Lucet die Ouagen wer weiß wohin zum Parken fuhren, drang der Rest mit sicherem Schritt in das Luxusrestaurant ein.

– Die machen es sich schön, sagte Cidrolin halblaut. Die feiern ohne mich.

– Wie bitte? fragte der Passant.

Cidrolin sah ihn an: es war ein anderer. Oder derselbe, den er nicht mehr wiedererkannte.

– Nichts, antwortete er. Ich sprach mit mir selber. Eine Gewohnheit, die man annimmt, wenn man lange allein lebt.

– Sie sollten versuchen, sie abzulegen, sagte der Passant. Man glaubt, Sie wollen eine Auskunft, schickt sich mit Vergnügen an, sie Ihnen zu geben, und ist enttäuscht, weils eine Fehlanzeige war.

– Bitte, entschuldigen Sie vielmals. Ich bin wirklich untröstlich.

– Und was haben Sie gesagt?

– Was ich gesagt habe? Ach ja, was habe ich eigentlich gesagt? Er machte Anstalten nachzudenken und zog streng die Augenbrauen zusammen, wie man es unter solchen Umständen tun soll. Dann ergriff er folgendermaßen wieder das Wort:
– Ich habe gesagt: die feiern ohne mich.
– Und was wollten Sie damit sagen?
– Ich gebe zu, daß der Ausdruck zweideutig ist, und ich habe ihn auch tatsächlich in diesen beiden Bedeutungen gebraucht: kleines a, ein Fest begehen, Hochzeit oder Orgie feiern, und kleines b, die Arbeit ruhen lassen; aber ich will Sie nicht mit all meinen Geschichten belästigen.
– Warum nicht? fragte der andere mit einladender Miene.
– Weil ich es nicht tun werde, antwortete Cidrolin.
– In diesem Falle, sagte der andere, ohne sich zu ärgern, will ich Ihre Zeit nicht länger in Anspruch nehmen ...
– Bitte sehr ...
Befreit, wurde Cidrolin von den beiden Schwiegersöhnen erblickt, die endlich ihre Ouagen geparkt hatten und nicht so tun konnten, als wenn nichts wäre. Sie begrüßten ihn gönnerhaft.
– Na? sagte Yoland, man überläßt also den Kahn einfach sich selber?
– Das Wetter ist wirklich schön, sagte Lucet, da geht man eben spazieren.
– Und ihr beide, sagte Cidrolin, geht ihr spazieren?
– Ja, wir gehen spazieren, wir kamen gerade hier vorbei.
– Na, dann laßt euch nicht aufhalten. Bis später!
Cidrolin blieb unbeweglich stehen. Die beiden andern gingen ein paar Schritte weiter. Sie drehen sich um und grüßen noch einmal, indem sie leicht mit der Hand winken.
Cidrolin antwortet ihnen, aber er hat sich nicht vom Fleck gerührt.
– Was sollen wir tun? fragt Lucet. Gehen wir rein oder gehen wir nicht rein?

– Wenn er die andern gesehen hat, sagt Yoland, machen wir natürlich einen schönen Eindruck.
– Mensch, wir werden doch nicht so ein Prachtessen verpassen.
– Ist er immer noch da?
– Er rührt sich nicht vom Fleck.
– Er hat die andern bestimmt reingehen sehen. Er macht sich über uns lustig.
– Wir stehen da wie Arschlöcher. Wir müssen was tun.
– Komm, wir laden ihn ein.
– Er wird es übelnehmen.
– Wir müssen jedenfalls zu Mittag essen.
– Na, und ob! Vor allem, wo es bestimmt nicht schlecht sein wird! Hast du dir dieses Luxusrestaurant mal von außen angesehen? Hat mindestens fünf Sterne. Da können wir ganz schön reinhauen.
– Na, machen wir kehrt?
– Ja. Und du wirst ihm die Sache auseinanderschrauben.
– Immer die undankbaren Arbeiten, Mensch.
Cidrolin sieht sie mit harmlosem Gesicht auf sich zukommen. Yoland spricht ihn also an.
– Ein Glück, daß wir Sie getroffen haben. Zu Lamélies Hochzeit hats ja keine Feier und nichts gegeben, und da haben wir gedacht, daß wir uns aus diesem Anlaß mal ein gutes Mittagessen leisten könnten. Und da wir Sie gerade in der Gegend hier sehen, wärs doch nur normal, wenn Sie mit von der Partie wären.
– Und wer bezahlt?
– Jeder für sich.
– Sagt mal, euch scheints gut zu gehen. Ihr habt euch keine lumpige Kneipe ausgesucht. Und der Omnibusler, kann der sich das leisten?
– Wir haben ihn gewarnt. Pah! Man heiratet ja nicht jeden Tag.

– Aber er hat doch nicht heute geheiratet, sondern vor acht Tagen, oder nicht?
– Um sich was Gutes anzutun, ist es nie zu spät.
– Trotzdem ein komischer Gedanke. Ein seltsamer Gedanke.
– Na, kommen Sie mit? sagt Lucet ungeduldig. Man erwartet uns.
– Nicht mich, sagt Cidrolin. Mich erwartet man nicht.
– Na, na, nun schmollen Sie mal nicht.
– Außerdem habe ich, sagt Cidrolin, keinen Tisch vorbestellt.
– Wir haben einen vorbestellt.
– Nein, sagt Cidrolin, ich bin vorhin drin gewesen, es war kein Platz da für mich.
– Wollten Sie dort zu Mittag essen?
– Warum nicht? fragt Cidrolin.
Die beiden Schwiegersöhne schwiegen.
– Ich hatte die Absicht, eine gute Mahlzeit zu mir zu nehmen, sagt Cidrolin. Dann halt ein andermal.
Er nimmt den Autobus und an der Ecke des Quais kauft er Brot; aber die anderen Läden im Viertel sind geschlossen. Er hat noch ein paar Konserven auf dem Kahn. Der Zaun ist wieder mit beleidigenden Sgraffiti besudelt worden.
Cidrolin legt das Brot hin und geht den Farbtopf holen. Er überpinselt fleißig die Inschriften. Er hat Hunger, aber er überpinselt fleißig. Müßiggehende Nomaden bleiben stehen und schauen ihm bei der Arbeit zu. Sie betrachten ihn schweigend. Cidrolin stört das nicht. Er ist genauso ans Pinseln gewöhnt wie an die Nomaden. Er knüpft keine Unterhaltung mit ihnen an. Entgegen einem weitverbreiteten Brauch singt und pfeift er nicht. Als er fertig ist, gehen die Nomaden.
Er stellt den Farbtopf wieder an seinen Platz und gießt sich dann ein Glas Fenchelessenz ein.
– Ich trinke zuviel, murmelt er, Lamélie ist nicht mehr da, um es mir zu sagen.

Dann geht er in die Proviantkammer, um nachzusehen, was ihm noch an Konserven verbleibt. Er hat noch für etwa vierzehn Tage, wenn er nicht zuviel ißt. Cidrolin weiß nicht, ob Albert bis in vierzehn Tagen jemanden für ihn gefunden hat. Wenn Albert nichts gefunden hat, wird Cidrolin neue Vorräte anlegen müssen; er sieht den Skorbut am Horizont aufkeimen. Im Augenblick wählt er eine Dose Thunfischfilets in feinstem Erdnußöl aus. Es gibt ein intelligentes System, um die besagte Dose zu öffnen, Cidrolin braucht nicht auf Hammer und Hartmeißel zurückzugreifen, wie er es zu tun gewohnt ist. Darauf spaltet er das Brot in zwei Hälften und leert den Inhalt zwischen die beiden Scheiben, die er sorgfältig wieder schließt, um dem Brot sein ursprüngliches Aussehen zurückzugeben, bloß mit dem Unterschied, daß jetzt Öl aus den Einschnitten herausläuft. Nachdem alles verzehrt ist, murmelt Cidrolin:
– Es war gar nicht so schlecht. Nur, wenn man zuviel davon ißt, bekommt man Skorbut.
Er wischt sich Hände und Mund an einem Mehrzwecklappen ab und geht wieder nach oben, um zu sehen, was aus seinem Zaun geworden ist. Keine neue Inschrift ist drauf geschrieben worden, aber ein Idiot, der sich dran gelehnt hat, hat sich die Jacke mit Farbe vollgeschmiert. Er interpelliert Cidrolin:
– He, Sie da! Ist das Ihr Kahn? Gehört dieser Zaun Ihnen? Sie könnten wenigstens ein Schild ›Frisch gestrichen!‹ dran hängen. Das ist das mindeste, was man verlangen darf. Jetzt ist meine Jacke reif für die Reinigung. Werden Sie die Rechnung bezahlen?
– Selbstverständlich, antwortet Cidrolin. Wieviel machts?
– Sie halten sich obendrein noch für lustig! Ist das eine Welt!
– Vergessen Sie bitte nicht, sagt Cidrolin, daß Sie die Farbschicht, die ich gerade aufgetragen habe, beschädigten. Ich muß wieder von vorne anfangen mit meiner Arbeit und ich habe anderes zu tun.

– Was?
– Siesta!
Der zukünftige Kunde einer der zahlreich vorhandenen Reinigungsanstalten betrachtet Cidrolin nachdenklich und entfernt sich dann.
Cidrolin geht seinen Farbtopf holen und bessert die Schäden aus; dann verfertigt er ein kleines Schild ›Frisch gestrichen!‹, das er sorgfältig auf gut sichtbare Weise anbringt.
Darauf legt er sich in seinen Liegestuhl. Er murmelt:
– Ich hab vergessen, Albert zu sagen, daß ich keine Minderjährige will.
Er schließt die Augen.
– Ich frage mich nur, wie sie aussehen wird, murmelt er noch.
– Wir werden das gleich sehen, sagt der Sire de Ciry zu seinen beiden Schwägern, dem Grafen von Torves und dem Vidame de Malplaquet.
– Was liegt schon dran! sagt der Comte de Torves. Er kann sich ruhig wiederverheiraten, entscheidend ist nur die Entschädigung, die er uns anbietet.
– Wenn er uns eine anbietet, sagt der Sire de Ciry.
– Das wäre ja allerhand, sagt Malplaquet und glättet seinen Schnurrbart.
Mouscaillot führt sie ins Eßzimmer, damit sie sich ein wenig stärken. Der Sire de Ciry betrachtet mit Kennerblicken die Einrichtung.
– Eh, eh, murmelt er, reinster Ludwig-der-Dreizehnte-Stil.
– Der Herr Herzog ist darauf bedacht, immer auf der Höhe seiner Zeit zu sein, sagt der Page, der jetzt berechtigt ist, seinen Titel als Graf von Packzu zu tragen.
Man brachte Wildschweinleberpastete und andere morgendliche Leckereien und man goß Fenchelessenz in venezianische Kristallgläser.
– Das Geld fließt in Strömen, murmelt der Sire de Ciry, und

fügte noch hinzu, sich an den Vidame wendend, der seine Finger benutzt: Bedient Euch doch dieser Gabel.
Denn es gab Gabeln, ebenfalls aus Silber.
– Da kann ich mich nie dran gewöhnen, sagt Malplaquet.
– Außerdem finde ich das nicht sauber, diese Geräte. Man weiß nie, wo sie vorher überall herumgelegen haben, bei seinen Fingern hingegen weiß man immer, wo man sie gehabt hat.
– Man muß eben mit seiner Zeit gehen, sagt Torves und manipuliert dabei ungeschickt mit einem dieser Gegenstände.
– Meine Herren, sagt Ciry, wenn Ihr an den Hof ginget...
– Aber wir gehen nicht, sagt Malplaquet.
– Wer weiß, sagt Ciry.
Während sie auf den Herzog warten, futtern sie weiterhin Wildschweinleberpastete und andere morgendliche Leckereien, wozu sie manchen Humpen Rotwein leeren.
– Sagt mal, Packzu, sagt Malplaquet plötzlich mit heller Stimme, hat Auge an uns gedacht?
– Ich weiß nicht, sagt Packzu vorsichtig, aber ich glaube, daß die Nachrichten gut sind.
– Ich koche vor Ungeduld, sagt Torves.
– Ich höre einen Schritt, sagt Ciry.
Er hat ihn trotz der beginnenden oder endenden Kau- und Verdauungsgeräusche gehört. Tatsächlich erscheint der Herzog, gefolgt von Abbé Biroton, dem Haushofmeister und einigen Dienern.
– Potztausend, ruft der Herzog. Wie findet Ihr meinen Bart? Ich habe einen Barbier aus der Stadt kommen lassen, um ihn mir zu stutzen.
Die Schwiegersöhne rufen: er ist großartig.
Der Herzog zeigt mit dem Finger auf Onésiphore.
– Schaut ihn Euch genau an, sagt er. Das ist ein Bischof!
Die Schwiegersöhne brechen in Entzückensrufe aus und wol-

len seinen Ring küssen; aber der Bischof in partibus von Sarcellopolis hat noch keinen.
– Und jetzt schaut mich an, fügt der Herzog hinzu. Ihr seht einen Mann vor Euch, der von Ihrer Majestät dreihunderttausend Pfund bekommen hat, um sich zu verheiraten.
Die Schwiegersöhne brechen in Entzückensrufe aus, sie schreien: Es lebe die Königin! Es lebe der Marschall d'Ancre! Der Herzog lächelt vor Vergnügen. Er reibt sich die Hände. Er ergreift im Vorbeigehen eine Leberpastete und, ohne eine Gabel zu benutzen, verschlingt er sie.
– Und wir? fragt darauf der Comte de Torves.
– Ja, und wir? fügt der Vidame de Malplaquet hinzu.
– Und ich? sagt der Sire de Ciry.
Der Herzog lacht immer noch und verschlingt seine Leberpastete. Es ist gefährlich zu lachen, wenn man ißt; so kommt es, daß er beinahe erstickt. Man gießt ihm Humpen auf Humpen ein.
– Wird er endlich reden? sagt Ciry leise zu Malplaquet.
– Und wenn nichts für uns rausgesprungen ist? murmelt Malplaquet, der vor Grigst Animassen schneidet.
– Ich koche, ich koche, ich koche, seufzt Torves.
Hunger und Durst des Herzogs sind jetzt kolmatiert und seine Krämpfe dank der Fenchelessenz beruhigt. Er ist ernst geworden und er wird jetzt gewiß gleich reden und die guten, von Graf von Packzu angekündigten Neuigkeiten aussprechen, als zur großen Verzweiflung der Schwiegersöhne deutlich wird, daß ihm ein neuer Gedanke einfällt.
– Und meine Töchter? fragt er.
Sie sind natürlich im Appartement der Damen.
– Sie sollen kommen! befiehlt er, denn ich will meine Rede nicht zweimal halten.
Die Schwiegersöhne trampeln vor Ungeduld, sie möchten vor Wut pissen, aber sie müssen sich fügen. Der Herzog läßt andere Leckereien kommen, Frischlingkrapfen, Kabeljauleberauflauf,

panierte Schweinshaxen. Er verlangt, daß man Gewürzwein und Met einschenkt, um nicht im Übermaß Fenchelessenz trinken zu müssen. Er erkundigt sich bei seinen Schwiegersöhnen sehr höflich nach ihren respektiven Reisen; sie antworten zähneknirschend. Da ihn dieses Thema überhaupt nicht interessiert, wendet er sich nach Monsignore Biroton um und erinnert ihn daran, daß er seinen Amethyst von ihm bekommen wird, obgleich der Gewinn substantiell genug sei, daß Onésiphore ihn sich selber kaufen könne. Dann erkundigt er sich, wo Sarcellopolis liegt. Diese abgeschmackte Neugierde beweist den Schwiegersöhnen mit aller Deutlichkeit, daß er nicht an sie denkt, was sie nichts Gutes ahnen läßt. Monsignore Biroton, der nicht im entferntesten weiß, wo seine Diözese liegt, und er braucht es auch gar nicht zu wissen, da er sich nie hinbegeben wird, Monsignore Biroton beginnt mit einer frommen Lüge und antwortet, daß Sarcellopolis in Kleinasien liegt.
– In den Händen der Ottomanen also?
– Ihr habt es gesagt.
Das macht den Herzog nachdenklich:
– Und wie wärs, wenn wir einen kleinen Kreuzzug organisierten, um deine Diözese wieder in die Hand zu bekommen?
Die Schwiegersöhne sind entsetzt: sie sehen Papas Piepen in der Meerenge der Dardanellen verschwinden.
Onésiphore ist da, um den Herzog zu beruhigen:
– Eine schöne Regung der Frömmigkeit, der Pietät, Messire, eine schöne Regung, aber Gott will, daß meine Diözese in partibus ist: sein Wille geschehe.
– Willst du wirklich nicht? Es ist eine Gelegenheit, die kaum Chancen hat, sich zu wiederholen.
– Vielen Dank, Messire. Vielen Dank.
Den Schwiegersöhnen ist heiß geworden. Sie seufzen erleichtert. Den Sire de Ciry kommt es sogar an, den Schöngeist zu spielen.

– Ihr seid ein richtiger Donquichotte, sagt er mit schlauem Lächeln zum Herzog.
– Was? Was? Was ist denn das?
– Don Quichotte? Das beste ausländische Buch, 1614 erschienen. Ich habe es in der Übersetzung von Cesar Oudin gelesen.
Der Herzog betrachtet Ciry mitleidig.
– Was für ein geschraubter Kerl, murmelt er.
Aber der andere hört nicht, denn Frauengekreisch kommt näher. Die Frauen schweigen, als sie ins Eßzimmer treten, und verneigen sich respektvoll vor ihrem Papa. Nachdem alle ihren Platz eingenommen haben, zählte der Herzog von Auge alle Statthalterwürden, Gewinne und Privilegien auf, die er durch den Vertrag von Sainte-Menehould für seine Schwiegersöhne und folglich auch für seine Töchter erhalten hat.
– Bäh, bäh, sagt Phelise und drückt damit die allgemeine Zufriedenheit aus.
Die Schwiegersöhne sahen darauf ohne Bitterkeit, wie ihr Schwiegervater in zweiter Ehe Russule Péquet, eine Dörflerin, die Tochter eines Holzfällers, heiratete.
Cidrolin fährt hoch und wird wach; es schien ihm, als habe es an der Tür, die auf den Quai geht, geklingelt. Er steht auf, um nachzusehen; es war niemand da. Es war jetzt dunkel. Er schaute nach, ob der Zaun mit neuen Inschriften besudelt war, aber er sah keine. Er ging wieder hinunter, um sich so korrekt wie möglich anzuziehen, verriegelte alles auf dem Kahn und ging in die Kneipe an der Ecke des Quais und des Boulevards.
Einige Paare verweilten noch beim Küssen; Omnibusler aßen Sandwichs und tranken Halbe, wozu sie die kleinen Begebenheiten des Dienstes kommentierten. Cidrolin bestellte eine Fenchelessenz mit Kranenwasser, erstand eine Telephonmarke und sah im Telephonbuch nach. Nachdem er siebzehn Minuten dar-

auf gewartet hatte, daß ein Paar, das in der Kabine den Zungenkuß praktizierte, endlich den Platz frei machen wollte, setzte er sich mit dem Luxusrestaurant in Verbindung, das ihn am gleichen Mittag abgewiesen hatte.

– Ich möchte einen Tisch vorbestellen. Für heute abend.

– Für wieviele Personen?

– Eine. Eine einzige.

Er spürte, wie der Hörer in seiner Hand kalt wurde, am andern Ende der Leitung war man bestimmt nicht zufrieden. Das hätte er jedenfalls nicht sagen dürfen.

– Aber ich esse für vier, fügt Cidrolin hinzu.

Der Hörer wurde wieder warm. Man fragte ihn nach seinem Namen.

– Dicornil. Monsieur Dicornil. D wie Duc, I wie Joachim, C wie Capetinger, O wie Onésiphore, R wie Riphinte, N wie N und der Rest dementsprechend.

– Dupont. Nicht wahr? Für Monsieur Dupont?

– Sie haben mich verstanden.

Als er in das Luxusrestaurant kam, merkte er sogleich, daß es unnötig gewesen war, telephoniert zu haben: das Restaurant war leer. Hier gab es vor allem Geschäftsessen am Mittag, aber die abendliche Dinierkundschaft war hier eher selten. Ein Oberkellner fragte indes von oben herab, ob er einen Tisch vorbestellt habe. Cidrolin antworte mit Ja. Auf welchen Namen?

– Dupont. Monsieur Dupont.

– Wenn Sie hier entlang gehen wollen, Monsieur Dicornil.

Cidrolin war darauf gefaßt, daß man ihm einen Tisch in einem Luftzug oder neben einem Durchgang anbot. Keineswegs. Es war ein schöner, guter, sehr breiter Tisch, der schon mit Geschirr und Gedecken beladen war. Cidrolin war davon angenehm berührt. Der Oberkellner hielt ihm die Speisekarte mit einer Fläche von ungefähr sechzehn Quadratzentimeter hin

und fragte ihn, ob er einen Aperitif zu trinken wünsche. Cidrolin entschied sich für die Fenchelessenz.
– Hat der Herr eine Lieblingsmarke?
– Weißes Rössel, gab er dem Weinkellner zur Antwort.
Dann betrachtete er herrisch die Namen der verschiedenen Gerichte. Der Oberkellner zeigte mit der Spitze eines Bleistifts auf die Spezialitäten, die Tagesmenüs. Als Cidrolin beschlossen hatte, mit frischem, großkörnigem Kaviar anzufangen, wurde die Unterhaltung außerordentlich freundlich. Sie wurde ausgesprochen herzlich, als er ins Auge faßte, im Anschluß daran einen Lachskulibiak in Angriff zu nehmen, dem ein gebratener Fasan folgen sollte, begleitet von Perigordtrüffeln. Nach kurzer Überlegung fand Cidrolin, der auf gefüllte Blätterteigpasteten versessen war, daß er zwischen das Lachsgericht und den Fasan eine einschieben könnte. Nach dem Käse würde er einen Eierauflauf mit zwölf verschiedenen Likören nehmen.
Der Weinkellner brachte die Fenchelessenz in einer Flasche mit dem Etikett Weißes Rössel; er ging mit dem Auftrag zurück, ein Fläschchen russischen Wodka zu bringen, eine Flasche Chablis Jahrgang 1925 und eine Flasche Chateau d'Arcins 1955. Der Oberkellner hatte sich klein gehalten, um seinem Kollegen freies Feld zu lassen, aber als dieser in seine Keller zurückgekehrt war, neigte er sich zu Cidrolin herab und bat ihn sehr liebenswürdig um seinen Erlaubnisschein.
– Meinen Erlaubnisschein? Welchen Erlaubnisschein denn?
– Ihren Erlaubnisschein von der Landesversicherungsanstalt.
– Wozu?
– Der Herr scherzt wohl. Der Herr weiß doch, daß es nicht gestattet ist, eine Mahlzeit von mehr als dreitausend Kalorien ohne den Erlaubnisschein der Landesversicherungsanstalt zu servieren, und die Ihre wird mindestens sechstausend Kalorien betragen.

Cidrolin hatte zwar auf der Karte vor jedem Gericht Zahlen gesehen, aber er glaubte, es seien die Preise.

– Dem Herrn ist sicherlich bekannt, daß Verstopfungen und Darmentzündungen zu einem großen Teil Schuld am Defizit der Landesversicherungsanstalt tragen. Man hat Maßnahmen ergreifen müssen; aber vielleicht zahlt der Herr keine Beiträge in die Elvaua? Dabei ist der Herr doch bestimmt so etwas wie Generalverwaltungspräsident.

Er lächelte verbindlich.

Cidrolin zahlt natürlich seine Beiträge, als ehemaliger Häftling, aber er kannte dieses neue Gesetz nicht. Er sah keine Möglichkeit, sich aus der Affäre zu ziehen. Er murmelte:

– Wieder einer im Eimer.

– Aber nein, der Herr, aber nein! rief der Oberkellner mitleidig. Sie dürfen die Flinte nicht aufs Korn werfen.

– Ins, sagte Cidrolin.

– Ins? Ins?

Der Oberkellner sah ganz verdutzt aus.

– Die Flinte ins Korn werfen, sagt Cidrolin.

– Sind Sie sicher?

– Gewiß.

– Was soll das eigentlich heißen? Wo kommt dieser Ausdruck her?

– Es ist ein Ausdruck aus der alten Zeit, sagt Cidrolin.

– Ich verstehe ihn nicht. Man sagt das so, die Flinte ins Korn werfen, und wenn man dann genau zu verstehen versucht, versteht man nicht mehr. Ach, Monsieur, es ist entsetzlich, wenn man anfängt nachzudenken.

– Denken Sie nicht mehr dran.

– Das ist leicht gesagt! Ich will nämlich verstehen, ich. Warum ins? Wenn man die Flinte wirft, fällt sie aufs Korn. Nicht ins. Wirklich, ich verstehe nicht.

– Ich werde es Ihnen erklären. Es war einmal ein Holzfäller ...

Bei diesem Wort schwieg Cidrolin und schien an etwas anderes zu denken.

10

Sthenes biß auf die Stange. Der Herzog hatte ihm zu schweigen empfohlen, da er jetzt in Begleitung eines zahlreichen Gefolges reiste und nicht wollte, daß es darüber zu Klatschereien kam. Übrigens war er deswegen ebenso traurig wie sein Pferd, dessen fröhliches Geplauder er schätzte. Steph trabte ebenfalls in größter Stummheit dahin, was übrigens nichts an seiner gewöhnlichen Zurückhaltung änderte.
Anstatt mit Sthenes plauderte der Herzog mit dem Grafen von Packzu. Die Aussicht auf die Sitzung der Generalstände erfüllte ihn mit großer Freude: ausgezeichneter Grund, sich in der Hauptstadt die Füße zu vertreten. Die junge Russule, seine neue Ehefrau, hätte auch gern die hauptstädtischen Freuden gekostet, sie hatte sogar hartnäckig darauf bestanden, und der Herzog hatte sich genötigt gesehen, ihr eine anständige Tracht Prügel zu verabreichen.
– Ihr hattet eine sehr harte Hand, Messire, sagte Packzu.
– Was geht denn dich das an, Hausfreund? Bist du etwa in die Herzogin verliebt?
– Gott bewahre, Messire.
– Du bist nicht galant. Ich will hoffen, daß du es bist, verliebt in die Herzogin.
– In keiner Weise, Messire.
– Solltest du zufällig ein Heuchler sein?
– Ich versichere Euch, Messire ...
– Gut, gut, aber glaube mir, ich habe sie nur deshalb etwas hart angefaßt, weil ich sie nicht weicher anfassen konnte als ihr Vater. Es ging einfach um meine Würde. Ich hielt es für angebracht, daß sie meine Abreibung nicht angenehmer findet als die eines Holzfällers ...

– Monsieur, Monsieur, sagt der Oberkellner sanft, ich warte auf die Fortsetzung.
– ... der hatte seine Flinte in ein Kornfeld fallen lassen.
– In ein Kornfeld?
– So wird die Geschichte erzählt, sagt Cidrolin. Er konnte sie nicht zurückholen, ohne Schaden anzurichten.
– Das glaube ich gern, sagt der Oberkellner. Ein Kornfeld ...
– Darauf hat der Schwender ...
– Wie bitte?
– Der Holzfäller ...
– War das wieder so ein altes Wort? Warum gibt es eigentlich so Wörter, die außer Gebrauch kommen? Ich selbst, der ich mit Ihnen rede, habe sogar zu meinen Lebzeiten welche gesehen, die vor meinen Augen verschwunden sind: Kinomatograph, Taxameter, Blockwart undsoweiter.
– Wollen Sie das Ende kennenlernen?
– Habe ich schon erraten, antwortete der Oberkellner pfiffig.
– Der Holzfäller oder Schwender, wie Sie sagten, ist ins Feld gesprungen und hat natürlich alles zertrampelt. Daher sagt man auch in Analogie von einem Mädchen, das vor der Ehe schwer zu Fuß ist, es sei ins Sommerfeld gesprungen.
– Das ist eine interessante Variante, sagte Cidrolin ruhig.
– Eigentlich hat sich der Holzfäller begnügt, die Flinte im Korn zu lassen. So daß er gewissermaßen die Flinte ins Korn geworfen hatte. Wenn er sie rausgeholt hätte, hätte er sie wenigstens wiedergehabt.
– Das ist doch idiotisch, sagte der Oberkellner. Warum hätte er sie denn liegen lassen sollen? Nee, Ihre Geschichte ist ausgesprochen idiotisch. Sie ist idiotisch, Ihre Geschichte. Da ziehe ich meine Version vor.
– Sie ist vielleicht idiotisch, sagte Cidrolin ruhig, aber auf jeden Fall haben Sie sich gebildet.
– Ich danke Ihnen dafür. Ach, da ist Ihr großkörniger Kaviar

Sonder-Status, der erst heute nachmittag mit einem Überschalldüsenjäger angekommen ist; mit einem eisgekühlten Wodka dazu werden Sie sich letzen können.
Cidrolin letzte sich tatsächlich.
Da das Restaurant fast leer war, kam der Oberkellner ab und zu an seinen Tisch und erkundigte sich, ob alles in Ordnung sei. Der Kulibiak wurde gewürdigt und die gefüllte Blätterteigpastete verzehrt. Während er auf die Fortsetzung wartete, machte Cidrolin ein wenig Konversation.
– Ich kenne Leute, die haben hier zu Mittag gegessen und zwar heute.
– Zu Mittag haben wir viel Betrieb gehabt, sagte der andere wichtigtuerisch.
– Sechs Personen. Drei Paare.
– Wir hatten mehrere Tische mit sechs Personen.
– Es waren drei junge Frauen, drei Schwestern. Sie gleichen sich nicht sonderlich, aber wenn man genau hinsieht, kann man feststellen, daß es Drillinge sind.
– Ein dreiköpfiges Zwillingspaar? Ich kann mich wirklich nicht erinnern. Dabei bin ich ein großer Physiognomiker.
– Die Herren hingegen hatten nichts Besonderes an sich.
– Ach ja, ich weiß schon Bescheid. Ziemlich gewöhnliche Leute.
– Finden Sie?
– Oh, das kann ich Ihnen garantieren ... Sie aßen nicht ... wie der Herr. Sie fraßen. Und sie hatten nicht einmal einen gastronomischen Erlaubnisschein. Sie wußten nicht einmal, was das ist: sie waren nicht gewohnt, in Restaurants über dreitausend Kalorien zu essen. Kennen Sie diese Personen wirklich?
– Flüchtig. Und was haben Sie mit Ihnen gemacht, als sie ihren gastronomischen Erlaubnisschein nicht vorzeigten?
– Was soll ich tun, Monsieur? Ich habe es so gehalten wie mit Ihnen: ich habe ihnen serviert.

Der Oberkellner lächelte pfiffig und fuhr, während von dem Kleingeflügel Trüffel und Fasan er brachte, mit diesen Worten fort:

– Ich muß Ihnen gestehen, Monsieur, daß dieser berüchtigte gastronomische Erlaubnisschein, den die Elvaua ausstellt, eine reine Erfindung ist. Es gibt ihn gar nicht. Ich habe das allein ausgeknobelt und vergnüge mich damit, die Gäste mit diesem witzigen Spaß zu unterhalten. Manche gehen mir auf den Leim, dann wirds erst richtig komisch. Ich habe gleich gesehen, daß der Herr nicht darauf reinfällt, aber diese Leute, von denen Sie sagen, daß Sie sie flüchtig kennen, die sind wütend geworden und wollten alles zerdebbern. Von unüberbietbarer Komik.

– Sie sagen, daß Sie ihnen am Ende doch serviert haben.

– Nachdem ich sie beruhigt hatte … nachdem ich ihnen weisgemacht hatte, daß sie auf Grund einer besonderen Gunst, weil sie es eben seien … Na ja, Sie wissen schon, was man einfältigen Gästen so alles vorschwatzt.

– Ich weiß, sagte Cidrolin.

– Trotzdem waren sie mit dem Trinkgeld sehr knausrig. Ärmliche Leute. Keineswegs Leute von Ihrer Kategorie, Monsieur. Und die Damen: fast Straßenmädchen. Waren es wirklich Drillinge? Merkwürdig. Ich hatte es nicht bemerkt. Dabei bin ich doch ein Physiognomiker.

Die Ankunft eines Paares unvorhergesehener Gäste befreit Cidrolin von der Gegenwart des Possenreißers. Er kann in Frieden sein Wild und seine Askomyzeten zu Ende essen, sich in Ruhe einige Scheiben verschiedener Käse einverleiben, in Sicherheit den Eierauflauf mit den zwölf Likören verzehren und sich in aller Seelenruhe ein Glas grüne Chartreuse hinter die Binde gießen. Er verlangt die Rechnung, die er bezahlte. Er ließ ein paar zusätzliche Francs zurück, um den Oberkellner nicht zu enttäuschen, der ihn sehr tief grüßte. Und als er auf der Straße war, geriet er in Verzückung.

– Es ist einfach unglaublich, sagte er halblaut, es war alles bestens.
– Wie bitte? fragte der Passant.
Da es stockdunkel war, konnte Cidrolin ihn nicht erkennen.
– Nichts, antwortete er. Ich sprach mit mir selber. Eine Gewohnheit, die …
– Ich weiß, ich weiß, sagte der Passant ein wenig verärgert.
– Ich habe Ihnen schon einmal den Rat gegeben, diese Gewohnheit abzulegen.
– Es ist nicht alle Tage Sonntag.
– Ist für Sie heute Sonntag? Wieso denn das?
– Ich habe gut zu Abend gegessen.
– Na und?
– Das ist mir schon lange nicht mehr passiert. Entweder war es ausgesprochen schlecht, oder es war immer etwas vermurkst. Diesmal war es eine runde Sache. Mit fortschreitender Mahlzeit packte mich die Angst. Ich sagte mir: Das ist einfach nicht möglich, das kann nicht so weitergehen, irgend etwas muß danebengeraten sein. Aber nein. Der Fasan, schön saftig. Die Trüffel, ganz und gut geschrubbt. Die Käse, große Klasse. Darauf habe ich für mich gedacht: Es wird der Eierauflauf sein – ein Eierauflauf mit zwölf Likören, Monsieur – es wird der Eierauflauf sein, der mißlungen ist. Keineswegs: aufgeblasen wie ein Fesselballon, saftig, schmackhaft. Nichts dagegen zu sagen. Sogar die Charteuse war echt.
– Pah, sagte der Passant, ich sehe da keinen Grund zur Freude. Sie bezahlen ja auch teuer, da ist es weiter nicht verwunderlich. Erzählen Sie mir lieber von der kleinen Kneipe.
– Es gibt teuere Restaurants, in denen man einen Schweinefraß vorgesetzt bekommt. Nein, ich bin wirklich erstaunt. Da ist irgend etwas nicht geheuer … aber ich will Sie nicht mit allen meinen Geschichten langweilen …
– Warum nicht?

– Weil ich es nicht tun will.
– In diesem Falle, sagte der Passant, ohne sich zu ärgern, möchte ich Ihre kostbare Zeit nicht länger in Anspruch nehmen ... es ist spät ...
– Ich bitte Sie ...
Cidrolin führt seine Überraschung durch die Nacht spazieren. Eine gelungene Mahlzeit: er kann es nicht fassen. Ohne auf den Weg geachtet zu haben, findet er sich vor der Arche wieder. Er nimmt die Taschenlampe, die er gewöhnlich im Briefkasten verstaut, betrachtet in ihrem Schein den Zaun und entdeckt keine Inschrift.
Er würde gern den Mund öffnen, um zu sagen, daß er das sehr sonderbar findet, aber er will nicht Gefahr laufen, den Passanten wiederzusehen. Auf dem Kahn ist alles ruhig, nichts hat sich verändert.
Cidrolin trinkt zur Verdauung des Abendessens, das er doch etwas schwer findet, noch ein Glas Fenchelessenz. Er fragt sich, ob er sich hinlegen oder zu Verdaungszwecken das Boot nehmen und ein wenig rudern soll. Er verzichtete sehr schnell auf diese hygienische Ausschweifung und beschloß, einzuschlafen. Er hatte einige Mühe, aber schließlich gelang es ihm. Ein Pferd sprach ihn an.
– Darf ich ein Wort sagen? fragte Sthenes. Wir sind ja unter Freunden.
In der Tat hatte der Herzog nur noch Packzu auf Steph an seiner Seite. Der Fremdenführer ritt hundert Klafter voraus, und der Rest der Gesellschaft folgte in guter Entfernung.
– Sprich, mein braver Demo, sagte der Herzog liebevoll.
– Werdet Ihr nicht eines Tages ein Denkmal bekommen?
– Mein Gott, sagte der Herzog, daran hatte ich noch nie gedacht.
– Warum nicht?
– In der Tat, sagte der Herzog entzückt. Warum nicht?

– Ein Reiterdenkmal natürlich, wie das des guten Königs Heinrich, das wir gestern gesehen haben.
– Ein Reiterdenkmal! Du hast es aber gleich gut vor: Ich bin doch nicht der König von Frankreich.
– Ich, sagte Sthenes, kann mir ein Denkmal nur als Reiterdenkmal vorstellen.
– Ach, jetzt hab ich begriffen! Du willst nämlich ein Denkmal haben!
– Habe ich es nicht verdient? Ein Pferd wie mich hat man seit Xanthos nicht mehr gesehen. Und dabei hat Xanthos lediglich durch die Stimme Heras gesprochen, während ich niemanden brauche, um zu wissen, was ich sagen will.
– Und wer ist Xanthos? fragt Mouscaillot.
Sthenes warf den Kopf zurück, um die Geringschätzung zu zeigen, die er für die Bildung Packzus hatte.
Er geruhte dennoch zu antworten.
– Eines der Pferde des Achilles. Das andere hieß Balios.
– Sthenes hat gerade den ganzen Homer wiedergelesen, in drei Tagen, sagt der Herzog.
– Dieser gute Balios, sagt Packzu und tätschelte Steph den Hals.
– Bekomme ich auch ein Denkmal? fragt Steph.
– Er hätte es verdient, sagt Sthenes, der ein guter Genosse war. In der Ilias spricht Balios nicht, nur Xanthos spricht, da Steph nun spricht, hat er also ein Anrecht auf ein Denkmal.
– Man kann kein Denkmal von mir machen, wie ich gleichzeitig auf zwei Pferden sitze, gab der Herzog zu bedenken.
– Ein guter Bildhauer fände vielleicht eine Lösung, sagt Sthenes, der von optimistischer Denkart war. Aber fangen wir erst einmal mit dem unsern an. Steph kann warten. Nicht wahr, Steph?
Steph gab keine Antwort und Sthenes fuhr in seiner Rede nicht fort, da der Fremdenführer stehengeblieben war. Man bemerkte jetzt eine Baustelle.

– Dieser Gedanke mißfällt mir ganz und gar nicht, sagt der Herzog zu Packzu. Ich habe immer gespürt, daß mir was fehlt: dieses Reiterdenkmal nämlich. Sobald wir aus Paris zurück sind, werden wir uns auf die Suche nach einem Bildhauer machen.
Sie kamen bei dem Fremdenführer an. In einem kurzen Galopp holte das Gefolge sie ein.
– Edle Herren, sagte der Cicerone mit blödelnder Stimme, Ihr habt hier die Pariser Sehenswürdigkeit vor Euch, die zur augenblicklichen Stunde die meisten Besucher anlockt, nächst dem Denkmal unseres guten Königs Heinrich der Vierte natürlich. Die Arbeiten sind auf Anweisung Ihrer Majestät der Königinmutter begonnen worden.
– Es lebe die Königin! rief der Herzog.
– Es lebe die Königin! riefen die andern.
– Wenn er fertig ist, wird der Aquädukt eine Länge von zwölfhundertunddreißig Fuß und eine Höhe von vierundneunzig Fuß haben. Die Bauleitung haben die Herren Salomon de Brosse ...
– Macht er auch Denkmäler? fragte der Herzog.
– Nicht daß ich wüßte ... und Maestro ingeniere fiorentino Tomaso de Francini.
– Er auch nicht? fragte der Herzog.
– Wie bitte? Ich verstehe nicht.
– Ich frage, ob er Denkmäler macht oder ob er auch keine macht.
– Nicht daß ich wüßte.
– Wenn wir in Paris sind, werdet Ihr mich zu den berühmtesten Bildhauern der Hauptstadt führen.
– Wie Messire befehlen.
– Falls ich keinen aus Italien kommen lasse ...
Der Fremdenführer kommt auf sein Thema zurück und schlägt den edlen Herren vor, vom Pferde zu steigen und sich die Arbeiten von nahem anzusehen.

– Geht Ihr ruhig hin, meine Herren, sagt der Herzog. Ich habe schon genug von der Sorte gesehen.
Während die andern sich entfernen, macht er sich auf die Suche nach einem angenehmen und diskreten Ort. Rundum sind kleine Wiesen oder Gemüsegärten. Der Herzog fühlt sich von einem Beet mit Lauch angezogen, das ihm gedüngt zu werden dünkt. Er setzt sich also hin, als sich auf einmal der Himmel verdunkelt, der Wind erhebt, das Unwetter losbricht, der Regen niederprasselt. Der Herzog, der gerade noch Zeit gehabt hat, mit seinem Bedürfnis zu Rande zu kommen, sucht um sich herum nach einem nahen Unterschlupf. Es ist keiner da: aber dort unten, am Ende des Weges, ist ein Haus. Der Herzog stürmt in diese Richtung, er schlittert durch den sofort sich bildenden Schlamm, er ist klatschnaß und läuft außerdem wie eine krummbeinige Krähe im Klee. Trotzdem kommt er am Ende dort an, vor dem Unterschlupf, vor dem Haus. Aber damit dieses Haus ein Unterschlupf wird, muß sich die Tür erst öffnen. Doch die Tür öffnet sich nicht. Der Herzog kann klopfen, wie er will, nichts geschieht, und es regnet ihm weiter in den Hals. Der Platzregen wird stärker und der Herzog allmählich ganz rein: Er ist seit langem nicht mehr so sauber gewesen, was ihm übrigens, wenn er es wüßte, keine Freude machen würde. Er tritt mit dem Fuß gegen die Tür, stemmt sich mit der Schulter dagegen und schließlich geben Klinke und Türangel nach, die Tür beschreibt eine Bahn von neunzig Grad, um sich zusammen mit dem durchnäßten Rasenden in die Waagrechte zu legen.
Der fluchend wieder aufsteht. Er schnaubt, er ist in einer Art Kuh- oder Pferdestall, falls es kein Keller oder kein Speicher ist. Der Raum liegt im Dunkeln, wenig Tageslicht dringt durch die geleerte Türöffnung, schwarze Wolken bedecken immer noch den Himmel. Der Herzog identifiziert schließlich den Ort: Es ist ein Holzschuppen, ein ganz besonders gut bestückter Holz-

schuppen. Auch Kohle liegt da. Darauf stellt der Herzog ein Programm auf.
– Ich werde ein kleines Feuerchen machen, um meine Beinkleider, mein Wams und meinen Hut zu trocknen.
Der Herzog sucht einen Kamin, aber er findet keinen. Er bemerkt im Hintergrund des Holzschuppens eine Tür, er geht darauf zu, er öffnet sie sachte, zuerst begreift er gar nicht, was er da sieht, als die über den Ofen gebeugte Person sich aufrichtet, sich nach ihm umdreht und ihn anschreit:
– Zurück, du Unvorsichtiger! Deine feuchte Gegenwart wird das letzte Experiment besudeln.
– Heda, macht der Herzog, ohne sich beeindrucken zu lassen, ich bin es nicht gewohnt, daß man in diesem Ton zu mir spricht. Ich werde diese Kleider trocknen und mich selber trocknen.
– Zurück, sage ich dir. Der Rubinbaum hat sich in einen grünen Girlitz verwandelt, dessen Schnabel schon an dem nahrhaften Golde pickt.
– Gold! rief der Herzog. Gibt es Gold in der Gegend?
Der andere beugt sich über den Schmelztiegel, ohne ihn einer Antwort zu würdigen, und stößt einen Schrei der Verzweiflung aus.
– Fluch! heult er. Der grüne Girlitz hat sich in ein Bleihuhn verwandelt. Jetzt kann ich wieder von vorn anfangen!
– Na, sagt der Herzog so obenhin, dann fangt Ihr eben wieder von vorne an. Hauptsache, ich habe mir kein Rheuma geholt.
– Wieder von vorne anfangen! Messire, soeben sind siebenundzwanzig Jahre Arbeit fehlgeschlagen! Siebenundzwanzig Jahre! Und das Gold wollte tatsächlich schon im Schmelztiegel erscheinen, als Ihr auf unmanierliche und profane Weise hier eingebrochen seid.
– Das ist alles sehr interessant, aber Ihr müßt Euch damit abfinden. Ich will mich trocknen.

Er zieht seine Beinkleider und sein Wams aus und legt sie vor den Ofen; er selbst setzt sich davor, wobei er es vermeidet, sich rösten zu lassen. Eine Dampfwolke steigt von dem Ganzen auf. Der andere fährt mit seinem Gejammer fort.

– Diese Feuchtigkeit wird sich überall niederschlagen!

Er beeilt sich, große Flaschen zu verstopfen, Gefäße zu verkitten. Er wettert:

– Alle meine Hauptsubstanzen verlangen eine neue Trocknung! Jahre verloren! Was sage ich: im Eimer! Und nur wegen einem Krautjunker, der nicht weiß, wo er sich unterstellen soll.

– Heda, machte der Herzog lächelnd. Ein Krautjunker? Weißt du, mit wem du sprichst, Feuerbläser?

– Weißt du, mit wem du sprichst, Krautjunker?

– Er besteht auf seinem Krautjunker. Ich bin der Herzog von Auge und vertrete bei den Generalständen den Adel meiner Provinz.

– Pah. Ich bin Timoleo Timolei, der einzige Alchimist der christlichen Welt, der das wirkliche Rezept des Trinkgoldes und Nichttrinkgoldes kennt, ohne tausend andere Wunder zu zählen.

– Was für welche?

– Wie eine Fliege an der Decke und wie unser Herr Jesus Christus über das Wasser gehen, gleichzeitig hier und in Neuspanien sein, im Bauche eines Wals reisen, wie es der Prophet Jonas tat, wie Arion die Delphine reiten und schneller laufen als es Atalante tat, sich in einem Wagen ohne Pferde fortbewegen, wie der Adler und die Schwalbe die Lüfte durchschneiden ...

– Du scheinst eine Schwäche für Verkehrsmittel zu haben.

– Es liegt daran, daß ich mein Thema methodisch behandelte. Wollen Sie eine andere Reihe? Die Sprache der Bienen verstehen, die Sprache der Tupinambás sprechen, ohne sie gelernt zu haben, mich mit einer tausend Meilen entfernten Person unterhalten, die Harmonien der Himmelssphären hören, ohne weiteres alle Geheimschriften lesen, den Inhalt von tausendunddrei Werken auswendig kennen, treffend über alle Dinge reden, ohne je studiert zu haben.

– Das alles kommt nicht dem Gold gleich, sagte der Herzog, der sich wieder anzog.

– Mit dem Streupulver, das gerade am Entstehen war, hätte ich nicht nur Unzen, sondern Pfunde, was sage ich, Tonnen erzeugen können, aber der Herr Herzog hat mit seinem Erscheinen alles verpfuscht. Jetzt habe ich wieder siebenundzwanzig Jahre Destillierung vor mir; gewiß, ich kann mir diesmal die Erfahrung, die ich schon gemacht habe, zunutze machen.

– Wielange wirst du diesmal brauchen?

– Och, machte Timoleo Timolei. Drei ... vier Jahre ...

– Du machst dich also stark, in drei, vier Jahren den Stein der Weisen zu finden?

– Ich mache mich stark.

– Und das Lebenselixier?

– Dito.

– Gut, sagte der Herzog, der sich jetzt angezogen hatte. Sehr gut sogar.

Der Regen hatte nachgelassen. Er trat auf die Türschwelle und bemerkte, in gut hundert Klafter Entfernung, sein Gefolge, das ihn suchte. Er drehte sich nach dem Alchimisten um:

– Timoleo Timolei, was meinst du dazu, wenn du zu mir in mein Geschloß kommst und dort für mich den Stein der Weisen suchst? Ich werde dir deine Auslagen bezahlen, ich werde dir gegen die ekklesiastische Neugier schützen, ich werde dich fürstlich verpflegen, und du läßt mir dafür dein Gold und dein Elixier zugute kommen. Was meinst du dazu?

– Ich würde es regrettieren, wenn ich Arcueil verlassen müßte: So was muß bedacht werden.

– Es ist alles schon bedacht. Wenn die Generalstände zu Ende

sind, werde ich deine Dachkammer und sogar deinen Holzschuppen aufladen lassen und sie mitnehmen.
Sthenes, der den Herzog erblickt hatte, kam im kleinen Trab an und bremste knapp vor seinem Herrn, dem er sanfte Vorwürfe machte:
– Messire, das ist doch nicht möglich, Ihr habt Euch versteckt.
– Oooh, sagt der Alchimist, der plötzlich blaß geworden war und stotterte, ein Gaga, ein ulul ... ein Gaul, der sprispricht.
– Siehst du, sagte der Herzog zu ihm, du wirst nicht in schlechter Gesellschaft sein.
Er besteigt Sthenes und verschwindet im Galopp.
Timoleo Timolei, bestürzt, machte ein paar Schritte rückwärts, stolperte über ein Holzscheit und wurde auf einem Haufen Kohlen ohnmächtig.

11

Cidrolin wird mitten in der Nacht wach, er hat sehr starke Leibschmerzen und sehr starke Magenschmerzen. Er geht an Deck und beugt sich übers Wasser: Vielleicht wird er sich erbrechen? Zweifellos hat er an den Preis der Mahlzeit gedacht und daß es eine sehr große Verschwendung wäre, sie so wegzuschütten; er geht wieder zurück, begibt sich auf die Latrine und erleichtert sich, hört ein Flutsch, wieder etwas, das bis zum nächsten Rieselfeld oder vielleicht sogar bis zum Meer schwimmen wird.
Er legt sich wieder hin, aber er hat immer noch sehr starke Leibschmerzen und sehr starke Magenschmerzen. Es ist zu dumm, wo es nun einmal eine wirklich runde Sache war. Er geduldet sich. Er geduldet sich nicht mehr. Er steht wieder auf, zieht sich an, nimmt eine Decke, setzt sich ins Rettungsboot und macht es los: er rudert.
Auf dem Boulevard längs des Quais fahren ab und zu Last-

wagen vorüber; ebenso auf der Brücke. Auf den andern Nachbarkähnen schläft man. Cidrolin folgt der Strömung des Flusses, er rudert nicht mehr, höchstens noch dann und wann, um die Richtung zu berichtigen. Er fährt geräuschlos dahin; sobald die Abwesenheit von Fahrzeugen es erlaubt, hört er bisweilen eine Wasserblase, die platzt, einen Fisch, der an die Oberfläche gestoßen ist oder das Produkt einer in der Tiefe des Flusses entstandenen Gärung, die innerhalb ihrer bescheidenen Möglichkeiten gerade zwischen zwei vom Wind gesäten Falten explodiert ist.

Dann und wann läßt Cidrolin den Kopf hängen, von einem Anfall von Schlaf übermannt. Er fährt schräg und macht sein Rettungsboot an einem Pfahl fest, der von irgendeinem Angler gesteckt worden ist. Er rollt sich in die Decke ein und betrachtet den Himmel, der anfängt grau zu werden. Er hat überhaupt keine Leib- und keine Magenschmerzen mehr, aber es gelingt ihm nicht, wieder einzuschlafen. Er liegt da mit offenen Augen. Es ist übrigens auch ohne Bedeutung, er wird nach dem Mittagessen eine lange Siesta halten.

Der Verkehr auf der Brücke und auf dem Boulevard wird stärker. Die ersten Angler tauchen auf. Ultramorgendliche Mitglieder eines Sportclubs treiben Rudersport. Ein richtiger Schlepper fährt vorüber, die Wellen brechen sich am Ufer. Cidrolin sieht die Baumwipfel steigen und fallen.

Er hat das Rettungsboot losgemacht und rudert jetzt stromaufwärts. Er müht sich ein wenig ab und braucht viel länger Zeit als für den Hinweg. Endlich legt er an und geht nach dieser kleinen Runde wieder an Bord. Er bringt seine Decke weg und läuft dann auf dem Deck auf und ab, wobei er sich die Hände reibt, sei es, weil ihm ein wenig kalt ist, sei es, weil er eine gewisse Zufriedenheit zeigen will. Er marschiert so ein dutzendmal hin und her, dann klettert er auf den Quai, einen Farbtopf in der Hand. Er schaut nach, ob man den Zaun wieder mit be-

leidigenden Inschriften beschmiert hat, aber es sind keine da. Cidrolin scheint ganz aus der Fassung gebracht, er fährt zerstreut und grundlos mit dem Pinsel hier und da hin und her.
Ein Kerl, der vorüberging, sagte zu ihm:
– Das ist doch keine Arbeit.
– In der Tat, antwortet Cidrolin, es ist nichts anderes als Zerstreuung. Kostenlose Zerstreuung.
– Sie können sich schon mit wenig vergnügen.
– Sogar mit einem Nichts. Damit zum Beispiel.
Und er zeigte auf das Gebäude, das auf der anderen Seite des Boulevards gebaut wurde.
– Das ist Arbeit, sagte der Passant.
– Genau was ich sagte.
Jemand auf einem Moped bremste knapp und rief sie an:
– Zum höchsten Ruhme Gottes, sagte er und hielt die Hand hin.
– Was meinen Sie damit? fragte der Passant mürrisch.
– Gut, gut, sagte der andere. Ich will nicht anfangen zu streiten.
Und er fuhr weiter. Er war sehr korrekt gekleidet, ein wenig wie ein Clergyman.
– Das ist keine Arbeit, sagte der Passant. Wie er sich anstellt, heimst er bestimmt nicht viel ein.
– Genug, um das Benzin für sein Moped zu bezahlen.
– Sie glauben also, daß er das Geld, das er einnimmt, nicht dem Ruhme Gottes weiht?
– Ich glaube überhaupt nichts, sagt Cidrolin. Er macht vielleicht eine Kollekte für die Armen.
– Die Armen? Gibt es denn überhaupt welche hier in der Gegend? Eine reiche, protzige Gemeinde. Gehört der Kahn Ihnen?
– Er gehört mir.
– Dann sind Sie nicht zu beklagen. Für Sie hat er bestimmt keine Kollekte gemacht, der Knabe.

– Kann man das wissen? Vielleicht ist er ein Betrüger. Nehmen Sie mal an, Sie hätten ihm was gegeben; wenn Sie weg gewesen wären, wäre er zurückgekommen und wir hätten geteilt.
– Ich war also zu Recht mißtrauisch, sagt der Passant. Auf Wiedersehen, Monsieur.
Cidrolin sieht zu, wie er sich entfernt, dann drehte er sich in die entgegengesetzte Richtung um und erblickte am Horizont eine weibliche Silhouette. Die weibliche Silhouette am Horizont wird von einem Köfferchen ergänzt, daher kommt sie nicht schnell voran.
– Das ist für mich, sagt Cidrolin halblaut.
Er geht wieder zum Kahn hinunter, um den Farbtopf wegzustellen, und legt sich auf seinen Liegestuhl in Erwartung der Ereignisse. Die Ereignisse tragen sich folgendermaßen zu: Vor dem Törchen, das auf den Boulevard geht, angekommen, setzt die weibliche Silhouette, von einem Köfferchen ergänzt, ihren Weg fort.
– So eine dumme Kuh, sagt Cidrolin, ich wette, das ist die Sendung von Albert.
Er verläßt den Liegestuhl und geht auf den Quai, um nachzusehen, was sich tut. Tatsächlich ist die von einem Köfferchen ergänzte weibliche Silhouette dabei, zehn Kähne weiter Auskunft einzuholen. Sie macht kehrt. Sie kommt jetzt auf ihn zu. Sie nähert sich. Sie nähert sich weiter. Jetzt ist sie da. Sie stellt ihr Köfferchen ab, bevor sie diese Worte ausspricht:
– Sind Sie der Kerl, von dem Monsieur Albert gesprochen hat?
– Was hat er Ihnen denn über mich gesagt, damit ich mich selber identifizieren kann?
– Versteh ich nicht. Außerdem antwortet man auf eine Frage nicht mit einer Frage. Das gehört sich nicht.
– Zu wem hat Monsieur Albert Sie denn geschickt?

– Wieder eine Frage. Können Sie nicht auf meine antworten? Auf meine Frage.
– Wie war sie denn noch, Ihre Frage?
– Wieder! Sie können wirklich nichts anderes als fragen.
– Offen gestanden, ich finde nicht, daß das in meinem Charakter liegt.
– Pah, Sie kennen sich nicht.
– Wie Sie mich auch nicht kennen, ich frage mich, wer mich kennt.
– Monsieur Albert.
– Sehr richtig.
– Dann sind Sie also der Kerl, der zum Schmuck seines Kahns eine Mieze sucht?
– Richtig.
– Und das ist der Kahn.
– Ja.
– Der ist aber dufte.
– Nur keine Übertreibung.
– Fahren wir im August damit nach Saint-Tropez?
– Nein, er schwimmt nicht.
– Schade. Oh, da ist ja noch ein kleines Boot. Gehört es Ihnen, das Boot?
– Ja.
– Werden wir Bootsfahrten machen?
– Gelegentlich.
– Wissen Sie, ich kann nämlich rudern; nur keine Angst: ich fahre Sie spazieren.
– Das verlange ich gar nicht.
– Sie dürfen mir meinen guten Willen nicht rauben.
Cidrolin kratzte sich am Kopf.
– Sind Sie volljährig?
– Wollen Sie meinen Personalausweis sehen?
– Und ob ich will.

Sie war volljährig. Er schaute genau nach, ob das Datum nicht gefälscht war. Es schien ihm, daß es das nicht war. Er gab ihr den Personalausweis zurück und nahm das Köfferchen.

– Kommen Sie, ich zeige Ihnen, wo Sie untergebracht werden.

– Haben Sie schon gefrühstückt?

Nein, gab er durch Zeichen zu verstehen.

– Passen, sagte er, Sie auf, daß Sie nicht aufs Maul fallen.

Die Böschung fiel steil ab.

– Und nicht ins Wasser plumpsen.

Sie gingen über die Stegplanke über dem Sumpfloch.

Das junge, volljährige Mädchen sagte:

– Von weitem sieht er ganz dufte aus, aber von nahem ist er zum Kotzen.

– Das Wasser sieht ein wenig schmutzig aus, aber es steht nicht. Es sind nicht immer die gleichen Abfälle, die man sieht. Manchmal stoße ich sie mit einem Stock weg, sie schwimmen mit der Strömung davon. Hier allerdings stagniert das Wasser ein wenig.

Dann:

– Stoßen Sie sich nicht den Kopf. So, das wird Ihre Kabine sein, es war die meiner Tochter. Sie ist nicht groß, aber Sie wissen ja, auf den Schiffen ist der Platz immer beschränkt. Ich spreche nicht von den Überseedampfern, wie man sie im Kino sieht.

– Apropos, gibt es hier einen Tevau?

– Nein.

– Ja und mein Fortsetzungsfilm?

– Was soll ich Ihnen sagen?

– Das stellt natürlich alles in Frage.

– Ich kann Sie verstehen. Hat Ihnen Albert das nicht vorher gesagt?

– Sie werden mir doch nicht vormachen wollen, daß Sie kein Geld haben, um sich einen Tevau zu kaufen?

– Ich zwinge Sie nicht zu bleiben. Soll ich Ihr Köfferchen wieder hochtragen?
– Lassen Sie. Dann fällt der Fortsetzungsfilm eben ins Wasser. Im Grunde fand ich ihn ziemlich blöd. Aber Sie wissen ja, wie das ist. Die Gewohnheit. Das läuft jetzt schon siebzig Wochen. Na, dann eben nicht.
– Ich lasse Sie jetzt allein. Das Bad ist da und daneben das Örtchen.
– Machen Sie sich keine Sorgen. In fünf Minuten marschier ich an, um Ihnen Ihr Frühstück zuzubereiten.
Cidrolin stieg wieder an Deck und legte sich in Erwartung der Ereignisse auf seinen Liegestuhl; aber er schloß gleich darauf die Augen.
– Edler Gatte, sagte Russule und küßte respektvoll seine Hand, ich habe Euch eine sehr große und freudige Neuigkeit mitzuteilen: Ihr werdet einen Stammhalter bekommen.
– Bravo, meine Liebe! Was werden da meine Schwiegersöhne für eine Fresse schneiden. Aber ... sagt mal, liebenswerte Russule, woher wißt Ihr denn, daß es ein Stammhalter sein wird?
– Der Astrologe hat es mir gesagt.
– Welcher Astrologe denn?
– Ein Astrologe, den ich befragt habe. Und damit er die Sterne im Augenblick des Gebärens beobachtet, habe ich ihn im Geschloß untergebracht. Vorbehaltlich Eurer liebenswürdigen Erlaubnis natürlich, edler Gatte.
– Teufel, sagte der Herzog in seinen Bart, und ich bringe einen Alchimisten mit, das gibt ein schönes Gedränge.
– Sollte Euch meine Entscheidung mißfallen? fragte Russule und schlug die Augen nieder.
– Nimmer, nimmer, meine Liebe. Nimmer soll, wer Schlechtes dabei denkt. Was meinst du dazu, Packzu? Bringe ich nicht den reinsten Saft vom Geiste des Hofes mit in unsere Provinz? Reiner Geist bis unter die Fingernägel komm ich zurück. Sire

de Ciry soll sich nur kleinhalten: ich werde ihn derart verkalauern, daß ihm sein Dünkel vergehen wird. Und mein Bischof? Man führe mir meinen Bischof herbei! Ich muß ihm meinen Alchimisten vorstellen. Wo ist mein Alchimist? Man führe meinen Alchimisten herbei! Und mein Stammhalter! Natürlich, mein Stammhalter. Wo ist denn mein Stammhalter?

Er tut so, als suche er ringsum. Er beklopft Russules Bauch.

– Da ist er ja, mein Stammhalter. Da versteckt er sich, mein Stammhalter. Bezauberndes Versteck. Ach, Russule, was für eine große Freude machst du mir, aber auch ich werde dir eine große Freude machen.

– Ich höre Euch zu, edler Gatte.

– Ich bekomme ein Denkmal. Und, potztausend, ein Reiterdenkmal. Es wird vor der Ulme, gegenüber der Zugbrücke, aufgestellt. Der Sieur Francavilla hat mein Porträt abgenommen, und dieser Sieur Francavilla ist ein berühmter Bildhauer, der auch seine Hand im Spiel hat bei dem Reiterstandbild unseres guten Königs Heinrich des Vierten, das am Pont Neuf steht …

– Wie sehr bedauere ich, daß ich es nicht gesehen habe, sagt Russule seufzend.

– Nur keine Angst, Frau. Es wird nicht davonlaufen. Zur nächsten Versammlung der Generalstände nehme ich dich mit, und das wird nicht mehr allzu lange dauern, denn die Königinmutter braucht dringend Geld, also Steuern.

– Tausend Dank, edler Gatte, sagte Russule und machte einen Knix.

– Aber kommen wir zu meinem Denkmal zurück. Ich werde hoch zu Pferde sitzen, auf Sthenes natürlich, von dem der Sieur Francavilla ebenfalls ein sehr getreues Bild genommen hat. Sthenes war sehr zufrieden damit; als man es ihm zeigte, hat er gewiehert. Wiehern soll, wer Schlechtes dabei denkt.

– Ah, ah, sagte Packzu.

– Er bekommt auch ein Denkmal, sagte der Herzog zu Russule und zeigte mit dem Finger auf Mouscaillot. Ein kleines. Wo ich grad dabei bin. Nicht wegen ihm (neue Gebärde), sondern damit der brave Steph nicht neidisch wird.
– Und ich, sagte Russule und schlug die Augen nieder, bekomme ich kein Denkmal?
– Aber doch, Frau. Ich hab schon dran gedacht. Ihr werdet in unserer Kapelle ein prachtvolles Grabmal bekommen, noch viel schöner als das meiner verstorbenen Elodie. Ihr werdet in Stein gehauen werden. Ich persönlich ziehe Bronze vor.
Da Russule sich verneigt, sagt der Herzog zu ihr:
– Ihr braucht mir nicht zu danken. Das ist ganz normal. Ah, da ist ja der Astrologe, nehme ich an. Komm näher. Wie heißt du?
– Dupont. Um Euch zu dienen, edler Herr.
– Und du liest in den Sternen?
– Um Euch zu dienen, edler Herr.
– Und du hast gesehen, daß ich einen Stammhalter bekomme?
– Um Euch zu dienen, edler Herr.
Der Herzog wandte sich an Russule und sagte:
– Das ist ja ein Idiot, Euer Astrologe.
Er nahm den Dialog mit Dupont wie folgt wieder auf:
– Hast du heute nacht die Sterne beobachtet?
– Um Euch zu dienen, edler Herr.
– Und was haben sie dir erzählt?
– Gloriam Dei, edler Herr, Gloriam Dei.
– Ist das alles?
– Wie, edler Herr, rief der Astrologe mit einer schönen oratorischen Bewegung aus, findet Ihr nicht, daß der Ruhm Gottes viel ist?
– Für das Gloriam Dei habe ich meinen Bischof, der in dieser Frage völlig kompetent ist. Erzähl mir lieber von deiner Spezialität.
– Ich habe die Sphärenmusik gehört.

– Und was für ein Geräusch war das?
– Ein göttliches, edler Herr. Ein göttliches.
Der Herzog wendete sich angewidert an Russule.
– Der ist ja vollkommen idiotisch.
Er legte von neuem die Hand auf den Bauch der edlen Dame und setzte die Unterhaltung mit dem Astrologen fort.
– Und was wird da rauskommen? Ein Zicklein oder ein Stammhalter?
– Ein Stammhalter, edler Herr.
– Bist du dessen ganz sicher und gewiß?
– Die Sterne lügen nicht.
– Aber du bist kein Stern. Und welcher Mensch hat noch nicht gelogen? Die Lüge ist doch gang und gäbe, so gang und gäbe, daß sie eine Sünde nach dem Katechismus ist. Wenn Monsignore Biroton, Bischof in partibus von Sarcellopolis, da wäre, würde er es dir sofort sagen. Nun, du hast ein Interesse daran zu lügen. Du hast hier dein Unterkommen gefunden und machst dir auf meine Kosten einen schönen Tag. Du glaubtest, an einen Krautjunker zu geraten, der leichtgläubig ist wie eine Frau (Gebärde in Richtung Russules), und nun stehst du einem vornehmen Herrn gegenüber, der gerade sechs Monate am Hofe und in der Hauptstadt zugebracht hat, jemandem, der das Wort bei den Generalständen ergriffen hat und dem man es nur mit Mühe entziehen konnte, kurzum, Dupont, geh!
Russule wirft sich dem Herzog zu Füßen und fleht ihn mit diesen Worten an:
– Edler Gatte, ich war doch so stolz, einen Astrologen zu haben wie die Kaiserin Katharina. Ich dachte doch nur an Euer Prestige ... an Euren Status ...
– Aber meine Liebe, antwortete ihr der Herzog und wurde etwas gereizt, ich habe mir einen Alchimisten aus der Hauptstadt mitgebracht, aus Arcueil eigentlich. Und ich habe nicht die Absicht, einen ganzen Schwarm von Nekromanten auszu-

halten. Ich ziehe den Alchimisten bei weitem vor; wenn er den Stein der Weisen gefunden hat ...
– Betrug! Fauler Zauber! rief Dupont.
– Du, sagte der Herzog, du bist ein schlechter Genosse. Es ist sehr gemein, den Beruf eines Kollegen verächtlich zu machen. Du gefällst mir nicht.
Monsignore Biroton erschien, gefolgt von Abbé Riphinte. Beide wurden vom Herzog herzlich umarmt, der sofort dem Bischof die Lage erklärt und ihn um Rat fragt.
– Jagt beide fort, sagte Onésiphore.
– Immer gleich übertreiben! rief derHerzog. Ich will einen behalten.
– Ich auch, sagte Russule.
Der Kaplan, sehr verdrossen, kratzte sich am Kopf.
– Na, fragt der Herzog, was meinst du dazu? Der Astrologe? Der Alchimist?
– Das riecht alles nach Ketzerei, sagt Biroton.
Der Astrologe spricht ihn an.
– Ich bin ein guter Christ, sagt er. Habt Ihr mir nicht die Beichte abgenommen?
– Allerdings, sagt der Bischof.
Der Herzog war immer angewiderter:
– Ist das mal ein Arschlecker, dieser Bursche. Der gefällt mir ja überhaupt nicht.
– Es mangelt ihm nicht an Pietät, sagt Onésiphore, und schließlich ist es auch keine Sünde, nach den Sternen zu schauen.
– Ich finde das poetisch, säuselte Russule.
– Und, fügte Abbé Riphinte hinzu, der Sieur Dupont lehrt keineswegs die ketzerische Lehre des Polen Kopernikus. Das ist ein Pluspunkt für ihn.
– Kopernikus soll, wer Schlechtes dabei denkt, sagte der Herzog zerstreut.

– Ah, ah, sagte Packzu.
– Die Sonne dreht sich um die Erde, deklamierte der Astrologe, und dumm und boshaft, wer das Gegenteil behauptet.
– Wie gelehrt er ist, säuselte Russule. Ich werde bestimmt einen Erben bekommen.
– Sie versuchen mich um den Finger zu wickeln, sagte der Herzog brummend.
– Die Alchimie ist eine ganz ruchlose Forschung, fuhr Onésiphore fort, der die Partie der Herzogin und ihres Wahrsagers schon gewonnen sah. Die Feuer ihrer Öfen erinnern an die Hölle, und die Gier nach dem Gold ist eine sehr verwerfliche Sache. Das Lebenselexier hingegen erinnert mich daran, daß der Dämon zu unseren Ureltern einst sagte: eritis sicut dei, und ihnen riet, jenen Apfel zu essen, der angeblich ein langes Leben garantieren soll …
– Hm, sagte Abbé Riphinte.
– … und ihr wißt alle, was nachher geschehen ist.
– Amen, sagte Dupont.
– Amen, sagten auch Russule, Packzu und Abbé Riphinte.
Der Herzog sagt nichts. Er sieht den Astronomen gehässig an und wird ungeduldig, aber noch zeigt er es nicht allzu sehr. Dupont, der glaubt, daß die Sache geschaukelt ist, beginnt hochtrabende Reden zu halten:
– O himmlische Mächte, die ihr die Reichtümer dieser Welt verwaltet, ich sehe euch, wie ihr eure Gaben und euren Segen dem erhabenen Stammhalter bringt, den der allerberühmteste und allerillustreste Herzog von Auge bald zeugen wird …
– Wie, ruft der allerberühmteste und allerillustreste Herzog von Auge, wie … den er bald zeugen wird … ja Frau, dann seid Ihr gar nicht schwanger?
– Noch nicht, edler Gatte, aber Ihr werdet schon dafür sorgen.
Und Russule schlägt bescheiden die Augen nieder, ganz errötend.

Der allerberühmteste und allerillustreste Herzog von Auge springt dem Dupont an die Kehle und beginnt ihn mit seinen beiden mächtigen Händen zu drosseln. Der Astrologe scheint seine Augen aus den Höhlen ausstoßen zu wollen und streckt eine bläßliche Zunge heraus, während Joachim ihm seine Beschwerden darlegt und ihm seine Verachtung für die Betrüger kundtut.

Und er schüttelt ihn energisch, wobei er immer fester drückt. Russule wirft sich ihm zu Füßen und fleht sein Mitleid an. Onésiphore bittet den Abbé Riphinte, ihm das Notwendige zu bringen, um dem Opfer die letzte Ölung zu geben. Graf von Packzu bleibt standhaft in einer Haltung äußerster Vorsicht.

– Ach, du Schurke! du Schurke! sagt der Herzog unaufhörlich, während der andere schon violett wird.

– Gnade, edler Gatte, klagt die Herzogin. Gnade.

– Na, Messire, sagt Onésiphore im Ton sanften Vorwurfs, etwas Mäßigung; sonst bleibt ja nicht mal die Zeit, ihm die letzten Sakramente zu spenden.

Dupont wird diese harte Prüfung überstehen. Der Herzog läßt ihn schließlich noch lebend los, und der andere fließt auf den Boden wie weicher Käse: man kehrt ihn schnell auf, während der Alchimist, der gerade angekommen ist, seinen Gastgeber sehr tief grüßt.

12

Cidrolin öffnete die Augen; man sprach ihm sanft ins Ohr. Es war Lalix, die ihm meldete, daß das Mittagessen angerichtet sei.

– Na ja, fügte sie hinzu, Sie haben gut geratzt. Sie haben damit schon das Frühstück übersprungen, aber ich konnte Sie ja nicht den ganzen Tag schlafen lassen und deshalb habe ich Ihnen eine gute Mahlzeit zubereitet.

Cidrolin sah sie zerstreut an: da es eine frische Erinnerung war, erkannte er sie noch nicht sehr deutlich.
– Hab ich wieder geträumt, murmelt er.
– Träume darf man nicht erzählen.
– Und warum nicht? fragte Cidrolin interessiert.
– Das tut man nicht.
– Warum denn nicht?
Sie antwortet lediglich:
– Zu Tisch, zu Tisch.
Es herrschte noch schönes Wetter, der Tisch stand auf dem Deck. Ein Gedeck war aufgelegt.
– Haben Sie schon gegessen? fragte Cidrolin.
– Ja, Msieu.
– Das nächste Mal werden Sie auf mich warten und ein zweites Gedeck auflegen.
– Sie sind nett. Danke, Msieu.
Cidrolin begab sich in die Vorratskammer. Lalix stürzte herbei.
– Wünschen Sie etwas?
– Fenchelessenz.
– Wollen Sie sich schon vor dem Mittagessen Fenchelessenz einverleiben?
– Wie gewöhnlich.
– Das ist ungesund.
Cidrolin lacht sanft.
– Wirklich, fährt Lalix fort, es ist sehr ungesund.
– Wenn Sie Ihren Koffer packen wollen, sagte Cidrolin, ich hindere Sie nicht daran. Ich würde Ihnen sogar einen ganzen Monatslohn bezahlen, wenn Sie auf der Stelle Ihre Zelte abschlügen.
– Ich will nicht, daß Sie Ihr Geld verlieren, sagte Lalix.
Cidrolin geht die Flasche Fenchelessenz holen und gießt sich ein viertel Glas ein, das er mit Kranenwasser ergänzt. Während er trinkt, betrachtet er vage eine Rudermannschaft, die trainiert.

Als sein Glas leer ist, sagt Lalix zu ihm:
– Kann ich auftragen?
– Fangen Sie an.
Sie bringt Butter und eine Dose Thunfischfilets in feinstem Erdnußöl. Sie schaut zu, wie Cidrolin ißt.
– Das macht mich nervös, wenn Sie mir so zuschauen, sagt Cidrolin. Setzen Sie sich und erzählen Sie mir Geschichten.
– Sie halten mich wohl für Scheherazade, sagt Lalix.
– Eh, eh, sagt Cidrolin. Man hat Bildung.
– Das schadet nichts. Finden Sie nicht auch?
– Ganz meiner Meinung.
– Ah, macht Lalix mit zufriedenem Gesicht.
– Sie haben Bildung, sagt Cidrolin, und Sie haben auch Grundsätze: keine Fenchelessenz vor dem Mittagessen trinken, keine Träume erzählen. Warum soll man eigentlich seine Träume nicht erzählen?
– Das ist rüpelhaft, sagt Lalix.
– Das erste, was ich höre, sagt Cidrolin.
– Die Leute, fährt Lalix fort, halten sich alle für kleine Wunder, alles, was sie tun, alles, was sie sind. Sie messen sich eine Bedeutung bei ... Wenn man da obendrein auch noch den Bericht ihrer Träume einstecken müßte, käme man ja zu gar keinem Ende mehr.
– Meine Träume sind ganz besonders interessant, sagt Cidrolin.
– Das glauben alle. Nichts beweist es, da man sie nicht vergleichen kann.
– Die meinen, sagt Cidrolin, wenn ich die aufschriebe, das gäbe einen richtigen Roman.
– Glauben Sie nicht, daß es genug solcher Romane gibt?
– Keine Angst, sagt Cidrolin, ich bin kein Tintenfacharbeiter.
– Aber ich habe doch keine Angst.
– Sehen Sie, sagt Cidrolin, als Sie mir gesagt haben, man

dürfe seine Träume nicht erzählen, habe ich geglaubt, es sei wegen der Psychoanalyse und den Psychoanalytikern.
– Der was?
– Der Psychoanalyse. Wissen Sie nicht, was das ist?
– Nein.
– Ich glaubte, Sie hätten Bildung.
– Man kann nicht alles wissen, sagt Lalix.
– Wie wahr das ist.
Und da er die Thunfischfilets aufgegessen hatte, erkundigte sich Cidrolin mit diesen Worten nach der Fortsetzung:
– Was gibts denn hinterher?
– Eine Dose Gänseleberpastete. Ist Ihnen das recht so?
– Ich will Sie nicht verärgern, sagt Cidrolin, aber das hätte ich auch fertiggebracht.
– Monsieur Albert hatte mir gesagt, daß zwar gut mit Ihnen auszukommen ist, daß Sie aber die ganze Zeit über meckern.
– Bah, macht Cidrolin. Das war nur eine kleine Kritik.
– Reden wir nicht mehr davon.
Sie bringt also die Dose Gänseleber.
– Soll ich mich wieder setzen?
– Natürlich.
Cidrolin streicht sich schweigend und melancholisch die Gänseleber aufs Brot.
– Na, sagt Lalix, dieses Ding, von dem Sie vorhin sprachen. Wegen den Träumen.
– Die Psychoanalyse?
– Richtig.
– Und die Psychoanalytiker?
– Richtig.
– Na ja, sagt Cidrolin und kaut eifrig seinen Sandwich, das sind Leute, die die Träume deuten. Und das geht weit. Sie gehen den Dingen auf den Grund. Na ja, den Leuten. Aber da gibt es nun gerade Leute, die sich in acht nehmen, die nicht

wollen, daß man ihnen auf den Grund kommt, daher erzählen sie ihre Träume nicht.
– Niemand verliert etwas dabei, sagt Lalix.
– Sie sind wahrhaftig dagegen.
– Gegen was?
– Daß man seine Träume erzählt.
– Ich habe Ihnen doch schon einmal gesagt: Ich finde das rüpelhaft und gewissermaßen unanständig.
– Ich werde mich damit abfinden.
Er ißt seine Gänseleber auf und betrachtet dabei zerstreut einen Angler, auf dem andern Ufer, der sein Boot an einem Pfahl festmacht und seine Utensilien vorbereitet; er ist von einem Hund begleitet, der ihm ebenfalls zuschaut.
– Angeln Sie? fragt Lalix Cidrolin.
Die gleiche Frage hätte sie allenfalls dem Kerl von gegenüber stellen können, aber dazu hätte sie sich eines Sprachrohrs bedienen müssen.
– Nein, antwortete Cidrolin und natürlich nicht der Angler von gegenüber, der nicht hören konnte und der außerdem geantwortet hätte: ja. Ich mag das nicht. Es ist grausam.
– Vor allem ist es idiotisch: so dazusitzen und nichts zu tun.
– Und was gibt es jetzt, um diese ausgezeichnete Mahlzeit abzuschließen?
– Ein Stück Käse und den Rest aus einem Marmeladenglas.
– Wunderbar, sagt Cidrolin.
Der Angler hat seine Leine geworfen; er zündet eine Zigarette an und raucht mit abwesender Miene. Der Hund hat sich eingerollt und schläft.
– Es ist bald Zeit für meine Siesta, bemerkt Cidrolin zu sich selber.
Lalix hat den Abschluß der ausgezeichneten Mahlzeit gebracht und sich, diesmal auf eigene Initiative, hingesetzt.

– Na, Scheherazade, sagt Cidrolin, während er den ranzigen Käse kaut und dabei schon voraussieht, daß die Marmelade schimmlig sein wird, wollen Sie mir keine Geschichten erzählen?
– Wahre oder erfundene?
– Hüten Sie sich vor den erfundenen. Sie offenbaren, was Sie im Grunde sind. Genau wie die Träume. Träumen und offenbaren, das ist so ziemlich dasselbe.
– Die wahren offenbaren genauso, was man im Grunde ist. Finden Sie nicht?
– Dann erzählen Sie mir doch die Geschichte von jemand anderem …
– Wenn sie mich nicht interessiert, besteht kein Grund, daß ich sie erzähle, und wenn sie mich interessiert, so ist es dasselbe, als wäre ich es.
– Dann wollen Sie mir also nichts erzählen?
– Ich weiß auch nicht. Sie werden langsam grauselig. Sie sind gar nicht so, wie Monsieur Albert Sie mir beschrieben hat, so ein gemütlicher Alter, der einem nicht für einen Groschen auf den Wecker geht.
– Ja, richtig, Monsieur Albert, erzählen Sie mir, wie Sie ihn kennengelernt haben. Aber zuvor muß ich Ihnen noch sagen, daß die Marmelade, wie ich vorausgesehen hatte, schimmlig war.
– Sie sehen doch selber, daß Sie die ganze Zeit am Meckern sind.
– Wieder einer im Eimer, ich bins gewöhnt.
– Sie werden doch nicht wegen der Marmelade weinen.
– Na? Und Monsieur Albert?
– Wollen Sie nicht eine Tasse Kaffee?
– Nein nein! rief Cidrolin. Keinen Kaffee!
– Sie haben wohl Angst, daß ich Ihnen eine Sudelbrühe zurechtbraue?

– Und meine Siesta? Da könnte ich ja nicht einschlafen.
– Wollen Sie wieder eine Siesta halten? Sie haben doch den ganzen Morgen geratzt.
– Ich lege mich da hin, in diesen Liegestuhl, und Sie werden mir erzählen, wie Sie Monsieur Albert kennengelernt haben.
– Um Ihnen zu helfen, Heia zu machen?
– Wenn ich penne, hören Sie auf und fangen ein andermal wieder an.
– Sie sind nicht sehr ermutigend.
– Los, Scheherazade: die Geschichte von Albert.
– Also gut. Ich bin die einzige Tochter eines Holzfällers.
– Das kommt mir doch so bekannt vor, das … eine Holzfällertochter …
– Unterbrechen Sie mich nicht dauernd! Sonst ziehe ich noch vor, daß Sie schlafen.
Cidrolin versäumte nicht, ihr sofort Genugtuung zu verschaffen. Der Herzog ritt im Wald spazieren, schweigein und allsam. Sthenes schwieg ebenfalls, aber da der Spazierritt sich hinzog und die herzogliche Schweigsamkeit nicht zu vergehen schien, öffnet er schließlich die Lippen, um zu fragen, ob er sprechen dürfe.
– Sprich, mein guter Demo, sprich, sagte der Herzog und tätschelte ihm liebevoll den Hals.
– Fillentank, sagte Sthenes höchst zufrieden.
Er tat so, als dächte er ein wenig nach, bevor er die Frage stellte, die ihn seit einer gewissen Zeit juckte.
– Hm, hm, machte er, wie stehts denn mit unserem Denkmal?
– Bei Gott, antwortete der Herzog, ich weiß es auch nicht.
– Ist es noch nicht gegossen?
– Ich habe seit einiger Zeit nichts mehr davon gehört.
Sthenes verbarg seine Enttäuschung nicht. Vor Ärger ließ er Pferdeäpfel fallen.

– Und, fuhr er fort, findet Ihr nicht, daß Ihr Euch einmal darum kümmern solltet?
– Im Augenblick mach keine Gedanken ich mir drum.
– Und Euer Ruhm, denkt Ihr da nicht mehr dran? Denkt Ihr denn nicht mehr an alle diese zukünftigen Generationen, die Euch vor der feudalen Ulme, für alle Ewigkeit in Bronze gegossen, bewundern werden? Macht es Euch denn nicht stolz, zu wissen, daß Ihr als Denkmalsfigur in allen Kunstgeschichten namentlich erwähnt werdet? Gewiß, nicht zahlreich sind die Kunstgeschichten zu unserer Zeit, aber ihre Zahl wird in den kommenden Jahrhunderten unaufhörlich wachsen. Potztausend, ich prophezeie, na, so was!
Nachdem er diese Feststellung getroffen hat, schlägt Sthenes einen kleinen munteren Trab ein.
– Langsam, sagt der Herzog, langsam.
Sthenes geht wieder im Trott und ergreift gleichzeitig das Wort:
– Meine Argumente überzeugen Euch nicht?
– Aber doch, aber doch, mein guter Demo. Ich werde Packzu auf den Weg schicken, damit er nachsieht, was aus meinem Reiterstandbild wird.
– Das ist ein ausgezeichneter Gedanke! Bei dieser Gelegenheit kann er sich auch gleich nach Stephs Denkmal und seinem eigenen erkundigen.
– Diese Reise wird die Herzogin vermutlich sehr betrüben, sagte der Herzog melancholisch.
– Sie kann ja mit. Sie möchte doch so gern einmal die Hauptstadt besichtigen.
– Die Leute würden reden.
– Dann gebt der Expedition doch Abbé Riphinte mit und krönt das Ganze mit Monsignore Biroton. Die seid Ihr dann für ein oder zwei Monate los.
– Ach ja. Tag für Tag muß ich mir ihre Verwarnungen und ihre

Verweise anhören. Ich kann noch von Glück sagen, daß sie mich nicht als Atheist oder Zauberer anzeigen.

– Die meckern nur formhalber, weils ihr Beruf ist, aber wenn es Eurem Alchimisten gelänge, das Lebenselixier herzustellen, würden sie bestimmt auch ein Gläschen trinken.

– Beim Lebenselixier sind wir noch lange nicht, im Augenblick begnügen wir uns mit dem Streupulver.

– Und wie klappts?

– Ich sehe kein Ende.

Sthenes schwieg einige Augenblicke, bevor er mit diesen Worten in seiner Rede fortfuhr:

– In letzter Zeit, Joachim, frage ich mich manchmal, ob Ihr gut beraten wart, als Ihr den Sieur Timoleo Timolei in Euer Geschloß mitbrachtet. Seitdem er bei Euch wohnt und hier seine Öfen anheizt, seid Ihr, Joachim, sauertöpfisch und schweigsam geworden und habt jetzt fast alle die guten Thaler ausgegeben, die Ihr durch den Vertrag von Sainte-Menehould erhalten habt. Stimmt es etwa nicht?

– Meine Truhen sind tatsächlich leer, und ich werde bald dazu gezwungen sein, die Sparbüchse meines eventuellen Stammhalters zu zerschlagen, was mich auf den Gedanken bringt, daß ich vielleicht besser daran getan hätte, den Astrologen zu behalten. Er hätte mich weniger gekostet, und die Herzogin wäre zufrieden gewesen.

– Pah, sagte Sthenes, von diesen Leuten ist doch einer wie der andere.

– Solltest du etwa ein Skeptiker sein, mein guter Demo?

– Wenn ich Euch den inneren Kern meines Gedankens sagen darf, ich glaube nicht an Horoskope.

– Und ich kaum.

– An den Stein der Weisen auch nicht.

– Ah, sagte der Herzog, wenn mir ein anderer als du so etwas sagen würde, würde ich ihm die Kinnlade vollhauen.

– Ich glaube nicht daran, sagte Sthenes, aber ich halte Euch nicht davon ab, daran zu glauben.
– Das will ich auch hoffen. Ach, wenn du uns sähest, Timoleo und mich, wie wir zwischen den faulen Heinzen und den Läuterungsapparaten, den Destillierkolben und den Brennkolben, den Retorten und den Destillierblasen mit den Salzen und Metallen umgehen, die einen violett, die andern indigo, die einen blau, die andern grün, die einen gelb, die andern orange und manche rot, ohne von den weißen und schwarzen zu reden, beobachtend, wie sie die Farbe wechseln, wie Festes flüssig und Flüssiges fest wird, wie Befühlbares unbefühlbar und Unbefühlbares befühlbar wird, und ich spreche nur von dem oberflächlichsten Aspekt unserer Experimente, also, wenn du uns da sähest, mein guter Demo, würdest du dir sagen, daß dein Herr und sein Alchimist sich bestimmt nicht umsonst soviele Mühe geben. Der Tag wird kommen, an dem die Engel unser Werk belohnen werden, und dann werde ich mein Denkmal nicht in Bronze, sondern in massivem Gold gießen lassen.
– Unser Denkmal.
Der Herzog hörte diese Berichtigung nicht und verfiel wieder in seine melancholische Stimmung, aus der ihn Sthenes nicht mehr herauszuholen wagte. Der Spazierritt wurde noch eine Meile schweigend fortgesetzt; Sthenes beschloß darauf, heimzukehren, aber auf einem anderen Weg; der Herzog, immer noch stumm, die Stirn in Falten gelegt, mit verlorenem Blick, widersprach ihm nicht. Er zuckte zusammen, als er, einige Zeit später, angerufen wurde; er ritt durch eine Lichtung, in der Holzfäller arbeiteten. Man schlug Holz, um die Öfen Timoleo Timoleis zu schüren. Was den Anruf betraf, so hatte er einen Schwender zum Urheber und bestand in diesen Worten:
– Edler Herr, geht es der Herzogin, meiner Tochter, gut?
Cidrolin fuhr hoch.
– Und Ihre Brüder und Schwestern? fragte er.

– Ich habe Ihnen doch gesagt, daß ich die einzige Tochter war! Haben Sie gut geschlafen?
– Och ... Ihr Vater war also Holzfäller ...
– Ich habe Ihnen gerade erzählt, wie ich Monsieur Albert kennengelernt habe und wie er mich hierhergeschickt hat.
Cidrolin gähnte.
– Möchten Sie nicht noch einmal anfangen? fügte er hinzu.
– Ganz gewiß nicht, sagte Lalix. Sie hätten ja zuhören können.
– Na ja, Pech gehabt, sagte Cidrolin. Dann eben ein andermal.
– Es gibt kein andermal: einmal genügt.
– Ich werde mich halt damit abfinden, sagte Cidrolin.
Er reckte sich und stand auf. Der Angler am andern Ufer war immer noch da, und der zusammengerollte Hund schlief immer noch im Boot.
– So grausam sind sie auch wieder nicht, sagte Cidrolin, sie fangen ja nie Fische.
Lalix sah nach dem Angler, gab aber keinen Kommentar ab. Sie war sitzengeblieben und stand nun ebenfalls auf.
– Ich habe Ihnen weder das Mittagessen noch die Siesta verderben wollen, sagte sie, aber man hat einen Haufen Inschriften auf Ihren Zaun geschmiert. Unangenehme. Mehr als unangenehme.
Cidrolin holte schweigend Farbtopf und Pinsel.
– Beleidigungen, sagte Lalix, Beleidigungen.
Cidrolin ging zum Steg.
– Hat man es mit Ihnen? fragte Lalix.
– Leider ja, antwortete Cidrolin.
– Was haben Sie denn gemacht?
– Das werde ich Ihnen erzählen, wenn Sie schlafen.
Cidrolin klettert die Böschung hinauf. Er sieht das Schrifttum nicht einmal an und beginnt zu tünchen. Lalix geht das Geschirr abwaschen. Eine Schar Nomaden, die vom Camp kommen, bleibt stehen, um Cidrolin etwas zu fragen; sie können

auf französisch Metro sagen. Danach fragen sie ihn. Er antwortet mit Gebärden.

– Sie fangen an zu ziehen, sagt Cidrolin und schaut zu, wie sie sich entfernen. Es wird allmählich Herbst. O du mein ew'ger Herbst, Saison, die mir gemäß.

– Wie bitte? fragte ein Passant.

– Das war ein Zitat, sagte Cidrolin.

– Von wem?

– Von einem Dichter natürlich. Haben Sie nicht die zwölf Füße gehört?

– Ich habe nicht so genau aufgepaßt. Ich habe geglaubt, Sie wollten mich um eine Auskunft bitten, vielleicht nach der Uhrzeit fragen.

– Ich wollte überhaupt nichts, sagte Cidrolin.

Er begann wieder anzustreichen; der andere schaute ihm schweigend zu.

Eine neue Gruppe von Nomaden näherte sich; sie konnten auf französisch Metro sagen und das sagten sie zu dem Passanten. Dieser mimte Unwissenheit.

– Ist hier in der Nähe eine Metrostation? fragte er Cidrolin. Cidrolin zeigte den Nomaden, die herzlich dankten und sich entfernten, den Weg.

Cidrolin begann wieder anzustreichen und sagte halblaut:

– Es ist genau, wie ich sagte. Sie fangen an zu ziehn. Es wird allmählich Herbst.

Schweigend setzte er seine Arbeit fort.

– Und die Fortsetzung? fragte der Passant.

– Die Fortsetzung von was?

– Die Fortsetzung des Zitats.

– Sie sind ungeduldig. Es hat noch gar nicht angefangen.

– War das von Ihnen: ›Sie fangen an zu ziehn. Es wird allmählich Herbst‹?

– Ganz von mir.

– Und diese Worte, die Sie mit Farbe überpinseln, von wem waren die?
– Von einem Passanten, nehme ich an.
– Wollen Sie mich beschuldigen?
– Sind Sie der einzige Passant?
Cidrolin, der keine Antwort hörte, blickte hinter sich: Der andere hatte ihm den Rücken gekehrt und tat so, als betrachte er das Gebäude, das man fertigbaute. Cidrolin fährt noch ein paarmal mit dem Pinsel hin und her; er ist fertig. Er läßt den Pinsel im Farbtopf und nimmt den Farbtopf am Henkel, einem dünnen Metallhenkel, der ein wenig in die Finger schneidet.
Der Passant ist verschwunden.

13

Auf der Dorfkirche hatte es schon lange fünf Uhr geschlagen, als der Herzog von Auge in Begleitung Pouscaillous, des jüngsten Bruders des Grafen von Packzu, der seit neuestem in seinem Dienst stand, aus dem Schloß kam. Sie saßen beide zu Pferd, der eine ritt auf Sthenes, der andere auf Steph. Der Herzog sagte kein Wort, Sthenes muckste sich nicht. Steph und Pouscaillou taten desgleichen. Als sie die Ortschaft durchquerten, begegneten sie auf dem Platz einer Gruppe von Honoratioren, die den Herzog sehr tief grüßten.
– Na, meine Herren, sagte der Herzog zerstreut, sind wir bei guter Gesundheit?
– Bei ausgezeichneter, antwortete der Schultheiß. Bei ausgezeichneter.
– Und ansonsten, gibts was, das der Beachtung wert ist?
– Wir, antwortete der Schultheiß, sind auf dem Wege, unsere Delegierten für die Generalstände zu wählen.
– Ach, stimmt ja, die Generalstände …

Mehr sagte der Herzog nicht über dieses Thema.
– Wir, fuhr der Amtmann fort, haben damit begonnen, unsere Beschwerdeschrift abzufassen. Monsignore Biroton und Abbé Riphinte werden sich uns anschließen, und wenn der Herr Herzog geruhen wollten, uns seinen edlen Beistand zu gewähren, könnten wir eine einzige Beschwerdeschrift für die drei Stände des Amtsbezirks nach Paris schicken, was seiner Majestät die Einigkeit aller Franzosen hinter der heiligen Person des Königs zeigen würde.
– Es lebe der König! schrien die Honoratioren. Es lebe der König!
– Es lebe der König! glaubte auch Pouscaillou schreien zu müssen.
Eine Maulschelle des Herzogs schickte den Schildknappen in den Staub. Pouscaillou raffte seine Knochen zusammen, um ganz betäubt wieder sein Pferd zu besteigen. Die Honoratioren sahen davon ab, diesen Zwischenfall zu kommentieren.
– Na denn, sagte der Herzog ein wenig aufgeheitert, gute Arbeit, meine Herren.
Und er ritt im Galopp in Richtung Friedhof davon. Er sprang ab und vertraute Pouscaillou, der so gut er konnte gefolgt war, die Zügel von Sthenes an.
– Makak, sagte der Herzog zu ihm, wer hat dir denn erlaubt, ›es lebe der König‹ zu rufen.
– Ich habe es gehalten wie alle Welt, antwortete Pouscaillou weinerlich.
– Nun, so wisse ... Aber steig zuerst mal vom Pferd.
Als dies getan war, nahm der Herzog ein Ohr, kniff es ziemlich fest und fuhr mit diesen Worten in seiner Rede fort:
– So wisse denn, mein lieber kleiner Makakenpage und Papagei, daß du es eben nicht halten sollst wie alle Welt, sondern wie ich, hörst du: wie ich. Verstanden?
– Nein. Ich verstehe kein Wort.

Der Herzog wechselte das Ohr und fuhr in diesen Worten fort:
– Was habe ich getan? Schrie ich ›es lebe der König‹? Nein. Hast du jetzt verstanden?
– Ja, gewiß, aber ist es nicht in jedem Falle ratsam, ›es lebe der König‹ zu rufen?
– Vielleicht, antwortete der Herzog, der das ziemlich rot gewordene Ohr losließ, und schien plötzlich nachdenklich. Vielleicht, sagte er nach einigen Augenblicken wieder.
Und er betrat den Friedhof.
Als Pouscaillou fand, daß er weit genug weg sei, rieb er sich brummend die Ohren.
– Hat der mir weh getan, der Schweinigel. Und nur, weil ich ›es lebe der König‹ gerufen habe. Als hätte man im Jahre siebzehnhundertneunundachtzig unserer allerchristlichsten Zeitrechnung nicht mehr das Recht, ›es lebe der König‹ zu rufen. Nun, ich werde auch weiterhin ›es lebe der König‹ rufen.
Was er tatsächlich tat, aber ziemlich leise.
– Ihr versteht das eben nicht, junger Mann, sagte Sthenes.
– Der Herzog macht halt keine Politik.
– Ach, Herr Jesus, rief der Page, ein Pferd, das spricht!
– Es ist besser, Ihr wißt gleich Bescheid, das wird unsere Beziehungen erleichtern. Übrigens bin ich nicht der einzige, der spricht, Steph spricht auch. Nicht wahr, Steph?
– Ja, antwortete Steph kurz.
– Aber so zittert doch nicht so, sagte Sthenes zu Pouscaillou. Habt Ihr etwa Angst? Am Vorabend einer Revolution ist das nicht ratsam.
– Einer Revolution? fragte Pouscaillou und klapperte mit den Zähnen. Wewelcher Revovolutiontion denn?
– Die, die im Anzug ist, antwortete Sthenes.
– Und er prophezeit auch noch! rief Pouscaillou mit einer ebenso herzzerreißenden wie zerrissenen Stimme. Wie die Eselin von Bileam.

– Das ist kein Schildknappe, sagte Sthenes verächtlich, das ist ein Seminarist. Und obendrein hält er mich für eine Eselin. Der hat mir wohl nicht unter den Bauch geguckt.
Dieser Scherz heiterte den ernsten Steph auf, und die beiden Pferde begannen zu lachen, sie steckten sich gegenseitig an und lachten sich schief, was Pouscaillou, der sich weinend am Boden wälzte, vollends aus der Fassung brachte. Nachdem er seinen Weinkrampf hinter sich und einen guten Sester Tränenflüssigkeit ausgeschieden hatte, stand er wieder auf, immer noch zitternd, und erblickte Sthenes und Steph, die friedlich, stumm, zwischen den Mauerkräutern Leckereien suchten. Diese immerhin sehr orthohyppische Tätigkeit erfüllte ihn vollends mit Entsetzen, und er fand es klug, bei seinem Brotgeber Schutz zu suchen. Er lief also auf den Friedhof und erblickte ganz am Ende des Gehweges den Herzog andächtig vor einem Grab; er erblickte auch gerade vor sich zwei Totengräber, die Gebeine ausgruben und daraus kleine Häufchen machten. Dieser Anblick widerte den Pagen vollends an, der kehrtmachte und sich als guter Läufer bald auf der Terrasse des Schlosses wiederfand, wo einige Personen Kaffee und Likör tranken, vor allem Fenchelessenz, wozu sie über dies und das plauderten.
– Na, Pouscaillou, rief sein Bruder, was ist denn mit dir los? Hast du den hohen und mächtigen Herrn Joachim Herzog von Auge verlassen?
Man lacht. Nicht so Pouscaillou, der mit weinerlicher Stimme seinen innigsten Wunsch ausspricht:
– Ich will zu meiner Mama zurück!
– Ja was denn, Pouscaillou, sagt sein Bruder. Hat dir der hohe und mächtige Herr vielleicht an den Hosenlatz gefaßt?
Man lacht. Nicht so Pouscaillou, der weiterklagt:
– Es ist nicht der Herzog! Es ist nicht der Herzog! Es sind die Pferde!

– Na, Pouscaillou, das wirst du mir nie weismachen, daß diese Pferdchen eine Schwäche für kleine Buben haben.
Man lacht. Nicht so Pouscaillou, der trampelt.
– Sie sprechen! Sie sprechen!
– Ist der dumm, der Kleine, sagt die Herzogin bezaubert.
– Dummkopf! sagt sein Bruder wütend zu ihm. Du wirst doch dieser alt-fränkischen und überholten Legende keinen Glauben schenken!
– Man liest das in Ritterromanen, sagt Monsignore Biroton mit einem kleinen, spöttischen Lachen. Während des letzten oder vorletzten Kreuzzugs, ich weiß nicht mehr …
– Des siebten, sagt Abbé Riphinte.
– Was für ein Gelehrter, rief die Herzogin und bewegte dabei heftig ihre Stielbrille.
– Während des siebten Kreuzzugs, fuhr Onésiphore immer noch in ironischem Ton fort, erschreckte das Pferd des Herzogs von Auge die Sarazenen, weil es ihnen Beleidigungen zurief.
– Das ist doch ganz dumm, sagte Graf von Packzu. Hat man je einen Vierfüßer sprechen sehen?
– Ja, gewiß, sagte Abbé Riphinte. Einen gibt es: die Eselin von Bileam.
– Sthenes prophezeite wie sie, sagte Pouscaillou immer noch entsetzt.
– Deinen Katechismus kennst du nicht sehr gut, sagte Abbé Riphinte streng zu ihm. Die Eselin von Bileam prophezeite nicht, sie öffnete nur den Mund, um gegen die Schläge zu protestieren, die ihr Herr ihr versetzte, denn sie hatte den Engel Gottes gesehn. Es war ein Wunder.
– Ich, schloß Pouscaillou, will zu meiner Mama zurück.
– Du wirst hier bleiben, sagte sein Bruder zu ihm. Das ist ein Befehl.
– Wenn Mama wüßte, daß es hier Pferde gibt, die reden, würde sie mich sofort heimkommen lassen.

– Aber wir haben dir doch gesagt, daß es das nicht gibt, Pferde, die reden, sagte Abbé Riphinte. Es sei denn, es geschieht ein Wunder.
– Und die Wunder werden bei den heutigen Zeiten immer seltener, fügte Monsignore Biroton mit einem Seufzer hinzu.
– Na, Pouscaillou, sagte der Herzog, den man nicht hatte kommen sehen, paßt du so auf die Pferde auf? Du kannst zu deiner Mutter zurück.
– Er ist dumm, dein Bruder, sagte der Herzog zu Packzu und goß sich ein Glas Fenchelessenz ein.
Schweigend betrachtete er die Flüssigkeit eine kurze Weile und fügte hinzu:
– Ein Rezept von Timoleo Timolei. Ach, armer Timoleo. Ich bin heute wieder an seinem Grab gewesen, um nachzudenken.
– Vergeßt doch diesen Quacksalber, diesen Scharlatan, sagte Onésiphore. Wer kann denn in unseren Tagen noch an das Lebenselixier und an den Stein der Weisen glauben?
– Ihr glaubt doch auch, daß die Welt genau im Jahre viertausendundvier vor Jesus Christus geschaffen worden ist.
– Herr Herzog, erwiderte Abbé Riphinte, wir haben gute Gründe, es zu glauben.
– Welche denn? fragte der Herzog.
– Ihr seid ein richtiger Leimsieder, Joachim, sagte die Herzogin. Wollt Ihr jetzt den Theologen spielen?
– Wenn Ihr nichts dagegen habt, Kokotte, antwortete der Herzog und füllte sein leeres Glas. Na, Abbé, welche Gründe?
– Aber die heilige Schrift, Herr Herzog! sagte Abbé Riphinte.
– Gut geantwortet, Riphinte, bemerkte Monsignore Biroton.
– Sie ist widersprüchlich, Eure heilige Schrift, sagte der Herzog, man braucht nur die Nase hineinzustecken, um das festzustellen. Und was macht Ihr mit der Vernunft? Im Jahre viertausendundvier vor Jesus Christus existierte die Welt seit Tausenden und aber Tausenden von Jahren.

– Absurd, rief Onésiphore.
– Joachim, bemerkte die Herzogin, ist in Astrologie nie sehr bewandert gewesen. In Astronomie, wollte ich sagen.
– In Chronologie, fügte Abbé Riphinte zur Berichtigung hinzu. Und Menschen, fragte er den Herzog ironisch, gab es auch schon Menschen Tausende und aber Tausende Jahre vor der Erschaffung Adams?
– Natürlich.
– Und welchen Beweis könnt Ihr dafür antreten, Herr Herzog?
– Ah, ah, machte Monsignore Biroton, jetzt haben wir unseren Präadamiten aber in die Enge getrieben.
– Ja, welchen Beweis, Joachim, sagte nun auch die Herzogin.
– Ihr bringt ihn in große Verlegenheit, bemerkte der Graf von Packzu, der es bisher nicht gewagt hatte, sich in die Diskussion einzuschalten.
– Ganz und gar nicht in Verlegenheit gebracht, erwiderte der Herzog ruhig. Die Beweise existieren bestimmt irgendwo, man muß sie nur finden.
– Eine gute Antwort, sagte Abbé Riphinte mit einem kleinen Lachen. Der Herr Herzog wird uns gestatten, daß wir hierin nur eine kleine Ausflucht sehen.
– Riphinte, sagte Monsignore Biroton, Ihr habt ihn schachmatt gesetzt.
– Joachim! sagte die Herzogin, du bist eigensinnig, aber du hast unrecht, mit dem Abbé über Theologie diskutieren zu wollen. Du bist ihm einfach nicht gewachsen.
– Ich würde mich nicht darauf einlassen, fügte der Graf mit einem Gesicht hinzu, das schlau sein sollte.
– Zum Henker! rief der Herzog und warf den Tisch mit einem energischen Fußtritt in die Luft, haltet ihr mich vielleicht für einen Pinsel?
Von dem chinesischen Kaffeeservice aus der Ming-Epoche blie-

ben nur noch ein paar Krümel übrig und von den Flaschen und Gläsern andere Krümel. Der Herzog, der aufrecht dastand, rief die anwesenden Personen heftig an:

– Schufte! Seid ihr vielleicht gewöhnliche Burger, daß ihr es wagt, mich derart zu schumpfiren? Die Pfaffen glauben, es sei ihnen jetzt alles erlaubt. Ich weiß nicht, was mich davon abhält, diese Herrgottviecher gründlich zu verwalken.

– Joachim, rief die Herzogin, du bist nur ein garstiger Feudalherr.

– Du, Kokotte, verdienst eine Tracht Prügel.

Er ergriff sie am Handgelenk. Russule war nicht einverstanden. Der Herzog ergreift das andere Handgelenk. Russule trampelt mit den Füßen. Der Herzog zieht: er schleppt sie in das Zimmerchen mit den Klopfpeitschen. Ein Lakai liest Porzellan und Glaswaren auf. Monsignore Biroton und Abbé Riphinte entfernen sich mit verkniffenen Gesichtern. Der Herzog zieht immer noch an seinem Eheweib, das energisch bremst; ihre Absätze sprühen Funken auf den Pflastersteinen.

Graf von Packzu wollte dazwischentreten.

– Herr Herzog, sagte er mit einer Stimme, die weißer war als ein Leintuch, mit all dem Respekt, den ich Euch schulde ...

– Was hast du dich da einzumischen, du Hundsfott? brüllte der Herzog aufgebracht.

Er ließ die Herzogin los, die auf den Hintern fiel, und ohrfeigte kräftig den Grafen, der schwankte. Dieser, mehr aus Atavismus noch denn aus Mut, zog sein Schwert. Der Herzog zieht das seine und schon liegt Packzu auf der Erde, gänzlich tot und durchbohrt. Die Herzogin stürzt sich auf die Leiche und stößt Klagelaute aus. Der Herzog wischt sein Schwert am Rock Russules ab und steckt die mörderische Waffe wieder in die Scheide. Er betrachtet die Lage.

Jemand anderes, der sich schüchtern genähert hat, betrachtet ebenfalls die Lage.

– Ihr habt ihn getötet, murmelt Pouscaillou.
Er hatte sein Bündel in der Hand, denn er kehrte zu seiner Mama zurück.
– Ist er wirklich tot? fügte er hinzu.
– Wenn er es noch nicht wäre, antwortete der Herzog, wäre er es bald: diese Dame würde ihn ersticken.
Die Herzogin hört nicht auf zu kreischen. Schließlich verkündet sie:
– Er ist tot! Er ist tot!
– Da, sagte der Herzog zu Pouscaillou, jetzt weißt du Bescheid.
– Na, fragte Pouscaillou, dann bin ich jetzt Graf von Packzu?
– Zweifellos, antwortete der Herzog voller Bewunderung.
– Das ist dufte.
Die Schreie der Herzogin bewirkten, daß Priester und Gesinde sich wiedereinstellten.
– Na ja, machte Monsignore Biroton, wieder mal was Neues.
– Es war ein Duell, wenn ich recht verstehe, sagte Abbé Riphinte.
– Ohne jeden Zweifel, sagte Onésiphore, Packzu hat ja noch das Schwert in der Hand.
– Einen Menschen im Duell töten ist keine kleine Sünde, sagte Abbé Riphinte, aber schlimmer ist es, nicht an den Kalender zu glauben.
– Herr Herzog, sagte der Bischof in partibus von Sarcellopolis, Ihr werdet für diesen Vorfall Buße tun und eine ehrbare Geldstrafe für Eure präadamitischen Überzeugungen zahlen müssen.
– Wie Ihr seht, sagte Abbé Riphinte, ist die Justiz Gottes strenger als die Justiz der Menschen, die Euch freisprechen wird.
– Ich bin da mißtrauisch, sagte der Herzog von Auge, und

wenn ich es so recht bedenke, ist es wohl besser, ich mache mich davon, vielleicht sogar ins Ausland. Ich werde nicht auf die Häscher des Königs noch auf den guten Willen des besagten warten. Meinen trefflichen Freund Donatien warf man wegen einer Grille gleich in die Pariser Bastille. Mensch, das reimt sich ja.

– Dürftig, bemerkte Abbé Riphinte.

Der Herzog zog sein Schwert, fest entschlossen, den Abbé unverzüglich niederzumetzeln, der eine vorsichtige Bahn beschrieb, um sich hinter Onésiphore zu stellen, aber der Herzog hielt sich zurück und steckte sein Schwert wieder in die Scheide.

– Ihr werdet Russule trösten, sagte er zu den beiden Priestern. Ich habe eine unterdrückte Tracht Prügel in der Hand. Adieu, meine Herren.

– Und die Generalstände, sagte Monsignore Biroton. Werdet Ihr nicht daran teilnehmen?

– Fisimatenten! Im Augenblick kümmere ich mich um meine Freiheit.

Und er drehte sich nach Pouscaillou um:

– Sattle Sthenes und Steph, Graf, ich nehme dich mit. Du wirst viele Länder sehen.

– Oh, vielen Dank, Herr Herzog, aber diese Pferde, die sprechen …

– Du wirst Sthenes nie zum Schweigen bringen.

– Das beruhigt mich nicht …

Der Herzog drehte Pouscaillou um und schickte ihn mit einem kräftigen Fußtritt direkt ins Ziel. Nachdem er einen anmutigen Parabelbogen beschrieben hatte, landete Pouscaillou, der immer noch sein Bündel in der Hand hielt, vor der Tür der Pferdeställe.

Als der Herzog einige Minuten später mit seinem Gepäck zurückkam, war alles bereit. Man brach sofort auf.

Die Terrasse war jetzt menschenleer. Die Herzogin war verschwunden, ebenso der verstorbene Packzu. Am Fuße der Treppe erwarteten Monsignore Biroton und Abbé Riphinte den Herrn dieses Ortes. Sie grüßten ihn sehr höflich.
– Habt Ihr Euch alles recht überlegt? fragte Monsignore Biroton. Ihr schadet nur Euch selber.
– Und Ihr werdet nicht an der Versammlung der Generalstände teilnehmen können.
– Meine Freunde, sagte der Herzog mit äußerster Zufriedenheit, ihr habt nicht begriffen, warum ich aufbreche.
– Warum? fragten im Chor die beiden Priester.
– Ich werde Beweise suchen.
– Was für Beweise?
– Die Beweise für eure Unwissenheit. Hoch leben die Präadamiten!
– Hoch leben die Präadamiten, sagten im Chor die beiden Pferde, denen sich der vorsichtige Pouscaillou erst mit etwas Verspätung anschloß.
Und sie ritten im gestreckten Galopp los, alle vier.
Sie legten an diesem Tag einen langen Tagesmarsch zurück und kamen todmüde in der Herberge zum Wilden Mann in Saint-Genouillat-les-Trous, einem großen Marktflecken im Vésinois, in der Nähe von Chamburne-en-Basses-Bouilles, an.
– Potztausend, sagte der Herzog, als er sich an den Tisch setzte, wir haben eine gute Mahlzeit verdient. Zu trinken und Kaldaunenwurst!
– He, he, Kleine, sagte er zu der Bedienung und tätschelte ihr dabei das Hinterteil, ich habe eine unterdrückte Tracht Prügel in der Hand.
– Vielen Dank, ich bin gar nicht scharf drauf.
– He, he, eine Herzogshand …
– Die Hand eines alten Schweins, entgegnete sie und verdrückte sich.

– Du siehst, sagte fröhlich der Herzog zu Pouscaillou, das ist schon republikanisch. Na ja, wir werden später noch sehen.
Er begann die Kaldaunenwurst zu verschlingen.
– Und, fuhr er mit vollem Munde fort, was sagst du zu Sthenes? Ist er nicht ein lustiger Geselle?
– Oh ja, sagte Pouscaillou, ich verstehe nicht, warum ich das erste Mal solche Angst vor ihm gehabt habe. Jetzt finde ich das ganz natürlich.
– Das Natürliche, es gibt nichts Natürlicheres als das Natürliche. Das ist die Devise meines trefflichen Freundes Donatien.
– Sagt mal, Herr Herzog, was sind denn eigentlich Präadamiten?
– Ein kleiner Scherz, um den braven Onésiphore zu necken. Das gibt es nicht. Aber wenn es das gäbe, wäre der brave Onésiphore ganz schön in der Klemme.
– Aber worum handelt es sich denn?
– Das sind Menschen, die schon vor Adam gelebt haben.
– So was Dummes!
– Man könnte grade meinen, Abbé Riphinte zu hören. Mach nicht, daß ich es noch bereue, dich mitgenommen zu haben.
– Es ist schwer, mit Euch zu plaudern, Herr Herzog, Ihr sagt, daß es das nicht gibt, wollt aber auch nicht, daß ich es dumm finde.
– Etwas, das es nicht gibt, muß nicht unbedingt dumm sein, du Dummkopf. Ah, ah, Kohl mit Speck, auf den ich so versessen bin.
– Runter mit den Pfoten, altes Schwein, sagte die Bedienung zum Herzog, der Anatomie und Gastronomie vermischen wollte. Das nächste Mal schütte ich Euch das Essen über den Kopf. Dann ist es Eintopf.
– Mit der ist nicht gut Kirschen essen.
– Warum laßt Ihr Euch so behandeln, Herr Herzog?

– Vergiß nicht, daß ich incognito reise, und vertilgen wir diesen Kohl mit Speck.
Schweigend fraßen sie gierig in sich hinein, als ein als Postillon kostümierter Postillon auftauchte und offenkundig einen gemeinen Schrecken manifestierte. Er brüllte:
– Unglaublich, aber wahr! Im Pferdestall ist ... ein Pferd, das spricht!
Alle Welt lachte herzlich, der Herzog am meisten; nur Pouscaillou, beunruhigt, blieb ernst.
– Du bist mal wieder besoffen, sagte der Wirt, schämst du dich denn nicht, hier herumzukrakeelen?
– Laßt nur, laßt nur, sagte ein Reisender zum Wirt.
Und zum Postillon:
– Was hat es denn gesagt, das Pferd?
– Als es mich in den Stall kommen sah, hat es geschrien: ›Es leben die Präadamiten!‹
Alle Welt lachte herzlich, der Herzog am meisten, nur Pouscaillou, beunruhigt, blieb ernst.

14

Ein drittes Mal begann alle Welt herzlich zu lachen, als der Postillon mit diesen Worten seiner Erregung weiterhin Ausdruck verlieh: – Und das Pferd fügte hinzu: ›Du traust wohl deinen Ohren nicht, wie?‹
Nur Pouscaillou, beunruhigt, blieb ernst.
– Das könnt ihr mir glauben, fuhr der Postillon fort, ich traute wirklich meinen Ohren nicht, und daher machte ich mich davon, und ich bin nicht bereit, in diesen Teufelsstall zurückzukehren. Heda, Wirt, gib mir einen Krug Rotwein, damit ich mich von meinem Schreck erhole.
– Das werde ich schön bleiben lassen, sagte der Wirt, du hast schon genug getrunken.

– Zum Henker, ich bin nicht betrunken. Sieh doch selber nach!
– Gott behüte! Aber welches Pferd ist es denn?
– Meins, sagte der Herzog.
Alle Welt drehte sich nach ihm um.
– Und es spricht, fügte er hinzu. Es kann sogar lesen. Im Augenblick liest es gerade die Reise des jungen Anacharsis nach Griechenland, ein Buch, das ihm sehr gefällt. Wirt, gebt dem Herrn Postillon einen Krug Rotwein: Er ist nicht betrunken.
Ein zustimmendes Gemurmel folgte dieser kurzen Rede und jeder sagte zu seinem Nachbarn: Was für ein geistvoller Mensch.
– Du machst vielleicht ein Gesicht, sagte der Herzog zu Pouscaillou. Dabei siehst du doch, daß sie sich leicht zufrieden geben. So wie früher oder später schließlich jemand sagen wird: Lächerlichkeit tötet in Frankreich. Der Postillon ist jetzt in der allgemeinen Achtung gesunken; aber ich muß zugeben, daß Sthenes sehr unvorsichtig gewesen ist, er kann einfach den Mund nicht halten.
– Und wenn die Polypen eine Untersuchung anstellen?
– Pah, höchstens der Pfarrer aus dem Kaff.
Die Bedienung brachte eine Poularde, mit der die beiden Wandersleute leicht zu Rande kamen, ebenso wie mit dem Mittelgericht, den Käsen und den Süßigkeiten, die folgten. Sie leerten noch einige Krüge, bevor sie zu Bett gingen, und schliefen gleich darauf satt und müde ein.
Lalix und Cidrolin sperrten die Augen weit auf, als das Licht wieder anging, und verließen ein wenig geblendet das Kino.
– Wir trinken noch einen, bevor wir nach Hause gehen, schlug Cidrolin vor.
Lalix war einverstanden.
– Ich habe eine Schwäche für Ritterfilme, sagte Cidrolin.
– Glauben Sie? fragte Lalix.

– Ich glaube es nicht, ich bin ganz sicher.
– Das meine ich nicht. Ich meine: Glauben Sie, daß es ein Ritterfilm war?
– Ja, es sei denn, ich hätte geträumt.
– Mir scheint, daß es ein Western war. Aber es scheint mir auch, daß ich geschlafen habe.
– Sollen wir zurückgehen, um zu sehen, was sie gespielt haben?
Sie gingen zurück. Plakate und Photos bezogen sich auf Spartakus und Frankenstein gegen Herkules und Drakula.
– Vielleicht ist es das Programm für nächste Woche, meinte Lalix.
– Wir werden es nie erfahren, sagte Cidrolin. Auf jeden Fall ist es so, als ob Sie, die Sie dagegen sind, mir einen Traum erzählt hätten.
– Ich bin verärgert.
– Dann gehen wir einen trinken.
Die Kneipe an der Ecke des Quais war leer; man rückte die Tische zusammen. Die Gäste mußten sich ans Büffet stellen.
– Das gefällt mir nicht, sagte Cidrolin. Gehen wir doch gleich zur Arche.
– Warum heißt es eigentlich Arche? fragte Lalix.
– Wahrscheinlich, weil kein Tier drauf wohnt, antwortete Cidrolin.
– Versteh ich nicht.
– Der Witz ist auch nicht sehr bestechend. Sagen wir, weil das Schiff schon so hieß, als ich es kaufte.
– Teuer?
– Mittel.
– Mir gefällt Ihre Zille. Ich bin eigentlich froh, daß ich das Varieté fallenließ, um Haushälterin zu werden. Monsieur Albert ist ein guter Ratgeber gewesen.
– Wie hat er Sie denn überzeugt?

– Mit Fußtritten. Man kann schon sagen, daß Sie da einen guten Kumpel haben, der Ihnen ganz ergeben ist.
– Ich hoffe, daß er Ihnen nicht allzu weh getan hat.
– Ach, sehr zartfühlend war er nicht, aber ich habe gleich begriffen.
– Dann trauern Sie also dem Varieté nicht allzu sehr nach?
– Ich sage Ihnen doch: Ich mag Ihre Zille.
– Und was hätten Sie im Varieté getan?
– Ich wäre Görl geworden. Ich tanze nicht schlecht und bin gut gebaut; ich hätte auch gern gesungen, aber Monsieur Albert fand, daß es völlig unnötig sei.
– Und hatten Sie Engagements in Aussicht?
– Ja, ich schwankte zwischen Zanzebien und der Republik des Steinbocks, aber das sind natürlich sehr ferne Länder. Es ist mir doch lieber, daß ich auf dem neunundvierzigsten Breitengrad geblieben bin. Nördlich natürlich.
– Sie sind beschlagen in Geographie.
– Ich habe mich auf alle diese großen Reisen vorbereitet. Stimmt es wirklich, daß Ihr Kahn nicht schwimmt?
– Er ist dazu völlig unfähig. Er müßte geschleppt werden.
– So ein kleiner Schlepper kann doch nicht allzu teuer sein.
– Trotzdem kann ich ihn mir nicht leisten.
– Dann will ich nichts gesagt haben.
Sie gingen seit geraumer Zeit schweigend dahin, als eine Gruppe erwachsener Pfadfinder sie überholte. Einer blieb stehen, um zu fragen:
– Camping?
Cidrolin machte die Gebärde, die bedeuten soll: geradeaus.
Der andere machte die Gebärde, die bedeuten soll: danke.
Die erwachsenen Pfadfinder setzten ihren Weg mit Eilschritten fort.
– Es gibt immer noch welche, sagte Cidrolin, dabei ist schon Herbst. Bald werden sie bis in den dicksten Winter hinein kom-

men, ganz Zähe, die sich schön warm unterm Schnee zusammenkauern werden.

– Was tun wir denn, wenn Schnee auf dem Kahn liegt?

– Der wird ins Wasser gestoßen, und das macht flutsch. Manchmal ist sogar mitten im Sommer so was wie Schnee auf dem Wasser, aber es ist kein Schnee, es sieht aus wie Seifenschaum oder Ouatte, es kommt aus der Ouagenfabrik, die flußaufwärts liegt, ich nehme an, daß sie die Schlitten waschen, bevor sie sie den Kunden andrehen. So, da sind wir.

Cidrolin nahm die Lampe aus dem Briefkasten und inspizierte den Zaun.

– Man hat nichts draufgeschrieben, sagte Lalix. Danach gukken Sie doch?

– Ja.

– Es war also nicht das erstemal?

– Nein. Fast alle Tage.

– Wer ist es denn?

– Ich weiß es nicht. Passen Sie auf, daß Sie nicht aufs Maul fallen, es ist glitschig.

– Sie sollten sich mal nachts in einer Ecke verstecken, um aufzupassen, und dem Kerl, wenn er erscheint, anständig eine vor den Latz zu knallen. Obendrein wüßten Sie auch noch, wer es ist.

– Passen Sie auf, daß Sie nicht ins Wasser plumpsen. So, da sind wir.

– Wo gehen Sie denn so schnell hin?

– Fenchelessenz, eine Karaffe Wasser und zwei Gläser holen.

– Ja und ich? Das ist doch meine Arbeit. Setzen Sie sich.

– Gut, sagte Cidrolin. Das elektrische Licht ist rechts.

– Ich weiß.

Cidrolin setzte sich. Die Glühbirnen auf dem Deck gingen an.

– Es fängt an kühl zu werden, sagte er zu Lalix, als sie mit der Fenchelessenz, einer Karaffe Wasser und einem Glas zu-

rückkam. Ich habe keine Lust, die ganze Nacht draußen zu bleiben.
– Decken Sie sich zu. Ziehen Sie noch einen Pulli drüber.
– Trinken Sie nicht?
– Ich verabscheue Fenchelessenz.
– Sie ist etwas aus der Mode gekommen, ich gebe es zu. Trinken Sie was anderes.
– Nein danke. Es geht auch so.
Sie sah ihm zu, wie er sich eingoß, und fuhr fort:
– Haben Sie wirklich nicht den Mut, die Nacht draußen zu verbringen, um diesem Arschloch eine Abreibung zu verpassen?
– Es ist nicht der Mut, der fehlt, aber ich ziehe es vor, zu schlafen.
– Und zu träumen.
– Richtig; und zu träumen.
– Na schön, wenn es so ist, dann werde ich es eben tun.
– Und Sie werden ihm die Abreibung verpassen? Vielleicht sind es mehrere.
– Haben Sie keinen Revolver? Einen Karabiner?
– Nein! Nein! Es sind keine Waffen an Bord.
In seiner Aufregung goß sich Cidrolin ein neues Glas Fenchelessenz ein.
– Sie trinken zuviel, bemerkte Lalix.
– Das sagen mir alle, sagte er.
Lalix fuhr fort:
– Ich werde mich verstecken, und wenn der Kerl oder die Kerle ihre Sprüche hinschmieren, werde ich huhu schreien, um ihnen Angst zu machen. Ich werde mir ein Bettuch über den Kopf hängen. Die werden sobald nicht mehr wiederkommen. Oder er wird nicht mehr wiederkommen. Ich bin der Meinung, daß es nur einer ist. Wer mag das wohl sein, der es so auf Sie abgesehen hat?

– Ich weiß nicht, sagte Cidrolin mit ferner Stimme. Ich habe nicht die geringste Ahnung.
– Es muß doch irgendeinen Grund geben, sagte Lalix.
– Ich hoffe, daß Sie nicht glauben, was da geschrieben steht. Ich bin kein Mörder. Nicht einmal ein Totschläger. Nichts. Ich war unschuldig. Ich habe zwei Jahre in Untersuchungshaft gesessen. Man hat schließlich festgestellt, daß ich unschuldig war. Ich glaubte, es wäre nun Schluß damit. Aber nein, da ist dieses Arschloch, wie Sie sagen, mit seinen Sgraffiti, wie ich sage; doch ich mag die Anstreicherei. Da ich nicht viel zu tun habe, ist es eine gute Beschäftigung für mich. Außerdem ist damit mein Zaun der am besten gepflegte vom ganzen Quai. Ich erzähle Ihnen das alles, aber im Grunde denke ich nicht daran. Es berührt mich nicht. Nicht sonderlich.
– Sind Sie nicht neugierig zu erfahren, wer dieser Kerl wohl sein mag?
– Nicht sonderlich.
– Sie sollten trotzdem einmal aufpassen.
Cidrolin sah aus, als denke er tief nach, dann sagte er schließlich nach einigen Augenblicken des Schweigens:
– Wäre es Ihnen lieber, daß ich die Nacht draußen verbringe?
– Wenn man auf einer Schlafpritsche Liebe macht, bemerkt Lalix, stößt sich der Kerl bestimmt immer den Kopf.
– Sie haben eigentlich keine schlechten Ideen.
Er stand auf, um eine Decke zu holen. Er nahm noch eine Flasche Rum, eine Taschenlampe und einen Besenstiel, die einzige Waffe, über die er außer gefährlichen Küchenmessern verfügte. So ausgerüstet, versteckte er sich, den Ratschlägen Lalix' folgend.
Er rief ihr zu:
– Löschen Sie die Lichter auf dem Deck!
Was sie tat.
Er kannte eine geeignete Ecke und ließ sich dort nieder, dann

wickelte er sich in eine Decke ein. Er trank einen kräftigen Schluck Rum und es dauerte nicht lange, bis er einschlief.
Pouscaillou zuckte zusammen, als Sthenes ihm ins Ohr sagte:
– Der Chef ist da.
Der neue Graf von Packzu ruhte sich im Schatten eines sehr belaubten Baumes aus. Er war in Gesellschaft der beiden Pferde, die links und rechts nach Leckereien suchten und die sehr gut auf sich selber aufpassen konnten. Der Herzog war seit mehreren Stunden zu einem Ausflug in die Natur aufgebrochen; er tauchte wieder auf und hielt einen beim Wirt ausgeliehenen Maulesel am Zügel, auf den er seine Geräte gepackt hatte.
– So, das wäre geschafft, rief er von weitem.
– Seid Ihr fertig? fragte Pouscaillou höflich, als der Herzog herangekommen war.
– Die Sache ist erledigt. Morgen begeben wir uns nach Montignac. Ein Junge hat mir etwas Interessantes von dort gemeldet. Und jetzt reiten wir nach Plazac zurück!
Er stieg auf Sthenes, auf Steph Pouscaillou, der den in der Herberge geliehenen Maulesel, auf den der Herzog seine Geräte gepackt hatte, am Halfter hielt.
Der Zug war schnell, und Sthenes nicht sehr zum Sprechen aufgelegt.
Der Herzog wunderte sich schließlich darüber.
– Na, mein guter Demo, sagte er zu ihm, wir sind heute gar nicht gesprächig.
– Um Euch die ganze Wahrheit zu sagen, sagte Sthenes, ich langweile mich etwas, so fern vom Geschloß, und oft frage ich mich, wann ich meinen Heimatstall wiedersehen werde, der mir eine Provinz und noch mehr bedeutet.
– Leider, sagte der Herzog, mußt du deine Melancholie noch lange ertragen. Ich habe keine Lust, mich dem Marschallsgericht in die Arme zu stürzen, und außerdem ist meine Arbeit in der Gegend hier noch nicht abgeschlossen.

– Es ist genau wie ich sagte, seufzte Sthenes, an eine Rückkehr ist so bald noch nicht zu denken.
– Was du hast, ist nichts anderes als Heimweh, sagte Steph, den die Schweigsamkeit seines Gefährten zur Geschwätzigkeit trieb.
– Heimweh? sagte Sthenes, das ist ein Wort, das ich nicht kenne.
– Es ist eine ganz neue Erfindung, sagte Steph in lehrhaftem Ton. Es kommt von Heimat und Weh. Es trifft also genau auf deinen Fall zu.
– Und du, sagte Sthenes, du hast die Logorrhöe.
– Logorrhöe, sagte Steph, das ist aber ein Wort, das ich nicht kenne.
– Das glaube ich gern, sagte Sthenes, ich habe es gerade erfunden. Es kommt von Logos und von …
– Ja, ja, schon gut, sagte Steph. Ich habe verstanden.
– Bist du sicher, daß du verstanden hast? sagte Sthenes.
Und die beiden Pferde fingen an sich herumzuzanken, bis sie in Plazac einritten. In der Herberge zur Goldenen Sonne, wo sich der Herzog unter dem Namen Hégault einquartiert hatte, leerte ein Geistlicher Humpen auf Humpen, während er mit dem Wirt über Politik redete. Beide waren sich über die Notwendigkeit von Reformen einig, aber sie waren etwas in Sorge über die Umwandlung der Generalstände in eine Konstituierende Versammlung und über die Entlassung Neckers.
– Wirt! rief Herr Hégault, als er den Schankraum betrat, in dem sich die beiden Bürger aufhielten, du würdest besser das Abendessen zubereiten, als über die Zeitgeschichte zu diskutieren. Mein Herr, fügte er an den Geistlichen gewandt hinzu, ich kenne Euch nicht.
Und an den Wirt gewandt:
– Ich habe großen Durst, und ich will kühlen Wein.
Sobald der Wirt im Keller verschwunden war, rief der Herzog:

– Ist es ein Zufall, Abbé, oder spioniert Ihr mir nach?
– Herr Herzog ...
– Herr Hégault.
– Wirklich? Muß ich ...
– Ihr sollt mich Herr Hégault nennen, sag ich Euch.
– Herr Hégault, ich bringe Euch gute Nachrichten.
– Das kann ich mir denken, aber das beweist doch nur, daß Ihr mein Versteck gefunden habt. Wie zum Teufel habt Ihr das angestellt?
– Ich könnte Euch mit einer frommen Lüge antworten ...
– Erlaßt Euch das.
– ... aber ich werde Euch die höchst einfache Erklärung geben: Der junge Graf von Packzu schrieb seiner Mama.
– Ach, der Schurke! Ach, der Verräter! Den werde ich ganz schön an den Ohren ziehen!
– Ihr könnt ihm doch nicht seine Sohnesliebe zum Vorwurf machen. Ich bitte Euch um Nachsicht, denn wir haben die des Königs für Euch erbeten.
– Wer denn: wir?
– Monsignore Biroton, der augenblicklich in der Konstituierenden Versammlung sitzt.
– Was ist denn das, die Konstituierende Versammlung?
– Der Name, den sich die Generalstände gerade gegeben haben. Eure Anwesenheit in Paris ist geboten. Der Abgeordnete des Amtsbezirks von Auge fehlt sehr in den Reihen des Adels, und Seine Majestät wird Euch für straffrei erklären; Ihr habt schließlich nichts anderes getan, als Eure Ehre gerächt, wenn ...
– Es gibt ein Wenn.
– Es ist nicht so schlimm: Wenn Ihr Euren Platz in der Konstituierenden Versammlung einnehmt.
– Zählt nicht auf mich: Im Augenblick habe ich andere Dinge im Kopf, oder wie man auch sagt: andere Katzen zu peitschen.
– Darf man wissen welche?

Der Wirt kam mit einigen Krügen kühlen Weins zurück.
– Laß uns, Wirt, sagte Herr Hégault zu ihm, du siehst doch, daß ich gerade beichte. Kehr an deinen Herd zurück und bereite uns ein tolles Abendessen zu: Ich lade den Herrn Abbé ein.
Der Wirt machte sich dünne, aber Pouscaillou kam herein. Er hatte die Pferde versorgt und die Geräte weggeräumt. Er rief:
– Herr Abbé!
Er sah sehr überrascht aus.
– Komm mal her, du Schurke, du Verräter! sagte Herr Hégault zu ihm. So darf ich dir also vertrauen? Ich werde dich durchwalken.
Er stand in dieser Absicht auf.
– Aber ich habe doch nichts Böses getan, sagte Pouscaillou und legte den Rückwärtsgang ein.
– Du hättest mich dem Marschallsgericht ausliefern können.
– Verstehe ich nicht. Ich habe nichts Böses getan.
– Du hast der Gräfin von Packzu geschrieben.
– Ja wie denn, Herr Herzog, ist das was Böses, wenn man seiner Mama schreibt?
– Und er nennt mich Herr Herzog!
Die pouscailloutischen Ohren waren schon nahe daran, in die herzöglichen Hände zu fallen, als Abbé Riphinte rief:
– Gnade, Herr Hégault. Gnade für diesen jungen Leviten! Ich möchte noch hinzufügen, daß die Gräfin sehr diskret war.
– Diese Eigenschaft zeichnet den Sohn nicht aus.
– Reden wir nicht mehr davon …
– Ich rede davon, erwiderte der Herzog.
– Reden wir nicht mehr davon, fuhr Abbé Riphinte herrisch fort, und kommen wir auf unsere Schafe zurück, die übrigens Katzen sind.

– Los, sagte Herr Hégault zu Pouscaillou, setz dich und labe dich an diesem Rotwein, aber wisse, daß ich Geheimniskrämerei hasse.
– Wenn es Geheimniskrämerei ist, meiner Mama zu schreiben, rief Pouscaillou in einer schönen Regung, dann werde ich es nicht mehr tun!
– Darüber unterhalten wir uns später noch, sagte Herr Hégault, und sich an Abbé Riphinte wendend: Was für Katzen? fragte er.
– Die, die Ihr peitscht, Herr Hégault.
– Ah, was das betrifft, da habe ich noch eine schöne Überraschung für Euch bereit! Aber erzählt mir doch von meiner Frau Russule.
Abbé Riphinte gab Nachricht von der Herzogin, ziemlich schlechte Nachricht, da sie einen Monat nach dem Totschlag von Packzu an Auszehrung gestorben war. Nachdem er diese traurige Erinnerung wachgerufen hatte, erhob sich der Abbé, um ein kurzes Gebet zu sprechen. Der Herzog und Pouscaillou schlossen: Amen.
Dann aßen sie reichlich zu Abend und da sie alle drei ziemlich müde waren, ging es, hoppla, ins Bett.

15

Cidrolin öffnete ein Auge: Es war noch nicht das Morgengrauen. Er öffnete beide Augen: Es war noch Nacht. Er zitterte, was ihn auf den Gedanken brachte, einen Schluck Rum zu trinken, dann schaute er in Richtung auf den Quai: menschenleer, was die Fußgänger betraf. Manchmal fuhr ganz schnell ein Ouagen über die Fahrbahn. Nach einiger Zeit stellte Cidrolin fest, daß die Dunkelheit, wenn Leute auf dem Bürgersteig wären, ihm nicht erlauben würde, sie zu sehen. Er zitterte von neuem und trank noch einen Schluck Rum.

Er stand sachte auf und ging still auf den Zaun zu; er knipste plötzlich seine Taschenlampe an, mit der er die Dunkelheit niedersäbelte. Niemand fand sich in der Lichtbahn. Er ging hinaus, um nachzusehen, ob der feige Anonymus noch nicht vorbeigekommen war oder in dieser Nacht vielleicht nicht vorbeikäme.

– Schade, murmelte er, ich hätte mich ins Bett legen können.

Er kehrte wieder um und glaubte, auf dem Bürgersteig des fertigen, aber noch nicht bewohnten Hauses jemanden gehen zu sehen. Er richtete seine Taschenlampe in diese Richtung, aber sie war viel zu schwach, um die erratene Silhouette anzuleuchten. Die Scheinwerfer eines Ouagens taten das besser, und Cidrolin konnte sehen, daß diese Silhouette nichts war, was ihn zu interessieren vermochte.

Er schaltete die Taschenlampe aus und machte ein paar Schritte.

– Eigentlich, sagte er halblaut, könnte ich einmal nachsehen, wie das Campingcamp für Camper mitten in der Nacht aussieht ... fast im Morgengrauen ...

Er wartete ein wenig, aber kein Passant zeigte sich. Er inspizierte die Horizonte, aber da war wirklich kein Passant. Er setzte also seinen Weg fort und kam bald an seinen Bestimmungsort. Still und ruhig schlief dieses Völkchen, die einen in ihren Wohnwagen, die andern im Zelt, andere vielleicht gar in einem Schlafsack, nicht unter freiem Himmel, denn der Himmel war bedeckt, aber mit der Natur vorlieb nehmend.

Bald fing der Himmel an, sich zu ergießen, und herbstlich, kühl und dicht begann der Regen zu fallen.

– Scheiße, sagte Cidrolin, ich werde klatschnaß werden.

– Dann stellen Sie sich doch unter, Monsieur.

Es war der Wächter des Campingcamps für Camper, der gerade diesen ehrbaren Vorschlag gemacht hatte.

Cidrolin zuckte zusammen.

Der Wächter fuhr fort:

– Ich habe wie Sie einen kleinen, nächtlichen Spaziergang gemacht, aber da es so regnet, gehe ich rein. Sie werden, wie Sie vorhin in den Bart murmelten, klatschnaß werden.
– Sie sind sehr liebenswürdig, sagte Cidrolin, der dem Wächter in seine Hütte folgte.
Der Wächter zündete eine Nachtlampe an und bedeutete Cidrolin durch ein Zeichen, sich hinzusetzen. Er begann, sich eine Pfeife zu stopfen und stieß dabei zerstreut Worte aus von der Art:
– Der Herbst ist da, es entvölkert sich langsam, bald sind nur noch die Wohnwagen-Besessenen und die Fans des Auf-dem-Boden-Schlafens da, dann sagte er plötzlich, nachdem es ihm gelungen war, einen Teil seines Tabaks in Glut zu verwandeln:
– Wissen Sie, daß ich Sie kenne? Jede zweite Woche habe ich Tagdienst. Ich sehe Sie, Sie kommen her, um sich meine Kunden anzugucken, Sie gucken sie an, als ob es ein Zoo wäre. Ich frage mich, was Sie da Merkwürdiges zu gucken finden. Sie können mir glauben, es ist nicht sehr interessant. Ich gucke Sie auch an und ich denke, denn ich denke, Monsieur, ich denke: Sieh an, das ist einer, der nicht viel zu tun hat im Leben. Wenn ich hierher komme, sehe ich Sie auf Ihrem Kahn im Liegestuhl liegen und ratzen, und ich denke, Sie werden jetzt glauben, Monsieur, daß ich damit zu verstehen geben will, daß ich unaufhörlich denke, und doch ist es wahr, ich denke gewiß mehr als der Durchschnitt der Leute, ich denke: Sieh mal an, da ist einer, der nicht viel zu tun hat in diesem Dasein. Oder aber Sie sitzen vor einem kleinen Tisch auf Deck und zischen Fenchelessenz, darauf denke ich, Sie werden glauben, daß ich übertreibe, aber ich muß Ihnen gestehen, ich war vorhin zu bescheiden, es ist wirklich wahr, ich denke unaufhörlich, ich denke also: Das ist einer, der zuviel trinkt.
– Das hat man mir schon oft zum Vorwurf gemacht, sagte Cidrolin.

– Ihre Tochter zweifellos. Sie hat einen Omnibusler geheiratet. Ist sie glücklich?
– Ich weiß es nicht. Ich habe sie nicht wiedergesehen. Nur von weitem.
– Verblüfft es Sie nicht, daß ich so einfach Ihre kleine Familie kenne?
– Ich habe noch zwei andere Töchter.
– Man sieht sie nicht oft.
– Von Zeit zu Zeit.
Die Assimilierung dieses Faktums schien den Wächter nachdenklich zu stimmen.
Cidrolin fuhr fort:
– Und meine neue Haushälterin, wie finden Sie die?
– Ich habe sie nur so gesehen. Von weitem. Darauf habe ich gedacht ...
Der Wächter hatte sich unterbrochen.
Cidrolin bohrte weiter:
– Fürchten Sie nichts. Sagen Sie mir Ihren ganzen Gedanken.
Der Wächter schüttelte erschöpft den Kopf.
– Ich habe gedacht ...
– Was denn?
– Ach, Monsieur, wenn Sie wüßten, wie schwer das ist: zu denken. So wie ich Sie leben sehe, scheinen Sie unter dieser Qual nicht zu leiden, aber ich, Monsieur, ich sage es Ihnen noch einmal, ich setze unausgesetzt meinen Brägen in Funktion, selbst wenn ich aufs Klo gehe. Sie können sich das gar nicht vorstellen. Ist das vielleicht eine Welt!
– Und Sie träumen? fragte Cidrolin.
– Nie, Monsieur. Ich könnte gar nicht. Ich muß mich ja schließlich mal ausruhen.
– Ich träume viel, sagte Cidrolin. Es ist sehr interessant, zu träumen.
– Ich weiß nicht. Ich habe keine Meinung über die Sache.

– Der Traum geht zum Beispiel weiter. Man erinnert sich an einen Traum, und in der darauffolgenden Nacht versucht man, ihn weiterzuträumen. Damit es eine zusammenhängende Geschichte ergibt.
– Monsieur, Sie sprechen zu einem Tauben.
– Ich habe so in der Zeit Ludwigs des Heiligen gelebt ...
– Ah, der Sohn von Blanca de Castilla ...
– ... Ludwigs XI. ...
– ... der Mann im Käfig ...
– ... Ludwigs XIII. ...
– ... die drei Musketiere ...
– ... Ludwigs XVI. ...
– ... krack, das Fallbeil ...
– ... nein, nein, ich bin noch bei den ersten Tagen der Konstituierenden Versammlung. Wenn ich nicht diesen nächtlichen Spaziergang unternommen hätte, hätte ich vielleicht dem vierzehnten Juli beigewohnt.
– Monsieur, ich verstehe nichts von Ihren Worten.
– Soll ich Ihnen nicht meinen letzten Traum erzählen?
– Verzeihen Sie bitte, wenn ich mich entschuldige, aber ist es nicht unanständig, seine Träume zu erzählen?
– Genau das denkt meine Haushälterin. Sie denkt auch.
– Oh, Monsieur, ich hindere die andern nicht daran, wenn sie dazu fähig sind.
– Na? ... Und meine Haushälterin? ...
– Da Sie darauf bestehen, Monsieur, ich habe gedacht, und dieser Gedanke war eine Frage, ich weiß nicht, ob Sie das wissen, Monsieur, aber der Gedanke kann interrogativ sein, ich habe gedacht: Wo hat er denn dieses Frauenzimmer aufgetrieben?
– Auf dem Bürgersteig, der von der Bretagne nach Zanzebien oder in die Republik des Steinbocks führte.
– Sehr ferne Länder. Wenn ich recht verstehe ...

– Sie haben mich verstanden.
– Sie haben da eine gute Tat vollbracht.
– Sie dauert seit etwa vierundzwanzig Stunden.
– Wir werden ja sehen, was dabei herauskommt.
Der Wächter klopfte die Asche aus seiner Pfeife auf den Fußboden. Er fügte hinzu:
– Ich habe diesen Ausdruck nicht allein gefunden, aber er sagt genau, was er sagen will.
Cidrolin schaute durch die Fensterscheibe.
– Es regnet nicht mehr, sagte er. Ich werde nach Hause gehen. Vielen Dank für Ihren freundlichen Empfang.
– Keine Ursache, antwortete der Wächter und stopfte sich eine neue Pfeife. Verzeihen Sie bitte, wenn ich mich entschuldige, aber es ist vielleicht nicht nötig, daß ich Sie hinausbegleite.
– Nicht nötig, sagte Cidrolin, der aufgestanden war.
Auf der Türschwelle betrachtete er den Schlamm. Er sagte zu dem Wächter:
– Ihre Kunden sind sicher klatschnaß geworden.
– Die mögen das, sagte der Wächter und legte Feuer an den Tabak, den er in seiner Bruyère-Pfeife aus Saint-Claude im Jura, am Zusammenfluß des Tacon und der Bienne, dem Nebenfluß des Ain, untergebracht hatte.
– Glauben Sie, sagte Cidrolin zerstreut.
– Ich habe oft gedacht, und ich hoffe, Monsieur, Sie werden mir zugeben, daß ich das Verbum denken nicht unbesonnen gebrauche, ich habe oft gedacht, sage ich, daß, wenn sie nicht auf die eine oder andere Weise die Wetterunbilden liebten, Gewitter oder Hundstage, Platzregen oder Schirokkos, Frost oder Dunst, wenn sie das also nicht, fahre ich fort, liebten, sie dann in Grotten Camping machen würden, die die Natur für diese Tätigkeit angelegt zu haben scheint, da sie dort einen Unterschlupf finden würden, wo winters wie sommers, gar nicht zu

reden von den Zwischenjahreszeiten, Frühling und Herbst, wo also, möchte ich abschließend sagen, eine Temperatur herrscht, die immer gleichbleibt, was unsere prähistorischen Vorfahren weise genutzt haben, die, wie jeder weiß und Sie selber, Monsieur, gewiß nicht ignorieren, die, möchte ich als allerletzten Schluß hinzufügen, die also die Höhlen zu ihrer Lieblingswohnung gemacht haben.

– Über diesen Punkt sind nicht alle einer Meinung, sagte Cidrolin friedlich. Die Spezialisten behaupten jetzt, daß die prähistorischen Menschen keine ausgesprochenen Troglodyten waren.

– Sie sind sehr gelehrt.

– Oh, ich habe das in den Journalen gelesen.

– Die Bildung! Sehen Sie doch nur, was es mit der Bildung auf sich hat, Monsieur. Man lernt etwas in der Schule, man gibt sich sogar Mühe, viel Mühe, um etwas in der Schule zu lernen, und dann, zwanzig Jahre später oder sogar noch früher, ist es nicht mehr das, die Dinge haben sich geändert, man weiß nichts mehr, so daß es sich wirklich nicht gelohnt hat. Daher ziehe ich es vor, zu denken, anstatt zu lernen.

– Ich glaube, ich werde nach Hause gehen, sagte Cidrolin. Und die Tür schließend, fügte er hinzu:

– Und vielen Dank noch!

Draußen gähnte er und zitterte dann.

– Ich habe mir den Tod geholt, sagte er halblaut.

Die Tür der Hütte ging auf. Der Wächter schrie:

– Wie bitte?

– Ich werde mir einen Grog machen, schrie Cidrolin.

– Sie trinken zuviel, schrie der Wächter.

– Maulhalten! schrien in verschiedenen Sprachen verfehlte Troglodyten, die einen in ihrem Wohnwagen, die andern im Zelt, andere sogar im Schlafsack, diese letzteren sanft auf den Pfützen schwimmend, die sich gebildet hatten.

Cidrolin durchquerte mühsam das Dreckloch, das die Hütte des Wächters vom Ausgang trennte. Als er den Bürgersteig erreicht hatte, begann er ziemlich schnellen Schrittes zu marschieren, doch nicht schnell genug, um nicht einen neuen Platzregen über sich ergehen zu lassen. Vor der Arche angekommen, vergaß er nachzusehen, ob man den Zaun mit Sgraffiti besudelt hatte. Sich hie und da in den Schlamm legend, nahm er wieder Decke und Rumflasche an sich, die in dem Gebüsch geblieben waren, hinter das er sich gelegt hatte, doch den Besenstiel ließ er liegen.
Er zitterte immer mehr. Nachdem er siegreich die Stegplanke überquert hatte, schluckte er eine gewisse Anzahl Tabletten verschiedener Farben, wobei er Rumschlücke dazwischenschob. Er legte sich ins Bett. Draußen kündete sich das Morgenrot an.
Als er von der Messe zurückkam, fand Abbé Riphinte den Herzog vor, der ihn erwartete.
– Wir essen zu Mittag und brechen dann gleich auf, sagte der Herzog gebieterisch.
Der Abbé schaute nach der Sonne, die schon hoch überm Horizont stand, eine Julisonne.
– Habt Ihr Angst vor der Hitze? sagte der Herzog zu ihm. Nur keine Sorge: Wo ich Euch hinführe, ist es kühl. Zu Tisch.
– Und das heutige Vergnügungsprogramm? fragte Sthenes im Vorbeigehen Pouscaillou, der zum Mittagessen wetzte.
– Wir führen den Abbé spazieren, antwortete Pouscaillou, der in der Herberge verschwand.
– Ich hoffe, man wird ihn mir nicht auf den Rücken setzen, sagte Steph. Ich habe nämlich keine Lust, mich mit ihm zu unterhalten. Er ist ein Disputator wie kein zweiter: Er denkt immer nur daran, einen ins Unrecht zu setzen …
– Du kannst ihn ja in einen Graben fallen lassen, sagte Sthenes.

Steph schwieg und Sthenes auch.
Ein Sudelkoch, Stallknecht noch dazu, machte neben ihnen das gesattelte Maulpferd der Herberge fest. Sobald er weg war, sagte Sthenes zu Steph:
– Du siehst, daß es zu nichts führt, wenn du dir schon vorher schlimme Gedanken machst.
– Wer sagt dir denn, daß dieser Maulesel nicht für Pouscaillou bestimmt ist? Und ich bekomme den Pfarrer auf den Rücken gesetzt.
– Du gehst mir auf die Hufen, Kerl. Nimm doch das Leben, wie es kommt. Du hast immer noch Zeit genug zum Nörgeln.
– Trotzdem könnte ich hochgehen bei dem Gedanken, daß mich ein Priester besteigt. Man hat so seinen Stolz. Was willst du dagegen tun, du kennst mich ja, ich kann mich nicht anders machen.
Der Maulesel hörte ihnen voller Bewunderung zu; er sprach nur ein paar Worte provençalisch und wollte sich vor so galanten Beherrschern der Hochsprache nicht lächerlich machen.
Das Mittagessen war wohl recht frugal, denn kaum zwei Stunden später bestiegen der Herzog, der Page und der Abbé ihre Reittiere und, hoppla, schon ritten sie los.
Keine zwei Meilen weiter stiegen sie mitten auf dem Land ab. Die Pferde und der Maulesel wurden Packzu anvertraut, der sich unter einen Baum legte.
– Wir müssen jetzt zu Fuß gehen, sagte der Herzog.
– Was tragt Ihr denn da mit Euch? fragte der Abbé.
– Eine Laterne.
– Am hellen Tag?
– O ja, wir haben da ein kleines Geheimnis.
Verärgert, unterließ es der Abbé, sich nach dem eventuellen Gebrauch des Strickes zu erkundigen, den der Herzog ebenfalls mitnahm.
Sie gingen durch Felder, durch Wiesen, durch Wälder, durch

Weideland, durch Heide. Der Abbé war wenig geneigt, das Schauspiel der Natur zu genießen, wetterte gegen Jean-Jacques Rousseau, die Brennesseln und die Dornen, verstauchte sich an den Steinen, deren Zahl mit jedem Klafter zunahm, die Füße. Schließlich mußte man einen ziemlich steilen Hang hinaufklettern, und Abbé Riphinte, außer Atem gekommen, holte den Herzog keuchend vor einer Felsspalte ein.

– Und jetzt, Abbé, sagte der Herzog und verkniff sich nur mit Mühe das Lachen, werdet Ihr gleich sehen, was Ihr sehen werdet.

– Ach, Herr Herzog, sagte Riphinte süß-sauer, das ist ein Spaziergang, den ich gar nicht schätze.

– Gehen wir hinein, sagte der Herzog.

Der Abbé schaute um sich.

– Dort, sagte der Herzog und zeigte auf die Spalte.

Der Herzog beginnt, sich in den Fels einzufügen.

Der Abbé macht kehrt, Richtung Maulesel, dann Richtung Herberge zur Goldenen Sonne in Plazac.

– Heda, ruft ihm der Herzog nach, wollt Ihr wohl zurückkommen!

Der Abbé bleibt stehen. Er hört den Herzog laut lachen, sehr laut.

– Habt Ihr etwa Angst? ruft ihm der Herzog nach.

Der Abbé dreht sich um und sieht den Herzog halb im Felsen stecken. Er findet das Schauspiel eher lächerlich als entsetzlich. Er schreit nun ebenfalls:

– Herr Herzog, Ihr solltet lieber Euren Platz bei den Generalständen einnehmen, als im Périgord Albernheiten zu treiben.

Der Herzog lacht von neuem. Der Abbé berichtigt einen Punkt seiner Rede:

– In der Konstituierenden Versammlung, wollte ich sagen.

Er macht von neuem kehrt, Richtung Maulesel, dann Richtung Herberge zur Goldenen Sonne in Plazac; worauf der Herzog,

als er das sieht, sich aus seinem Felsen schält, die Laterne hinstellt und hinter dem Abbé herläuft. Obgleich schwerfällig, hat er keine Mühe, ihn einzuholen. Er packt ihn am Kragen und Hosenboden und bringt ihn an seinen Ausgangspunkt zurück. Nun stehen sie wieder vor der Spalte.
– Das einem Priester anzutun! sagte der Abbé ganz außer Atem. Ich bin nicht bereit, Euch zu verzeihen, Herr Herzog.
– Niemand hat uns gesehen, entgegnete der Herzog ruhig, und ich werde es niemandem erzählen. Los, geht hinein.
– Ihr wollt mich doch nicht töten? ruft Riphinte.
Der Herzog beginnt zu lachen.
– Daran hatte ich gar nicht gedacht, stammelte der Abbé. Das ist es. Er will mich töten! Er will mich töten!
Gutmütig fragt ihn der Herzog:
– Und warum zum Teufel sollte ich Euch umbringen wollen?
– Damit ich Euer Versteck nicht verrate.
– Na, na, nun beruhigt Euch mal, Riphinte. Darum handelt es sich überhaupt nicht. Lassen wir im Augenblick alle diese zeitgenössischen Geschichten beiseite. Denken wir nicht mehr dran. Riphinte, wir werden in die Vergangenheit hinabsteigen, wir werden sogar über Theologie plaudern. Folgt mir!
Der Herzog begann von neuem, sich in die Spalte einzufügen.
– Ist es etwa der Eingang zur Hölle? fragte der Abbé beunruhigt. Dabei weiß doch die moderne Theologie, daß die Hölle nicht intratellurisch ist, wie es unsere Vorfahren glaubten. Die niutonsche Physik hat uns erlaubt, diesen etwas materialistischen Aberglauben zu verwerfen. Was aber nicht bedeutet, daß die Hölle, Gott sei gelobt, nicht existiert!
– Haltet ein mit Eurem Sermon: Ihr habt es ganz und gar nicht erraten.
Es blieb nur noch ein herzoglicher Arm außerhalb des Felsens; er ergriff Riphinte und zog ihn hinter sich her. Riphinte verschwand.

– Haltet Euch an diesem Seil, sagte die Stimme des Herzogs, und geht furchtlos weiter.
– Ihr macht schöne Witze ...
Der Abbé ergreift das Seil und folgt dem Herzog, der die Laterne in der Hand hält, auf dem Fuße. Sie gehen schweigend dahin. In der dunklen Stille gehen sie dahin.
In der stillen Dunkelheit gehen sie weiter dahin.
Ohne Gleichschritt gehen sie dahin, das Seil schwankt und die Laterne auch, es herrscht immer noch Stille.
Es ist nicht die vollkommene Stille, denn da sind die Geräusche der Schritte, es ist nicht die vollkommene Dunkelheit, denn da ist dieses kleine Licht in der Hand des Führers.
Sie gehen still dahin.
Plötzlich:
– Herr Herzog ...
– Fürchtet Euch nicht, Abbé, Ihr seht ja, daß ich immer noch da bin.
– Herr Herzog, findet Ihr nicht, daß ich sehr mutig bin?
– He, Riphinte, sollten die Eingeweide der Erde Euch eitel machen?
– Eine läßliche Sünde, wenn ich sie mit der augenblicklichen Lage vergleiche. Ihr führt mich vielleicht in die Hölle oder in den Tod, und ich zucke nicht mit der Wimper. Ist das nicht großartig?
– Riphinte, das ist schon keine Eitelkeit mehr, das ist Stolz. Eine Todsünde, diesmal. Das hat schon manchen zu Fall gebracht.
– Wenn Ihr meine Verdienste anerkennen würdet, Herr Herzog, brauchte ich nicht darauf hinzuweisen.
– Darüber werden wir nachher noch reden, erwiderte Joachim.
Dieser rätselhafte Satz machte Riphinte einige Minuten lang schweigsam. Der Herzog geht schweigend dahin, das Seil schwankt, der Abbé folgt voller Vertrauen, es schwankt auch

das kleine Licht, das den Abbé schließlich neugierig macht, worauf er das Gespräch wieder ankurbelt:

– Sie ist sehr ausdauernd, Eure Lampe, Herr Herzog.

– Sehr.

– Man könnte meinen, das Licht, das sie gibt, sei kalt und ewig.

– Das ist es auch.

– Ihr spottet, Herr Herzog.

– Keineswegs.

– Mit Verlaub gesagt, ich glaube das nicht.

– Schaut her.

Der Herzog blieb stehen, drehte sich um und hielt dem Abbé die Laterne unter die Nase. In der grottesken Finsternis war nur noch sein Gesicht beleuchtet. Abbé Riphinte hatte schmale Lippen, eine große Nase, ganz schwarze Augen, sehr dichte Augenbrauen und eine Schafsstirn. Er schaute ganz aufmerksam und begriff nichts. Da er es nicht liebte, daß er nichts mehr zu antworten wußte, wagt er sich mit folgender Hypothese vor:

– Irgendeine moderne Erfindung?

– Ihr habt es noch nicht erraten.

– Eine Erfindung von Herrn Lavoisier? Von Herrn Volta? Von Abbé Nollet?

– Immer noch nicht erraten.

Riphinte geriet in Wut, daß er das Rätsel nicht zu lösen vermochte, und bedauerte sehr, dieses Gesprächsthema angeschnitten zu haben. Er schnitt eine kleine Grimasse und sagte:

– Ein Zeitvertreib.

– Ein Zeitvertreib, rief der Herzog von Auge, nicht doch, es ist das Licht der Weisen, das nie erlischt, letztes Geheimnis und huldvolles Geschenk Timoleo Timoleis.

– Ach, von dem …

Der Abbé zog sein Gesicht aus der beleuchteten Zone, um es in die Dunkelheit zu bringen, und hörte den Herzog lachen, der sich, nachdem er kehrtgemacht hatte, wieder in Gang setzte. Der Abbé beschloß, so gut es ging, den Mund nicht mehr aufzumachen. Das Lachen erstarb, und der dunkle Marsch ging weiter.

Selbst die dunklen Märsche haben ein Ende. Der Herzog sagte:

– Wir sind da.

Und er blieb stehen. Abbé Riphinte tat dasselbe.

– Was glaubt Ihr, wo wir sind? fragte derHerzog.

– In der Finsternis.

– Und was werden wir sehen?

– Nicht viel.

Abbé Riphinte war schlechter Laune. Der Herzog achtete nicht darauf. Er setzte seine Rede mit diesen feierlichen, empathisch gesprochenen Worten fort:

– In dieser Höhle lebten die Präadamiten.

Abbé Riphinte, angewidert, gab keinen Kommentar.

– Ihr glaubt mir nicht?

Abbé Riphinte, angewidert, würdigte ihn keiner Antwort.

Der Herzog brachte die Laterne an die Höhlenwand heran und sagte:

– Schaut her.

Abbé Riphinte, angewidert, wirft einen kurzen Blick hin.

– Seht Ihr?

– Ja, antwortet der Abbé widerwillig.

– Und was seht Ihr?

16

Abbé Riphinte antwortete, endgültig angewidert:

– Kinderzeichnungen.

– Bravo, Abbé! Die Präadamiten hatten die Reinheit von Kindern und zeichneten natürlich wie Kinder. Ihr habt es von selbst gesagt, Abbé, und es ist Wasser auf meine Mühle. Die Leute, die diese Zeichnungen gemacht haben, diese Bilder

– schaut her, hier ist Farbe – diese Gravuren – schaut her, da sind Einritzungen im Felsen – diese Leute haben vor der Erbsünde gelebt, sie waren wie jene Kinder, von denen Jesus im Evangelium spricht. Die Präadamiten sind also wirklich die Schöpfer dieser Zeichnungen, die der Beweis für ihre Existenz sind. Sie lebten in diesen Höhlen, in denen sie Schutz fanden vor den Erschütterungen, denen die Erde, ebenfalls noch jung, damals ausgesetzt war.

Der Herzog brachte die Laterne an das Gesicht Riphintes und fragte ihn, was er darauf zu antworten habe.

– Herr Herzog, sagte der Abbé in ironischem Ton, ich möchte Euch nur eine einzige Frage stellen.

– Stellt Eure einzige Frage.

– Wenn die Präadamiten in dieser Höhle lebten, wie stellten sie es an, sich hell zu machen? Besaßen sie schon das Licht der Weisen oder waren sie Nyktalopen?

– Sie hatten Katzenaugen, antwortete der Herzog. Das ist doch Wasser auf meine Mühle. Da sie das Licht der Weisen nicht besaßen, konnten sie also nur Katzenaugen haben.

Der Abbé, verärgert darüber, daß er dem Einwand, den er für unwiderlegbar hielt, gleich die Antwort mitgegeben hatte, fuhr dennoch fort:

– Und wie erklärt Ihr Euch, daß man nie davon gesprochen hat und am wenigsten im heiligen Buch?

– Ich bitte Euch um Verzeihung, Abbé. Und die Riesen, von denen die Genesis spricht, Kapitel sechs, Vers vier? Ah, ah, ich triumphiere auf der ganzen Linie.

– Dann haben sich Eurer Meinung nach vor Tausenden und aber Tausenden von Jahren Riesen mit Katzenaugen damit vergnügt, wie Kinder in einer Höhle im Périgord zu zeichnen?

– Ihr spottet, Abbé, aber Eure Niederlage ist vollkommen. Übrigens gibt es nicht nur eine Höhle, es gibt auch noch andere. Ich werde sie Euch zeigen.

– Sie müssen groß gewesen sein, diese Höhlen, damit Riesen darin Platz hatten.
– Seht her.
Der Herzog richtete das Licht zum Gewölbe, und das Licht verlor sich in der senkrechten Ferne, ohne das Gewölbe zu treffen. Der Herzog schickte das Licht in andere Richtungen und Abbé Riphinte konnte feststellen, daß er sich in einem ungeheuren und, wie ihm schien, grenzen- und schrankenlosen Saal befand.
Ein heiliges Frösteln packte ihn.
– Na, sagte der Herzog, ist das nicht ebenso schön wie Saint-Sulpice? Was diese Zeichnungen betrifft, so habt Ihr sie etwas vorschnell als Kinderzeichnungen gewertet. Seht Euch mal dieses Mammut an …, diesen Auerochsen …, dieses Pferd …, dieses Ren …, Greuze malt nicht besser.
– Wir müßten uns erst einmal verständigen, sagte Riphinte.
– Vorhin behauptetet Ihr, diese Riesen seien kindlich und rein, und jetzt sind sie auf einmal ebenso geschickt wie ein Akademiemitglied.
– Wenn, sagte der Herzog, die Kinder heutzutage nicht mehr so geschickt sind wie die Akademiemitglieder, so liegt das an Adam, seiner Rippe, seinem Apfel und seinem Sündenfall. Vorher …
Ein tiefer Seufzer beschwor die wunderbare präadamitische Einheit von Reinheit und Feinheit. Der Herzog ließ seine Laterne rundgehen und zeigte weiter.
– Seht … seht … diese kleinen, laufenden Pferde …, diese grasenden Rentiere …, diese heranstürmenden Auerochsen …, diese Mammuts, die man schreien zu hören glaubt.
– Zugegeben, das ist alles sehr merkwürdig.
– Ah, rief der Herzog zufrieden aus, Ihr seid ein aufrichtiger Mann.
– Ja, warum soll es eigentlich keine Malerriesen mit Katzen-

augen gegeben haben, wenn Ihr mir Adam und seinen Sündenfall zugesteht?

– Ich gestehe Euch nichts zu. Es war ganz einfach eine Stilfigur.

– Herr Herzog, ich frage mich, ob Ihr nicht unaufrichtig seid.

– Ihr habt die Existenz meiner Präadamiten anerkannt…

– Moment, Moment, ich habe ein Wenn hinzugefügt. Wenn Ihr mir zugesteht…

– Kein Handel! Ich gestehe Euch nichts zu, Abbé, und Ihr seid Propräadamit geworden. Übrigens werde ich Euch noch andere Beweise in anderen Höhlen zeigen. Kommt!

Als sie aus der Grotte heraus waren, rieb sich der Abbé die Augen, dann betrachtete er die Landschaft und sagte:

– Herr Herzog, wenn ich diesen Himmel sehe, diese Bäume, diese Gräser, diese Kieselsteine und diese Vögel, die fliegen, dann frage ich mich, durch welches Blendwerk ich getäuscht worden bin. Ich habe Eure Laterne sehr im Verdacht, daß sie eher eine Zauberlaterne als ein Licht der Weisen ist.

– Kommt, sagte der Herzog und nahm die Laterne an sich. Sie fanden Packzu, den Maulesel und die Pferde wieder, und von Rouffillac aus begaben sie sich nach Tayac, wo sie übernachteten, nachdem sie neue Grotten gesehen hatten. Am andern Tag setzten sie ihren Weg bis nach Montillac fort. Bei Montillac besichtigten sie das, was der Herzog die Sixtinische Kapelle der Präadamiten nannte. Sie kehrten zum Abendessen nach Plazac zurück.

Sie tranken dort kühlen Wein, während sie auf die Kohlsuppe mit Speck warteten. Der Abbé zeigte alle Zeichen eines aktiven Nachdenkens, und der Herzog, ein Lächeln unterdrückend, wodurch er eine komische Grimasse schnitt, genoß schweigend seinen Triumph. Beim dritten Glas Rotwein ergriff Abbé Riphinte das Wort und sagte:

– Das ist alles sehr verwirrend.

– Und die Verwirrung hat erst angefangen, sagte der Herzog von Auge. Wenn ich meine Entdeckung der Welt verkünden werde, wird die Kirche in ihren Grundfesten erzittern, und der Papst wird vor Angst schlottern. Wenn die Welt meine Entdeckung anerkennen wird, wird die Kirche zusammenstürzen, und der Papst wird Senfhändler werden, um seinen Lebensunterhalt zu verdienen.

– Herr, Herr, murmelte Abbé Riphinte, wo kommen wir noch hin?

Der Herzog hätte zweifellos auf diese Frage geantwortet, doch Packzu erschien, gefolgt von einem Reiter zu Fuß, aber in entsprechender Kleidung.

– Herr Herzog! rief Packzu, Herr …

– Wer hat dir denn erlaubt, mich zu unterbrechen? Ich habe zwar noch kein Wort gesagt, aber ich wollte gerade einen Satz anfangen, der für Abbé Riphinte im besonderen und für die geistliche Welt im allgemeinen von größtem Interesse ist.

– Neuigkeiten aus Paris, Herr Herzog, fährt Packzu fort, der sich nicht entschuldigt.

– Ja was liegt mir an den Neuigkeiten aus Paris! Die interessanten Neuigkeiten kommen jetzt von hier. Und von mir selber.

– Wahrlich, sagt Packzu frech. Man hat die Bastille gestürmt.

– Wer denn, man?

– Das Volk von Paris, antwortete der Reiter zu Fuß, aber in entsprechender Kleidung. Die Gefangenen sind befreit, und Seine Majestät hat Necker wieder zurückgerufen. Die Farben Frankreichs sind von nun an Blau, Weiß und Rot.

– Der Teufel hole diese Neuigkeiten, murmelte der Herzog.

– Niemand wird sich mehr für meine Präadamiten interessieren.

– Die Kirche ist gerettet, rief der Abbé und faltete die Hände zum Zeichen der Dankbarkeit.

Diese beiden letzteren Repliken schienen den Reiter zu Fuß, aber in entsprechender Kleidung, sehr zu überraschen. Er sagte:
– Meine Herren, obgleich Eure Worte dunkel sind, sehe ich, daß Ihr Leute von Stand seid. Gestattet, daß ich mich vorstelle: Ich bin der Sire de Ciry!
– Ja aber, sagte der Herzog, Ihr seid ja mein Schwiegersohn. Ich erkannte Euch nicht wieder. Man sieht sich so selten. Ihr bekommt einen Bauch. Und meine Tochter Pigranelle, hat sie oft einen bekommen?
– Sie ist unfruchtbar gestorben, antwortete der Sire de Ciry mit leicht angewidertem Gesicht.
– Die Arme, sagte der Herzog und fügte, sich an Abbé Riphinte wendend, hinzu: Abbé, Ihr könntet ein paar Gebete für sie sprechen, da sie noch eine Zeitlang gültig sein werden.
Und wieder auf Ciry zurückkommend:
– Warum seid Ihr eigentlich hier? Suchtet Ihr mich?
– Keineswegs. Ich wandere aus.
– Seid Ihr etwa ein Wandervogel?
– Ich habe nicht gesagt: ich wandere, sondern: ich wandere aus. Ich verlasse das Frankreich mit den neuen Brüstungen. Was da gerade vorgefallen ist, sagt mir überhaupt nichts, und das Volk von Paris scheint mir bereit, sich den Aristokraten gegenüber recht blutdürstig zu verhalten, ganz zu schweigen von den Bauern, die schon anfangen, unsere Schlösser zu verbrennen. Ich begebe mich auf Umwegen nach Bayonne, von wo ich mich nach England einschiffen werde.
– Warum nach England!
– Warum nicht?
Der Herzog wurde nachdenklich; schließlich sagte er:
– Genaugenommen, Ciry, ist das gar keine schlechte Idee, die Ihr da gehabt habt. Was mich betrifft, so werde ich mich nach Spanien begeben, wo mich ein sehr teurer Freund, Graf Altaviva y Altamira, aufnehmen wird.

– Ich, sagte der Abbé, kehre zu dem guten Pariser Volk zurück, das gerade die Kirche gerettet hat, ohne es zu wissen, was beweist, daß da ein Wunder geschehen ist.
– Und du? fragte der Herzog Pouscaillou, begleitest du mich?
– Ich? Ich gehe zu meiner Mama zurück. Ich will nicht, daß man ihr das Schloß überm Kopf anzündet.
– So ein Einfaltspinsel, rief der Herzog aus, hast du denn keine Lust, fremde Länder kennenzulernen?
– O doch, Herr Herzog.
– Na, siehst du. Ciry, wir brechen im Morgengrauen alle drei auf und überlassen den Abbé seinen Aufrührern. Apropos, wißt Ihr, wie es meinem trefflichen Freund Donatien geht? Ist er befreit worden?
Man brachte die Kohlsuppe. Und während sie zutraulich über die einen und die andern plauderten, aßen sie reichlich zu Abend, und da alle diese Aufregungen sie müde gemacht hatten, ging es, hoppla, ins Bett.
In aller Herrgottsfrühe steckte sich Cidrolin, obgleich er eine sehr starke Abneigung gegen diese widerwärtige Operation hatte, ein Thermometer in den Hintern, und nachdem er es vorsichtig wieder herausgezogen hatte, stellte er fest, daß er ein heftiges Quartanfieber hatte; übrigens hätte er dieses Manöver nicht nötig gehabt, um seinen Zustand zu erkennen, denn er fühlte sich hundeübel, aber da man zweifellos einen Mann der Kunst hinzuziehen würde, fürchtete er, daß dieser ihn ausschimpfe, wenn er ihm keine genaue Auskunft über seine thermische Gleichgewichtsstörung geben könne. Nach ziemlich langer Zeit, die er auf annähernd eine Stunde einschätzte, mußte Cidrolin pinkeln. Hustend, fröstelnd, kochend, stand er auf; stolpernd, schwankend, wankend, trat er aus seiner Kabine. Lalix erblickte ihn, wie er sich aufs Weze begab.
– Na, rief sie munter, stehen wir jetzt erst auf? Der Kaffee erwartet Sie!

Cidrolin gab keine Antwort.
Als er zurückkam, und sie ihn von neuem zum Verzehr seines Frühstücks aufforderte, gab er ebenfalls keine Antwort. Er kehrte in seine Kabine zurück. Nach einer neuen Stunde ungefähr klopfte es an seine Tür.
Er sagte herein und Lalix führte den Befehl aus.
– Fühlen Sie sich nicht wohl? fragte sie.
– Nicht sonderlich.
– Es ist meine Schuld. Sie haben sich heute nacht erkältet.
– Richtig.
– Vielleicht hat es sogar geregnet.
– In Strömen.
– Sie hätten reingehen sollen.
– Ich bin reingegangen.
– Zu spät.
– Ich habe niemanden gesehen.
– Ich hätte nichts sagen sollen.
– Lassen Sie nur.
– Sind Sie mir böse?
– Nein.
– So, so, dann geht es Ihnen also nicht gut?
– Nicht besonders.
– Ich werde einen Arzt holen.
– Tabletten würden vielleicht genügen. Ein Apotheker könnte Ihnen vernünftige Ratschläge geben.
Sie fuhr ihm an die Stirn.
– Sie haben aber ganz schön Fieber.
– Ich kenne sogar die Höhe: neununddreißig neun.
– Ich werde einen Arzt holen.
Sie verschwand sogleich.
Cidrolin zittert und döst.
Sie erschien sogleich wieder. Der Arzt fragt nach der Temperatur.

Cidrolin sagt, daß es so um die neununddreißig neun sind.
Der Arzt schreibt auf ein Stück Papier, dann verschwindet er.
Lalix erscheint wieder.
Cidrolin verleibt sich Arzneien ein.
Er schließt die Augen, träumt aber nicht.
Er trinkt heißes Zeug.
Im Nebel des Tees hört er Lalix, die zu ihm sagt:
– Sie hatten Monsieur Albert nicht gesagt, daß Sie eine Krankenpflegerin brauchen.
Sie lacht.
Cidrolin deutet ein blasses Lächeln an und schließt die Augen.
Der Herzog von Auge, der Sire de Ciry und der Graf von Packzu, familiär Pouscaillou genannt, nähern sich Bayonne.
Cidrolin öffnet ab und zu die Augen.
Ab und zu schluckt er Arzneien.
Er fühlt sich noch ganz schlaff und weich.
Was ihm am meisten zu schaffen macht, ist, aufs Weze zu gehen. Er begibt sich schwankend hin. Lalix will ihn stützen. Er lehnt ab. Sie sagt:
– Oh, ich weiß, wie das ist.
Cidrolin schämt sich im Augenblick, dann, als er gründlich erleichtert ist, denkt er nicht mehr daran.
Im Grunde ist es kein schlechtes Leben.
Er fragt sich, wie Lalix sich zurechtfindet, die doch ganz neu auf dem Kahn ist. Es sieht aus, als fände sie sich zurecht, darauf beruhigt sich Cidrolin wieder und schließt die Augen.
Es kommt vor, daß er einschläft.
In Bayonne trennen sich die drei Gefährten. Der Herzog von Auge und der Graf von Packzu, familiär Pouscaillou genannt, setzen ihren Weg nach Spanien fort. Schmuggler werden ihnen sicherlich helfen, über die Grenze zu kommen.
Cidrolin geht es besser. Durch die Schiffsluke dringt ein Sonnenstrahl. Es ist angenehm zu wissen, daß es gute Ärzte und

gute Arzneien gibt. Lalix bringt ihm so Zeug, das er heiß mit Tabletten trinken muß; es sind nicht die letzten, aber vielleicht die vorvorletzten.

Lalix sagt: – Es geht allmählich besser.

– Ich glaube.

Cidrolin ist vorsichtig in seinen Prognosen.

Der Monat Oktober geht seinem Ende entgegen. Alle Welt verkündet:

– Es ist ein ungewöhnlicher Herbst!

Das Thermometer, in die Dunkelheit der Atmosphäre gesteckt, zeigt eine fast sommerliche Temperatur an.

Cidrolin legt sich auf seinen Liegestuhl in die Sonne.

Und da kommen sie nun, um sich nach seinem Befinden zu erkundigen. Oh, das ist jetzt gut. Sie, die Töchter, sehen Lalix neugierig an. Sie sind nicht ungezogen zu ihr. Sie sehen auch ihren Vater neugierig an.

– Es sind wieder Inschriften auf Ihrem Zaun, sagt Lucet.

– Mußt du ihm denn unbedingt auf den Hammer gehen, sagt Sigismonde.

– Soll ich es sauber machen? schlägt Yoland vor.

– Du wirst deinen neuen Anzug beschmutzen, sagt Bertrande.

– Danke, sagt Cidrolin, ich mache es selber.

Lalix ist um Erfrischungen für die Kehlen der Damen und Herren gegangen.

Bertrande sagt zu Cidrolin:

– Du solltest ihr einen Tevau kaufen. Sie langweilt sich sonst, so allein mit dir. Vor allem am Abend.

– Das weißt du doch nicht, sagt Lucet zu Bertrande.

– Du bist dumm, sagt Sigismonde zu Lucet.

– Er hat vielleicht nicht unrecht, sagt Yoland zu Sigismonde.

– Nun laßt Papa mal in Ruhe, sagt Bertrande zu den drei andern, und zu Cidrolin:

– Glaube mir, kauf ihr einen Tevau.

Lalix kommt mit den Erfrischungen zurück, dann verduftet sie diskret.
Bertrande meint:
– Sie ist gut, die Kleine.
– Sie hat Klasse, sagt Lucet.
– Armleuchter, sagt Yoland, als ob du was davon verstündest.
– Du hast einen guten Fang gemacht, sagt Sigismonde zu Cidrolin.
– Jetzt, wo wir beruhigt sind, sagt Bertrande, können wir uns ja wieder zurückziehen.
Sie bleiben noch einige Zeit, um die Erfrischungen auszutrinken. Sie kommen auf den Tevau zurück. Bertrande bleibt hartnäckig:
– Kauf ihr einen. Das wird auch dich zerstreuen.
– Es bildet sogar, sagt Yoland.
Sie gehen so bald nicht weg, sie haben angefangen, vom Tevau zu sprechen.
Am andern Tag kommt Lamélie angewalzt.
– Bertrande hat mir gesagt, daß du krank bist. Es scheint aber vorbei zu sein. Wer hat dich denn gepflegt?
Mit einem leichten Kopfzeichen zeigt er auf Lalix, die das Deck scheuert.
– Sie ist gut, die Kleine, sagt Lamélie. Du hast es nicht schlecht getroffen.
Cidrolin setzt eine Miene auf, die sagen will: ja, vielleicht. Dann gebraucht er zwei Worte, um zu fragen:
– Und du?
– Du meinst: wies mir geht, die Ehe und alles?
– Ja.
– Mit Boubou ...
– Mit wem?
– Meinem Mann. Er hat acht Tage Urlaub gehabt. Wir haben eine Reise gemacht.

– Wohin?
– Ins Périgord. Nicht wegen der Trüffeln, wegen Tieferem: die prähistorischen Löcher. Wir haben sie alle besichtigt. Lascaux, Rouffignac, Les-Eyzies-de-Tayaz, Font-de-Gaume und das übrige. Die konnten verdammt gut zeichnen, die Paläolithiker. Ihre Pferde, ihre Mammuts, hm ... so! (Gebärde).
– Fälschungen.
– Was willst du damit sagen?
– Es sind alles Fälschungen.
– Oh, wenn es richtige Fälschungen wären, wüßte man es.
– Ich weiß es.
– Woher weißt du es?
– Tja, mein Kind.
– Hast du geträumt?
– Es war so ein Kerl aus dem achtzehnten Jahrhundert, der hat alles gemalt.
– Warum soll er denn alles gemalt haben?
– Um den Pfaffen einen zu spielen.
– Du machst Witze, Papa. Du träumst. Du würdest dir besser einen Tevau kaufen, das bildet.
– Ich weiß.
– Jetzt, wo ich beruhigt bin, werde ich mich zurückziehen.
Auf dem Quai macht Lamélie Zeichen, nicht um auf Wiedersehen zu sagen, sondern weil Zeichen auf dem Zaun sind. Lalix hat es gesehen; sie läßt den Schwabber los und nimmt Pinsel und Farbtopf.
Cidrolin legt sich in seinen Liegestuhl. Er sieht zu, wie Lalix die Böschung hinaufkrabbelt. Er schließt die Augen.
Er reitet neben seinem trefflichen Freund, dem Grafen Altaviva y Altamira. Packzu folgt. Geldgierige und royalistische Schmuggler haben sie für teures Geld über die grüne Grenze gebracht.
– Ihr hattet recht, Joachim, daß Ihr emigriert seid, sagte der

Graf in jenem ausgezeichneten Französisch, das jeder kultivierte Europäer damals sprach. Seht Euch doch, wenn ich so sagen darf, jene Nacht auf den vierten August an, die Aristokraten machen ständig Dummheiten.

– Ich stelle es keineswegs in Abrede, sagte der Herzog.

– Und womit wollt Ihr Euch die Zeit vertreiben, jetzt, da Ihr in Spanien seid, bis sich die Unruhen gelegt haben? Das Land ist sittenstreng, und außer den Stierkämpfen sehe ich keine Zerstreuung für Euch, Joachim.

– Ich werde malen.

– Das ist in der Tat ein angenehmes Vergnügen. Ich habe es noch nie für mich selber in Erwägung gezogen. Und wie ist Euch dieser Gedanke gekommen?

– Im Traum.

– Sagtet Ihr im Traum?

– Ich sagte wirklich: im Traum. Und in diesem Traum kam Phelise, die jüngste meiner Töchter, die, die idiotisch ist, aus Rom zurück und erzählte mir, daß sie dort die Sixtinische Kapelle gesehen habe, und ich sagte zu mir selber: und ich bin auch Maler.

– Und was werdet Ihr malen, Joachim? Bodegones? Blumen? Schlachten?

– Höhlen.

– Mit der Versuchung des heiligen Antonius?

– Nein! Ich male auf die Wände der Grotten.

– Aber Joachim, wer wird je Eure Werke sehen?

– Die Prähistoriker.

– Das ist ein Wort, das ich nicht kenne. Was bedeutet es?

– Ich werde es Euch später erklären. Sagt mal, kennt Ihr nicht irgendeinen Ort dieser Art, an dem ich mich üben könnte?

– Ich habe so was auf meinen Ländereien, antwortete Graf Altaviva y Altamira.

17

Der geheilte Cidrolin behielt sich von neuem die Malerarbeiten vor.
Er malte den letzten Pinselstrich, trat dann zwei Schritte zurück, damit er den nötigen Abstand bekam, um sein Werk zu betrachten. Diese Prüfung verschaffte ihm einige Befriedigung, und da hörte er sich anrufen. Er drehte sich um. Ein Ouagen, der einen Wohnouagen zog, hatte am Bürgersteig geparkt; kurz dahinter, in der zweiten Reihe, war ein anderer Ouagen stehengeblieben, der einen geschlossenen Pferdeouagen zog. Nach den Nummernschildern zu schließen, kam alles aus der Provinz. Der Fahrer des ersten Ouagens streckte den Kopf heraus, um zu fragen:
– Das Campingcamp für Camper, bitte.
– Ganz einfach. Geradeaus, fünfhundert Meter weiter.
Cidrolin fügte hinzu:
– Hören Sie, um diese Jahreszeit ist das bestimmt geschlossen.
– Ich werde trotzdem mal nachsehen. Danke.
Der andere zog den Kopf wieder in sein Gehäuse zurück und schaltete den Gang ein.
Bevor er abfuhr, rief er an die Adresse Cidrolins:
– Und ich bin auch Maler!
Cidrolin sah zu, wie er sich entfernte, gefolgt von dem Pferdeouagen. Er wartete eine kleine Viertelstunde, dann etwa zwanzig Minuten, um zu sehen, ob die Karawane nicht zufällig kehrtmachen würde, weil das Campingcamp für Camper geschlossen war. Als er nach einer Stunde nichts kommen sah, ging Cidrolin wieder die Böschung hinab und stellte Farbtopf und Pinsel weg. Lalix schälte Kartoffeln. Cidrolin fragt:
– Gibts Pommes frites?
– Nein, Schmelzkartoffeln.
– Ich mag lieber Frites.

– Es gibt aber Schmelzkartoffeln.
– Gut, sagte Cidrolin.
Er fügte hinzu:
– Ich mach mal einen Gang. Ich gehe zum Campingcamp für Camper. Da kommen noch Leute an.
– Das muß aber seltsam sein.
– Kanns wirklich keine Frites geben?
– So ein Tyrann. Es wird Frites geben.
– Ein paar etwas weich und die andern wie kleine Holzstücke.
– Und für mich, sagte Lalix, dazwischen.
– Vielleicht kann man auch halb Schmelzkartoffeln und halb Pommes frites machen, die einen auf die eine Art, die andern auf eine andere und ein Teil dazwischen.
Lalix gibt keine Antwort.
– Gut, sagt Cidrolin, ich geh mal nachsehen, was nebenan los ist.
Das Campingcamp für Camper ist ziemlich verlassen, aber es herrscht immer noch ein wenig Treiben. Cidrolin sieht nicht, was er suchte, aber er entdeckt es hundert Meter weiter. Die beiden Ouagen stehen am Bürgersteig; auf dem Bürgersteig diskutieren zwei Männer und zwei Frauen. Cidrolin nähert sich, er geht an der kleinen Gruppe vorbei, der Fahrer des vorderen Ouagens hat ihn nicht wiedererkannt. Cidrolin marschiert noch fünfzig Meter, dann macht er kehrt. Als er bei der Gruppe angekommen ist, sagt er zu dem, der ihn ausgefragt hatte:
– Es ist (Gebärde) dort hinten. Es hat den Anschein, als sei es noch geöffnet.
– Monsieur, sagt der andere, ich frage Sie nicht um Ihre Meinung.
– Sie haben mich aber vorhin darum gefragt, erwiderte Cidrolin, und ich war noch nicht fertig, sie Ihnen zu sagen.
Mit diesen Worten setzt Cidrolin seinen Weg fort.

– Monsieur, schreit man ihm nach.
Er bleibt stehen. Der andere holt ihn ein. Er sagt:
– Diese Dummköpfe wollen uns nicht aufnehmen, wegen der Pferde. Warum sollen meine Pferde nicht auch Camping machen?
Cidrolin antwortet nicht.
Der andere sagt:
– Finden Sie nicht auch?
Cidrolin sagt:
– Wir sind einander nicht vorgestellt worden.
– Das ist wahr.
Der Karawanenführer streckt ihm die Hand hin und sagt:
– Auge.
– Cidrolin, sagt Cidrolin.
Sie drücken sich die Hand. Auge fügt hinzu:
– Wie Sie sehen, bin ich geradeheraus. Wenn Sie Anstreicher sind, ich bin Herzog.
– Ich bin kein Anstreicher, sagt Cidrolin, ich bin Reeder. Ich besitze einen Schleppkahn und ein Boot.
– Ich wollte Sie nicht verärgern, sagte der Herzog. Es gibt keine dummen Berufe. Wie ich Sie vorhin schon informiert habe, bin auch ich Maler gewesen, was für einen Herzog vielleicht merkwürdig erscheinen mag, einen Herzog, der die Kreuzzüge mitgemacht hat. Ich war sogar Spezialist für Wandmalerei. Ungefähr in Ihrer Art, wenn man so will.
– Man will, sagt Cidrolin.
– Kommen Sie, ich werde Sie meiner Tochter vorstellen. Phelise, ich stelle dir Monsieur Cidrolin vor.
– Bäh, bäh, sagt Phelise.
– Und hier ist mein Trainer und Freund Packzu. Graf von Packzu.
– Cidrolin, sagt Cidrolin.
– Und seine Mama.

– Servus, sagt die Gräfin von Packzu.
– Ich werde Sie den Pferden ein andermal vorstellen, sagte der Herzog. Gut, jetzt, wo das Eis gebrochen ist und wir miteinander bekannt sind, zwar nicht intim, aber doch ausreichend, um auf gesellschaftlicher Ebene Kontakte anzuknüpfen, ziemlich oberflächliche Kontakte selbstverständlich, die aber, wer weiß, für den einen wie für die andern auf ich weiß noch nicht welchem Gebiet nützlich und fruchtbar sein werden, übrigens, Sie werden uns vielleicht, Monsieur Cidrolin, der Sie hier aus dem Viertel zu sein scheinen, einen anderen, nicht allzu weit vom Stadtzentrum entfernten Ort angeben können, wo meine Pferde, meine Tochter, Packzu, seine Mama und ich die Freuden des Campings mit den Vergnügungen der Hauptstadt verbinden könnten.
Der Herzog machte eine gebieterische Gebärde, um Cidrolin daran zu hindern, auf der Stelle zu antworten.
– In der Tat, fuhr er fort, wenn ich auch von hoher Abkunft bin, bin ich nichtsdestoweniger Provinzler, wie es mein Nummernschild anzeigt. Ich bin ein Landjunker, ein Edelmann-Farmer sogar, und ich ziehe die freie Luft den Badezimmern mit Weze der städtischen Hotels vor.
– Das ist eine Ansicht, die was für sich hat, sagte Cidrolin. Was die Desiderata betrifft, die Sie vor ein paar Augenblicken zum Ausdruck gebracht haben, so sehe ich keine Möglichkeit, sie zu befriedigen. Es gibt natürlich Pferdeställe im Viertel, Sie könnten dort Ihre Pferde in Pension geben.
– Nie, sagte der Herzog.
– Wie haben Sie es denn sonst gemacht?
– Es gibt kein sonst. Es sind meine Anfänge im Camping.
– Sie sind nicht sehr ermutigend.
– Monsieur Cidrolin, den ich noch wenig kenne, Sie werden mich doch nicht mutlos machen wollen. Aber fürchten Sie nichts, ich bin nicht mutlos zu machen.

– Sie geben also zu, daß Ihre Anfänge im Camping nicht ermutigend sind.
– Monsieur Cidrolin, den ich noch wenig kenne, sollten Sie etwa ein Räsonierer in der Art des Abbé Riphinte sein?
– Abbé Riphinte, sagt Cidrolin und zieht die Augenbrauen zusammen, Abbé Riphinte ... der Name sagt mir doch was ...
– Die Gazetten haben seinen Namen berühmt gemacht, sagte der Herzog. Er hat die Hälfte seiner Zeit unter der Erde verbracht.
– Ach, ich weiß Bescheid, sagte Cidrolin, der berühmte Prähistoriker.
– Mein ehemaliger Kaplan.
– Verflixt, sagt Cidrolin, hatten Sie die Mittel, sich einen Kaplan zu leisten?
– Das will ich meinen, sagte der Herzog. Ich habe ihn entlassen, wegen Atheismus. Atheismus meinerseits natürlich. Obgleich er selber ... na ja ... kommen wir zur augenblicklichen Lage zurück. Nun, Monsieur Cidrolin, wo könnte ich mich zwei Schritte vom Stadtzentrum entfernt in der Natur ergehen?
– Ich weiß auch nicht recht, sagte Cidrolin. Der Zugang zu den Parks ist Campern noch nicht erlaubt.
– Ach, machte der Herzog, wo ist die Zeit, da jede Herberge noch ihren eigenen Pferdestall hatte! Die Hotels haben jetzt nicht einmal Garagen.
– Es gibt welche, die haben welche, sagte Cidrolin.
– Ich hatte nicht unrecht, sagte der Herzog, Sie sind ein Räsonierer wie Abbé Riphinte.
Cidrolin maß dieser Frechheit keine Bedeutung bei und fragt, wenn es nicht indiskret ist, warum sich der Herzog mit diesen beiden Pferden belastet. Wären sie auf den normannischen Weiden denn nicht besser aufgehoben?
– Sie lieben die Stadt, sagte der Herzog. Von Zeit zu Zeit

haben sie das Bedürfnis, wieder mit dem Stadtleben Fühlung zu nehmen. Sie haben die Hauptstadt schon sehr lange nicht mehr gesehen … sie brennen darauf, durch die neuen Viertel zu laufen und die Sehenswürdigkeiten zu bewundern, jene wenigstens, die der Bewunderung wert sind.

– Das scheint mir alles nicht sehr einfach, sagte Cidrolin.

– Ich werde es vereinfachen, sagte der Herzog. Und da Sie nicht imstande sind, Monsieur Cidrolin, trotz Ihres offenkundig guten Willens, mir ein Campingcamp für Camperpferde anzugeben, werden wir unseren Weg fortsetzen und uns irgendwo in diesen Wäldchen niederlassen, die ich am Horizont erblicke.

– Das sind Orte für öffentliche Spaziergänge, sagte Cidrolin. Sehen Sie sich vor, da gibts Strafmandate.

– Ist mir wurscht, sagte der Herzog. Adieu, Monsieur. Und Ihr, auf gehts.

Der Herzog setzt sich ans Steuer des vordersten Ouagens; Packzu setzt sich neben ihn. Die Gräfin fährt den zweiten Ouagen; Phelise setzt sich neben sie. Alle fahren ab. Cidrolin erblickt den Kopf der Pferde. Sie sehen wie Pferde aus.

Er geht langsam nach Hause. Als er vor seiner Tür angekommen ist, schaut er zerstreut nach dem Haus, das man gerade fertig hochzieht; man arbeitet noch am Dach und am Keller. Auf der anderen Seite der Fahrbahn grüßt jemand Cidrolin, der geschickt die besagte überquert, ohne sich von einem Ouagen über- oder auch nur anfahren zu lassen.

– Sie werden mir vielleicht eine Auskunft geben können, sagt Cidrolin.

– Ich denke, sagt der Wächter, aber Sie sind vielleicht erstaunt, mich hier zu sehen. Man hat mir die Hausmeisterstelle angeboten. Ich schaue nach, ob es mir gefällt.

– Und es gefällt Ihnen?

– Ich denke. Sie haben mich zum Nachbarn.

– Um folgende Auskunft wollte ich Sie bitten.

– Ich höre zu, sagt der Wächter.
– Da sind Leute, die sind von Ihrem Campingterrain abgewiesen werden.
– Wir machen in ein paar Tagen zu.
– Es ist nicht das. Man hat sie nicht aufgenommen, weil sie zwei Pferde hatten.
– Zigeuner?
– Keineswegs. Ein Herzog, eine Gräfin, ein Graf und ein schwachsinniges Fräulein.
– Und zwei Pferde.
– Und zwei Pferde. In einem Pferdeouagen. Kennen Sie kein anderes Gelände für sie? Nicht zu weit vom Zentrum entfernt, weil die Pferde schon lange nicht mehr in der Hauptstadt gewesen sind und darauf brennen, durch die neuen Viertel zu laufen, um hier die Sehenswürdigkeiten zu bewundern, jene wenigstens, die der Bewunderung wert sind.
– Ist das ein Traum? fragte der Wächter.
– Denken Sie? fragte Cidrolin.
– Ach, Monsieur, sagte der Wächter lächelnd, ich sehe, daß Sie meine kleine, niedliche Sünde kennen. Nun ja! Ich denke. Wenn ich aufstehe, denke ich. Wenn ich zu Bett gehe, denke ich. In der Zwischenzeit, immer nur gedacht. Daher können Sie sich denken, daß ... Sie sehen, daß ich meine kleine Manie sogar den andern zuschreibe ... können Sie sich denken, daß ich nach einem langen Tag, der der Knetung meines Brägens geweiht war, Ruhe brauche. Ich lasse dann mein Gehirn ruhen, ich schlafe, ich träume nicht. Was Ihre Pferde im Pferdeouagen betrifft, die die Hauptstadt besichtigen wollen, so würde ich denken, da Sie mich um meine Meinung fragen, würde ich denken, daß Sie geträumt haben.
– Dann kennen Sie also keinen Campingplatz, wo man sie aufnehmen würde?
– Sie haben geträumt.

– Nicht allzu weit vom Zentrum entfernt.
– Sie träumten.
– Sie, der Herzog, die Ouagen, und das übrige.
– Sie träumen.
– Da sind sie, sagte Cidrolin.
Der Herzog bremste. Der Wächter wurde bleich, ging zwei Schritte zurück und verschwand.
– Ich schätze die experimentelle Methode nicht, sagte Cidrolin halblaut.
– Wie bitte? sagte ein Passant.
– Sie hatten recht! schrie der Herzog.
– Ein andermal, sagte Cidrolin zu dem Passanten, der sich verflüchtigte.
Cidrolin näherte sich dem Ouagenschlag.
– Sie sind voller Polypen, diese Wäldchen, sagte der Herzog. Es kotzt mich an.
Er streckte den Kopf heraus und betrachtete das Gebäude.
– Wohnen Sie da? fragte er.
– Nein, gegenüber, auf einem Kahn. Wollen Sie einen mit mir trinken?
– Wenn Sie mich so fragen …
– Dort drüben ist ein Parkplatz; nutzen Sie die Gelegenheit … Und kommen Sie mit, um meine Fenchelessenz zu probieren.
– Eh! Da sage ich nicht nein.
Die Karawane parkte ein wenig weiter, Cidrolin überquerte vorsichtig und geschickt die Fahrbahn und wartete vor dem Törchen auf seine Gäste.
Sie gingen die Böschung hinunter, Cidrolin führte den Zug an und wiederholte mehrere Male:
– Passen Sie auf, daß Sie nicht aufs Gesicht fallen.
Als sie über die Stegplanke über dem Schlamm gingen, wechselte er den Refrain:
– Passen Sie auf, daß Sie nicht ins Wasser fallen.

Die Gräfin sagte:
– Von weitem ist es schmuck, aber von nahem zum Kotzen.
– Das Wasser sieht etwas schmutzig aus, sagte Cidrolin, aber es stagniert nicht. Man riecht nicht immer zweimal die gleichen Abfälle. Ich stoße sie mit einem Stock weg, sie entfernen sich, schwimmen mit der Strömung. Zwischen dem Kahn und dem Ufer staut es sich natürlich und man riecht manchmal die gleichen.
– Die gleichen was? fragte der Herzog.
– Abfälle, antwortete Cidrolin.
Dann:
– Stoßen Sie sich nicht den Kopf. Hier ist die Kajüte oder das Wohnzimmer, wenn sie lieber wollen.
– Knorke, sagte die Gräfin.
Cidrolin rief:
– Lalix!
Eine Person von wahrscheinlich weiblichem Geschlecht erschien, bekleidet mit einer Korsarenhose und einem horizontal gestreiften weiß-blauen Trikot; auf dem Kopf eine Mütze mit Schiffsflagge, in der Hand hielt sie einen Schrubber.
– Servus, sagte die Gräfin zu ihr.
Die andern sagten nichts, außer Cidrolin, der sie bat, ziemlich schnell mit Gläsern, einer kleinen Karaffe Kranenwasser und der Flasche mit Fenchelessenz wieder zu erscheinen.
– Was für eine Marke? fragte der Herzog.
– Weißes Rössel, antwortete Cidrolin.
Als Lalix verschwunden war, kommentierte der Herzog seine Frage mit diesen Worten:
– Mir wäre natürlich die lieber, die ich mit dem Fenchel meiner Domänen nach dem Rezept Timoleis destillierte …
– Der Name sagt mir was, murmelte Cidrolin.
– Ein illustrer Alchimist. Illuster zumindest für die, die ihn kannten. Man erwähnt ihn kaum in den Biographien.

– Kannten Sie ihn?
– Sehr gut. Ich arbeitete unter ihm. Ich diente ihm als Helfer, ganz Herzog der ich bin. Sie sehen, daß ich keine Umstände mache, wenn es drauf ankommt.
– Entdeckten Sie den Stein der Weisen? Das Lebenselixier?
– Soll ich ganz offen sein? fragte der Herzog.
– Sie sollen, antwortete Cidrolin.
– Wir entdeckten überhaupt nichts dergleichen, antwortete der Herzog.
– Nur die Fenchelessenz? fragte Cidrolin.
– Wir werden uns mal diese hier reingießen, sagte die Gräfin.
– Bäh, bäh, sagte Phelise.
Lalix brachte geschickt ein großes, beladenes Tablett. Nachdem eingeschenkt war, setzte sie sich, ein Glas in der Hand. Cidrolin sagte zu den andern:
– Ich stelle Ihnen meine Braut vor.
Und zu Lalix:
– Herzog von Auge ... Graf von Packzu ... Madame ...
– Gräfin von Packzu, sagte die Gräfin von Packzu.
– Und Madesoiselle ...
– Madame ... sagte der Herzog. Madame de Malplaquet.
– Servus, sagte Lalix.
– Bäh, bäh, sagte Phelise.
– Na, fuhr der Herzog fort, sie ist nicht schlecht, Ihre Fenchelessenz.
– Überhaupt nicht miserabel, sagte Packzu.
– Nicht übel, sagte seine Mama.
Phelise brauchte ihre Wertschätzung nicht kundzutun, denn sie trank nur Wasser.
– Man müßte den Pferden zu trinken geben, sagte der Herzog.
– Ich gehe, sagte Packzu.

– Auf dem Deck an Backbord finden Sie einen Eimer, sagte Lalix.
– Sthenes und Steph fragen sich bestimmt, was aus uns geworden ist, sagte der Herzog.
– Setzen Sie sie immer über ihre Absichten in Kenntnis? fragte Cidrolin.
– Sie wollen es so, antwortete der Herzog.
– Ist es ein Zirkus? fragte Lalix Cidrolin.
– Ich weiß nicht, gab Cidrolin Lalix zur Antwort. Zumindest Camper. Man hat sie nicht auf den Platz gelassen, wegen der Pferde.
– Aus Prinzip? fragte Lalix, oder sind es besondere Gäule?
– Es sind brave Tiere, sagte der Herzog.
– Was tun wir jetzt, wo wir getrunken haben? fragte die Gräfin. Wandern wir ab?
Der Herzog gab keine Antwort und schaute zerstreut um sich; dann sagte er mit erloschener Stimme:
– So ein Kahn muß doch groß sein.

18

Joachim von Auge erwachte in bester Laune; er hatte einen tiefen, traumlosen Schlaf getan. Sobald er sich präsentabel fand, ging er an Deck; kein anderer Passagier des Kahns war schon aufgestanden. Er pinkelte in den Fluß und erfreute sich in seinem Herzen an dem lustigen Geplätscher des Strahls, der sich an der Oberfläche des Wassers brach. Am andern Ufer ließen sich Angler nieder. Morgensportler fuhren vorüber, die die Ruderstange bedienten. Der Herzog drehte sich um; Sthenes und Steph grasten die seltenen Leckerbissen ab, die oben auf der Böschung wuchsen. Auf dem Quai fuhren die Ouagen in einem eintönigen Gurren dicht gedrängt vorüber.
Der Herzog ging an Land zu seinen Pferden.

– Na, mein schöner Sthenes, wie fühlt ihr euch hier?
– Man müßte schon eine Ziege sein, um sich hier ganz wohl zu fühlen.
– Ihr werdet euch daran gewöhnen. Es wird eine Übung für euch sein.
– Bleiben wir lange hier?
– Ich weiß nicht, sagte der Herzog. Wir sind vielleicht angekommen.
– Steph und ich hätten einen flachen Aufenthalt vorgezogen.
– Eine richtige ebene Wiese, sagte Steph.
– Außerdem, fügte Sthenes hinzu, gibt es hier nicht viel zu vespern.
– Pouscaillou wird euch nachher Heu bringen.
– Wann? Pouscaillou ist doch ein Faulpelz. Sie sollten ihm einen anständigen Rüffel verpassen.
– Geduld, Geduld, mein schöner Sthenes. Lassen wir die Unschuldigen schlafen.
– Gut, sagte Sthenes. Und Sie, wie fühlen Sie sich an Bord dieses unbeweglichen Schiffes?
– Ich habe immer davon geträumt, auf einem Kahn zu wohnen, antwortete der Herzog. Ich bin keineswegs unzufrieden.
– Ich freue mich für Sie, sagte Sthenes. Wenn es nur etwas mehr Heu und Hafer gäbe ...
– Geduld, Geduld, mein guter Sthenes.
Lalix erschien an Deck.
– Kaffee? Tee? Schokolade? Fleischbrühe? rief sie dem Herzog zu.
Der Herzog kam zurück.
– Schwarzen Kaffee, antwortete er, mit gut gebutterten Toasten, echt englischer Marmelade, gut gebackenen Spiegeleiern und einer gebratenen Kaldaunenwurst.
Potztausend, Seefahrt macht hungrig!
Lalix verschwand ohne Kommentar.

Packzu erschien auf der Brücke.
– Die Pferde warten, sagte der Herzog sogleich zu ihm, ich hoffe, wir haben noch Heu- und Hafervorräte im Pferdeouagen.
– Wenn nicht, sagte Packzu und rieb sich die Augen, fahre ich zu Inno und besorge welche. Hat der Herr Herzog gut geschlafen?
– Wunderbar. Ich muß gestehen, daß ich über unsere Einschlagstelle nicht unzufrieden bin.
– Und mein Frühstück? Wo und wann habe ich ein Anrecht darauf?
– Gib erst mal Sthenes und Steph zu fressen. Es ist bestimmt noch soviel da, um ihnen über die Zeit zu helfen.
Pouscaillou verschwand in Richtung Pferdeouagen.
Madame von Packzu erschien an Deck.
– Schliefen Sie gut, Schwesterchen? fragte der Herzog.
– Servus, gibt ihm die Gräfin zur Antwort.
Phelise erschien. Sie küßte ihren Papa.
– Bäh, bäh, sagte sie.
Lalix ruft:
– Es ist angerichtet.
Man geht in die Kajüte zurück. Man setzt sich fröhlich hin. Packzu hat sich der Rotte bald beigesellt. Auf dem Tisch raucht fröhlich der heiße Kaffee. Es gibt Toaste, Nicht-Toaste, Marmelade, Schälchen mit Butter.
– Es gibt keine Spiegeleier, bemerkt der Herzog.
– Es gibt keine Spiegeleier, bestätigt Lalix.
– Gut, gut, sagt der Herzog obenhin.
Er hat schon sieben Toaste vertilgt, dazu die Fett- und Zuckerstoffe, die er drauf gehäufelt hatte.
– Ist Monsieur Cidrolin noch nicht aufgestanden? fragte der Herzog.
– Da ist er, antwortet Cidrolin und setzt sich an den Tisch.

– Ich habe sehr gut geschlafen, sagt der Herzog. Ich bin Ihnen sehr dankbar für Ihre Gastfreundschaft, obgleich sie ohne Kaldaunenwurst ist.
– Wir werden daran denken, sagte Cidrolin. Nicht wahr, Lalix?
– Es gibt keine Kaldaunenwurst, bestätigt Lalix. Und auch keine Spiegeleier.
– Und wie geht es den Pferden? fragt Cidrolin.
– Sie finden das Gelände etwas zu abschüssig, antwortet der Herzog. Sie sind nicht in Ziegenstimmung.
Obgleich man ihn nicht dazu aufgefordert hat, ergreift Pouscaillou folgendermaßen das Wort:
– Da wir gerade davon reden …
– Wovon reden? fragt der Herzog.
– Von den Pferden. Als ich das Heu aus dem Pferdeouagen holte, habe ich gesehen, daß man auf das Törchen von Monsieur Cidrolin Beleidigungen geschrieben hat.
– Betreffen sie mich? fragte der Herzog und zog die Augenbrauen zusammen.
– Lassen Sie, lassen Sie, sagte Cidrolin. Das ist für mich.
– Hat man etwas gegen Sie? fragte der Herzog.
– Das ist gut möglich. Seitdem ich hier wohne, übt sich jemand in Sgraffiti auf Törchen und Zaun. Ich überpinsele sie mit Farbe. Aber der andere hält sich dran.
– Wissen Sie, wer es ist?
– Nicht die geringste Ahnung.
– Haben Sie nie versucht, ihn auf frischer Tat zu erwischen?
– Ich habe mal eine Nacht auf der Lauer gelegen. Ich habe mir eine abweichende virale Bronchose geholt, das ist alles, was ich erwischt habe.
– Packzu! sagte der Herzog mit feierlicher Stimme. Das ist etwas für uns Ritter: wir werden unseren Gastgeber, Monsieur Cidrolin, von seinem Sgraffitomanen befreien.

– Wirklich, sagte Cidrolin, Sie sind zu liebenswürdig.
– Wir ertappen ihn in flagranti, fährt der Herzog fort, und hängen ihn an einen Baum des Boulevards.
– Ach, wissen Sie ... sagte Cidrolin. Wissen Sie ... da bekämen wir Unannehmlichkeiten.
– Warum denn?
– Unannehmlichkeiten mit der Polizei.
– Wie, rief der Herzog, haben Sie nicht das Recht der hohen und niederen Gerichtsbarkeit? Sind Sie nicht nach Gott alleiniger Herr an Bord Ihres Kahns?
– Ja, aber der Baum am Boulevard steht nicht auf meinem Kahn.
– Dann werfen wir den Delinquenten ins Wasser. Sorgfältig gefesselt.
– Ich fürchte, daß auch das ...
– Na, dann begnügen wir uns damit, ihm die Ohren abzuschneiden.
– Nein ... nein ...
– Dann nur ein paar Fußtritte in den Arsch?
– Gut ... im äußersten Falle ...
– Monsieur Cidrolin, rechnen Sie nicht mit mir für die Fußtritte in den Arsch. Nie werde ich die Sohle meiner Stiefel an dem Hintern eines Sgraffitomanen abnutzen. Das hieße doch, auf den Hund gekommen sein.
– Herr Herzog, Graf Packzu, Ihr Vorschlag bewegt mich sehr, aber ich bin bis zum heutigen Tag zurechtgekommen, da kanns auch weiterhin so gehen. Es ist ein fester Posten in meinem Budget: ein Topf Farbe pro Monat und wohl ein Pinsel pro Jahr. Außerdem ist es eine Zerstreuung für mich: was sollte ich sonst malen?
– Ich kenne noch ein paar Höhlen ... sagt der Herzog verträumt. Aber lassen wir das ...
Plötzlich schlug er heftig mit der Faust auf den Tisch und grölte:
– Wohlan! Packzu, lassen wir uns etwa verweichlichen? Gewiß

nicht! Was Monsieur Cidrolin auch immer erzählen mag, wir werden heute abend den Sgraffitomanen gefangennehmen und dann werden wir ja sehen.

– Bei Packzu, fangen wir ihn!

– Fangt ihn! ruft Madame von Packzu.

– Bäh, bäh, sagt Phelise.

Es geht recht laut zu.

– Unterdessen, sagt Cidrolin, werde ich mal ein bißchen anstreichen.

Er geht hinaus, gefolgt von Lalix. Lalix fragt:

– Wann gehen sie denn wieder?

– Wir haben nichts vereinbart.

– Soll ich ihnen morgen früh Kaldaunenwurst und Spiegeleier machen?

Cidrolin nimmt Farbtopf und Pinsel.

– Wenn es nicht allzu kompliziert ist, antwortet Cidrolin. Wir müssen uns herrschaftlich zeigen.

Cidrolin betritt die Stegplanke.

– Wenn wir verlobt sind, sagte Lalix, sollten wir uns da nicht duzen?

– Sich siezen klingt viel viel herrschaftlicher.

Lalix kehrt zu ihren Beschäftigungen zurück. Cidrolin geht an Sthenes und Steph vorbei. Er schaut ihnen in die Augen.

– Sie sehen wirklich intelligent aus, sagt er halblaut. Es fehlt ihnen nur das Wort.

– Es fehlt uns überhaupt nichts, sagt Sthenes. Scheiße, fügt er hinzu und stampft mit dem rechten Huf auf den Boden, dabei hat uns Joachim doch ausdrücklich ans Herz gelegt, den Mund nicht aufzumachen.

Cidrolin steht wieder auf dem Bürgersteig. Unterwegs hat er etwas Farbe verschüttet.

– Merkwürdig, murmelt er halblaut, es ist wirklich merkwürdig.

– Wie bitte?
Ein Passant bleibt stehen, um Cidrolin zu fragen.
– Merkwürdig. Ich sagte einfach: es ist wirklich merkwürdig.
– Und was ist wirklich merkwürdig?
Cidrolin fängt an, das Türchen zu tünchen.
– Ah, ah, antwortet er.
– Monsieur, ruft der Passant wütend, man erregt nicht einfach so die Neugierde der Leute: Sie machen sie gespannt und dann schweigen Sie. Nein, Monsieur, so was tut man nicht!
Er entfernt sich und schlägt Räder mit den Armen. Cidrolin gibt keinen Kommentar.
Dann hört er seinen Namen rufen. Es ist der Hausmeister des noch nicht ganz fertigen Gebäudes. Er steht vor der Tür, auf dem Bürgersteig von gegenüber. Cidrolin antwortet auf seinen Gruß und setzt seine Arbeit fort.
Dann erscheinen seine Gäste. Sie diskutieren über ihre Geschäfte. Packzu soll bei Inno Heu und Hafer kaufen, der Herzog wird den Palast der Alchimie besichtigen, die Damen werden sich die Modehäuser ansehen. Das ist das Programm für den Vormittag. Man will in der Stadt in einem Luxusrestaurant zu Mittag essen. Der Nachmittag ist der Betrachtung verschiedener Sehenswürdigkeiten gewidmet; eine Kinositzung ist ebenfalls vorgesehen. Abendessen in einem Luxusrestaurant; nicht im selben wie mittags. Man wird nicht sehr spät zurückkommen und dann den Sgraffitomanen fangen.
– Und die Pferde? fragt Cidrolin. Gehen die nicht spazieren?
– Morgen, antwortet der Herzog. Morgen. Wenn wir Ihren Mann gefangen haben.
– Und der Zusammenhang? fragte Cidrolin.
– Keiner, antwortet der Herzog.
Er macht ein bekümmertes Gesicht.
– Natürlich, murmelt er. Armer Sthenes, armer Steph. Auch sie möchten die Schönheiten der Hauptstadt bewundern. Sollte

ich ein Egoist werden? Monsieur Cidrolin, ich würde vor Scham erröten. Sie haben ein gutes Herz, Monsieur Cidrolin. Sie haben recht, ich kann nicht zulassen, daß zwei Freunde sich zu Tode langweilen, während ich mich amüsiere. Packzu, wir reiten zu Inno, ihr Frauen nehmt euren Ouagen. Packzu, hole Sthenes und Steph.

Nach vollbrachter Mission schneiden Sthenes und Steph eine Fresse.

– Mein guter Demo, sagt der Herzog.

Sthenes schmollt.

– Aber sieh doch, mein guter Demo, sagt der Herzog. Ich vergaß dich nicht. Wir wollten ein paar Worte mit Monsieur Cidrolin wechseln. Es ist nie die Rede davon gewesen, daß wir euch hier lassen, daß ihr nicht die Schönheiten der Hauptstadt mit uns bewundern dürft. Nicht wahr, Monsieur Cidrolin?

Bei der Betrachtung von Cidrolins Gesicht läßt sich leicht auf die corneillesche Situation schließen, in der er sich befindet; darf man ein Pferd belügen? Darf man seinen Gast Lügen strafen? Cidrolin findet eine elegante Lösung. Er sagt zu dem Herzog:

– Sie sprechen mit ihm, als ob es die Sprache der Menschen verstehen könnte. Hat man denn je ein Pferd gesehen, das spricht? Im Traum vielleicht. Oder in der Mythologie.

Der Herzog fand die Lösung nicht elegant. Er sagte:

– Was geht denn Sie das an, wie ich mit meinen Pferden spreche? Ich verlange von Ihnen nur eins: die Wahrheit! Und das heißt, daß ich dich nicht vergaß, mein guter Demo.

– Monsieur von Auge, sagte Cidrolin, so hören Sie denn diese Enthymeme, um nicht zu sagen diesen Sorites. Wenn dieses Pferd die menschliche Sprache versteht, ist es sehr intelligent. Wenn es intelligent ist, hat es bereits erraten, was los ist. Ferner, wenn es intelligent ist, ist es gut, und wenn es gut ist, wird es Nachsicht üben für eine Unbesonnenheit, die Sie begangen

haben, und eure Freundschaft wird dadurch nicht getrübt werden.
Und sich an Sthenes wendend, fügte Cidrolin hinzu:
– Nicht wahr, Sthenes?
Sthenes lächelte ein wenig traurig und warf den Kopf hoch.
– Braver Demo, sagte der Herzog.
Er setzt sich in den Sattel, das gleiche tut Packzu, und schon sind sie weg, die Frauen im Ouagen ebenfalls, nachdem sie den Anhänger abgekoppelt haben, es ist Phelise, die den Anhänger abgekoppelt hat. Cidrolin malt an seinem Zaun weiter. Der Hausmeister ist verschwunden.
Dann geht Lalix auf den Markt.
– Na, wie ist es? Soll ich Kaldaunenwurst kaufen?
– Wir wollen herrschaftlich sein, antwortet Cidrolin.
Lalix geht auf den Markt. Cidrolin beendet seine Malerei.
Nachdem er Farbtopf und Pinsel weggeräumt hat, legt er sich bis zum Mittagessen in die Kajüte. Es gibt Kaldaunenwurst zum Mittagessen. Nach dem Mittagessen geht er in seine Koje, um eine Siesta zu halten. Es ist fünfzehn Uhr zweiunddreißig Minuten, als er zu Lalix sagt:
– Ich hatte eine fast traumlose Siesta. Nur ein kleiner uninteressanter Traum. Soll ich ihn erzählen?
– Nein, antwortet Lalix.
– Es ist ein ganz kleiner.
– Ein Grund mehr. Außerdem gehe ich zum Friseur.
Sie kommt erst zum Abendessen zurück. Cidrolin ist nachsehen gegangen, was sich im Campingcamp fur Camper tut, und er hat feststellen können, daß es diesmal endgültig geschlossen ist. Er ist nach Hause gegangen. Bei hereinbrechender Nacht hat er seine Stange genommen und die in der Fahrrinne zwischen Kahn und Ufer sich stauenden Abfälle in den Hauptstrom getrieben. Dann hat er auf das Abendessen gewartet.

Es gibt Kaldaunenwurst zum Abendessen.
Nachher steckt sich Lalix eine Zigarette an und holt ein in einen grünen, in einer Kneipe gemopsten Filz gewickeltes Kartenspiel herbei. Sie legt sich eine Patience, das rechte Auge halb zugekniffen, wegen des Rauchs, der von der Kippe hochsteigt, die sie nicht losläßt. Sie macht die Kippe aus. Die Patience ist nicht gut aufgegangen. Lalix steckt sich eine andere Zigarette an und legt sich eine andere Patience. Cidrolin sieht ihr schweigend zu. Die zweite Patience ist nicht gut aufgegangen. Man fängt wieder von neuem an und so fort. Die Kippen häufen sich. Es ist bald dreiundzwanzig Uhr und sieben Minuten. Um dreiundzwanzig Uhr und sieben Minuten kommen die Gäste zurück und lassen sich in der Kajüte nieder. Lalix beendet ihre Patience, bevor sie den Fenchelsirup bringt.
– Wir müssen Kräfte sammeln für die Gefangennahme des Sgraffitomanen, sagt der Herzog fröhlich.
– Fühlen Sie sich wirklich verpflichtet ... sagt Cidrolin.
– Ttt, ttt, macht der Herzog. Keine Umstände. Wir machen eine Pause und dann ziehen wir auf Wache.
– Ich begleite Sie.
– Lassen Sie, lassen Sie. Ich und Packzu, wir schaukeln das schon allein.
– Servus, sagt die Gräfin.
Sie will damit sagen, daß sie schlafen geht.
– Bäh, bäh, sagt Phelise.
Sie will damit sagen, daß sie schlafen geht.
Sie gehen wirklich schlafen.
– Ist alles gut verlaufen? fragt Cidrolin den Herzog von Auge, der nicht aussieht, als sei er geneigt, schon auf Wache zu ziehen.
– Was denn?
– Ihr Abstecher in die Hauptstadt.
– Sthenes und Steph sind entzückt.

– Und Sie selbst? Und Monsieur Packzu?
– Wir haben schwierige Augenblicke gehabt. Die Hauptstadt hat sich sehr verändert.
– Ist es schon lange her, seit Sie zum letztenmal hier waren?
– Mehr als ein Jahrhundert, antwortet der Herzog ruhig. Packzu hüstelt.
– Ich will sagen, sehr lange, sagt der Herzog. Der Verkehr zum Beispiel: wir haben Unannehmlichkeiten mit dem Verkehr gehabt. Sthenes und Steph waren nicht an diesen Verkehr gewöhnt. Die Schutzleute haben uns ganze Haufen kleiner Prospekte gereicht, mit denen ich aber nichts anzufangen weiß. Er holte sie aus der Tasche und zerreißt sie in kleine Stücke.
– Als wir euren großen Turm besichtigt haben, hätte es beinahe Stunk gegeben, fährt der Herzog fort. Sthenes wollte bis zur dritten Etage, er hat sich mit der ersten begnügen müssen. Und bis dorthin zu kommen, war schon ein richtiges Drama. Zum Glück waren Leute da, die mit einem kinematographischen Apparat spielten, und durch sie ging dann alles klar; die Kinematographie machts eben möglich, aber trotzdem hat sich Sthenes mit der ersten begnügen müssen.
– Und der andere? fragte Cidrolin.
– Der andere wer?
– Der andere Gaul.
– Steph? Er wollte einfach nicht rauf. Ihm wird schwindlig.
– Es wäre vielleicht an der Zeit, daß Sie auf Wache gehen, sagte Lalix.
– Noch einen kleinen Schluck Fenchelessenz und wir rennen los, sagte der Herzog konziliant.
– Und das Restaurant? fragte Cidrolin.
– Es ging so, antwortete der Herzog. Was die einem vorsetzen, reicht gerade für einen kranken Vogel, und ihre Speisekarte verzeichnet keines von den Gerichten, auf die ich vorzeiten einst so versessen war, Nachtigallenpastete mit Safran, Roß-

kastanientorte mit Feldmausschmalz, Bär in Gelee mit Sonnenblumenkernen, und dazu Schnaps in Schalen.
Der Herzog trank sein Glas aus, dann gab er diese Bemerkung von sich:
– Am meisten an der Fenchelessenz gefällt mir, daß es kein anderes Wort gibt, das sich darauf reimt, auf Essenz.
– Es sei denn, man nimmt ein lateinisches Wort, sagt Lalix.
– Dazu hat man kein Recht, erwidert der Herzog.
– Sind Sie auch Dichter? fragte Cidrolin.
– Eh, eh, sagte der Herzog, es kommt vor, daß ich ein Liedchen bossele.
– Das erste, was ich höre, sagte Packzu.
Nachdem er so aus seinem respektvollen Schweigen herausgetreten war, tanzte er am andern Ende des Zimmers Walzer und warf dabei Gläser um. Während er sich aufrafft und dabei den Teil des Kopfes zwischen dem Ohr und dem Nacken reibt, spricht der Herzog, an Cidrolin gewandt, seinen Satz zu Ende:
– … aber vor allem bin ich Maler, wie Sie.
Dann ruft er:
– Ich denke grad dran: wenn wir auf die eine oder andere Art den Sgraffitor daran hindern, wieder anzufangen, was werden Sie dann zu malen haben? Sie werden sich ganz dumm und nutzlos fühlen.
– Ich werde mir was einfallen lassen, sagte Cidrolin. Ich werde mir was einfallen lassen.
– Na schön! Da die Würfel gefallen sind, andiamo, wie Timoleo Timolei sagen würde. Packzu, du bist mir ins Wort gefallen, aber ich verzeihe dir. Folge mir und wir werden Monsieur Cidrolin zeigen, was wir alles können. Tschao! Wiederum, wie Timoleo Timolei sagte.
Sie gehen hinaus.
– Warten Sie auf sie? fragt Lalix.
– Das würde sich passen, sagt Cidrolin.

Lalix drückt die Zigarette aus, versammelt die Karten zu einem Paket, das sie in den grünen Filz einwickelt. Sie steht auf und sagt:

– Was sind das eigentlich für Leute?

Cidrolin zuckt die Achseln. Er sagt:

– Das geht uns nichts an.

Lalix sagt:

– Das ist keine Antwort. Oder besser, das geht uns wohl was an.

Cidrolin sagt:

– Ich habe manchmal den Eindruck, daß ich sie im Traum schon gesehen habe.

– Das macht die Dinge nicht besser.

– Oh, es ist nur ein Eindruck.

– Es ist ja gut. Die Träume ... wissen Sie ...

Auf der Türschwelle sagt Lalix:

– Na, bleiben Sie hier, um auf sie zu warten?

– Ich muß, antwortet Cidrolin.

Lalix ist hinausgegangen.

Cidrolin breitet von neuem den grünen Filz aus und nimmt den Stoß Karten. Er legt sich eine Patience.

Lalix erscheint wieder.

– Und die Pferde? sagt sie.

– Was denn, die Pferde ...?

– Sie sind komisch, ihre Pferdegeschichten.

– Noch viel komischer als Sie denken, Lalix. Eines der beiden Pferde spricht. Ich habe es gehört.

– Und was sagt es?

– Es hat angefangen zu fluchen, aber ich bin nicht stehengeblieben, um zuzuhören.

– War es auch kein Traum?

– Oh, im Traum sind sprechende Pferde etwas ganz Gewöhnliches.

Lalix setzt sich wieder. Sie sagt:

– Ich bleibe noch bei Ihnen.
Sie nimmt die Karten und fragt: – Spielen wir?
– Das ist ein guter Gedanke, sagt Cidrolin ruhig.
Und sie spielten bis zum Morgengrauen.

19

Gegen Morgen gab es draußen ein großes Geschrei.
– Sie haben den Kerl geschnappt, sagte Lalix.
Cidrolin sagte nichts.
Das Geschrei, zu dem noch Beleidigungen, Schimpfwörter und mutmaßliche Flüche hinzukamen, vervielfältigte sich.
– Es ist Krawall im Puff, sagte Lalix.
Der Krach kam näher; schließlich ging die Tür auf. Ein Mann wurde auf den Tisch geworfen und Karten, Filz, Gläser, Flaschen, Aschenbecher flogen herunter. Nachdem der Herzog und Packzu dies getan hatten, schlossen sie sorgfältig die Tür hinter sich. Der Mann fand sein Gleichgewicht wieder, setzte sich aber sofort, da er hierzu von seinen beiden Fängern gezwungen und genötigt wurde.
– Da ist er, sagte der Herzog zufrieden. Wir haben gute Arbeit geleistet.
– Ich protestiere, grölte der geschnappte Mann. Das ist Raub! Erwachsenen-Napping! Zum Beistand! Zur Hilfe! Das ist ein Irrtum. Ein entsetzlicher Irrtum. Ich wollte die ertappen, die Ihren Zaun besudeln und dabei sind diese Individuen über mich hergefallen! Vielleicht sind sie die Schuldigen!
– Oh, so ein niederträchtiger Verleumder! rief der Herzog und versetzte ihm einen Schwinger.
– Alarm! Gemeinheit! Rückfall! Höchste Unkorrektheit! Hören Sie, Monsieur, Sie, die Sie mich kennen ...
Cidrolin sagte zum Herzog und seinem Stallknecht-Grafen-Akoluthen:

– Setzen Sie sich bitte, wir werden uns die Erklärungen des Herrn anhören, den ich in der Tat kenne.
Er wendet sich darauf an den Hausmeister und Ex-Wächter des Campingcamps für Camper:
– Monsieur, ich kenne Sie in der Tat vom Sehen, aber ich weiß Ihren Namen nicht.
– Louis-Antoine-Benoît-Albert-Léopold-Antoine-Nestor-Charles-Emile La Balance.
– Das ist sehr lang, sagt Cidrolin.
– Warum zweimal Antoine? fragt der Herzog.
– Einmal für meinen Vater und einmal für meinen Großvater. Was die Länge betrifft, so kürzt man gewöhnlich ab in La Balance dakapo.
– Hätten Sie nicht noch was Kürzeres? fragt Cidrolin.
– Man nennt mich gemeinhin Labal.
– Na, Monsieur Labal, fängt Cidrolin an.
– Lassen Sie Labal fallen, dann ist es noch kurzer.
– Na, Monsieur ...
– Mit welchem Recht verhören Sie mich eigentlich, Monsieur Cidrolin?
– Hauen Sie ihm eine runter, sagt der Herzog halblaut.
– Ich habe kein Recht dazu, sagt Cidrolin, und Sie haben das Recht, nicht zu antworten.
– Das wird er sich zunutze machen, bemerkt der Herzog beiseite gesprochen.
– Gut, sagt Labal. Unter diesen Umständen werde ich Ihnen meine Geschichte erzählen.
– Ah, ah, eine Geschichte, sagt der Herzog beiseite.
Labal schöpfte Atem, nahm einen Anlauf und sprach diese Worte:
– Der Name, den ich trag, meine Herren, hat mich einem merkwürdigen Schicksal geweiht. La Balance, die Waage also, ist, wie Sie sicherlich wissen, das Symbol der Gerechtigkeit,

und mein ganzes Leben lang habe ich mich bemüht, Gerechtigkeit auf Erden walten zu lassen, in dem Maße meiner schwachen Kräfte selbstverständlich. Wenn die Gesellschaft mir diesen prädestinatorischen Namen gegeben hat, hat mich andererseits die Natur mit einer besonders aktiven Gehirnmasse ausgestattet, und seit meiner frühesten Jugend habe ich bemerkt, daß die offizielle Gerechtigkeit nichts anderes ist als ein sinnloses Wort, und ich nahm mir fest vor, durch meinen persönlichen Einsatz die Schwächen der regulären Gerichte wettzumachen. Ich habe so drei- oder vierhundert Personen abgemurkst, die mir ungenügend bestraft schienen; wenn diese Zahl Sie erstaunt, so muß ich gestehen, daß ich mich nur für die schweren Fälle interessiere, und ich kenne nur eine einzige Berichtigung für Fehlurteile, die Todesstrafe. Beruhigen Sie sich, ich handele nur, nachdem ich lange über den Fall, der mich beschäftigt, nachgedacht habe. Das nämlich, meine Herren, unterscheidet mich von den gewöhnlichen Richtern: ich denke. Eine schwere Bürde, meine Herren, das Denken, eine Bürde, deren lastende Präsenz Sie vielleicht nicht zu tragen haben, aber ich will mich nicht bei diesem Thema aufhalten: ich habe mich neulich abends mit Monsieur Cidrolin darüber unterhalten. Wie dem auch sei, nachdem ich aus Gründen, die Sie nichts angehen und die Ihnen zu erklären zu weit führen würde, nachdem ich also, sagte ich, Nachtwächter des Campingcamps für Camper geworden bin, habe ich, wenn ich frühmorgens nach Hause ging, festgestellt, daß man häufig Beleidigungen auf den Zaun eines Terrains vor dem Kahn geschrieben hatte, an dessen Bord Sie sich augenblicklich befinden und auf dem ich selbst mich ebenfalls, aber gegen meinen Willen, befinde. Die Wiederholung des Vorgangs gab mir zu denken, und Sie werden sehen, daß es, wenn ich denken sage, kein sinnloses Wort ist, das ich gebrauche, gab mir also zu denken, sagte ich, daß der Urheber dieser Inschriften vielleicht ein

Freund der Gerechtigkeit gleich mir wäre, mit einem Wort, ein Konkurrent. Das hat mir mißfallen. Wenn alle Welt auf ihre Weise Gericht halten wollte, wo kämen wir da hin; nur ich allein bin dazu qualifiziert. Ich stellte also Nachforschungen an und erfuhr Ihren Verdruß, Monsieur Cidrolin, und die schwere Ungerechtigkeit, deren Opfer Sie geworden sind. Ein Unschuldiger saß zwei Jahre in Untersuchungshaft! Die ungerechte Verfolgung, deren Opfer Sie geworden sind, erschien mir daher um so bitterer. Da ich den Schweinehund entlarven wollte, der Sie mit seinem ungerechten Verdikt verfolgte, ließ ich mich als Hausmeister in dem Gebäude anstellen, das man auf der anderen Seite des Quais erbaut hat. Ich lag jede Nacht auf der Lauer, hatte aber nichts entdeckt. Vorhin erblickte ich zwei verdächtige Gestalten. Sie waren zu zweit, ich war nur allein. Trotzdem begab ich mich mutig an den Ort ihrer zweifellos gesetzeswidrigen Machenschaften. Es war der erste Fehlschlag meiner Karriere, denn Sie sehen mich jetzt hier in Ihren Händen. Was meine Unschuld hinsichtlich des Sgraffitos betrifft, so scheint sie mir durch die Tatsache, daß ich Träger eines wie auch immer gearteten Schreib-, Mal- oder Gravurmittels weder bin noch war, hinreichend bewiesen.

Er schwieg und man hörte darauf das ruhige Schnarchen des Herzogs von Auge, der gleich zu Beginn dieses Geschwätzes eingeschlafen war.

Cidrolin kratzte sich am Kopf. Er sah, daß Packzu nur döste, und fragte ihn, ob es wahr sei, daß ihr Beutemann keinerlei Schreib-, Mal- oder Gravurinstrumente bei sich trug.

Packzu, die Augen öffnend, antwortete:

– Der Mann sagt die Wahrheit.

– Der Angeklagte ist also unschuldig, folgerte Cidrolin.

– Das ist schnell gesagt.

– Ist das Fräulein nicht einverstanden? fragte Labal unverschämt.

– Nein, antwortete Lalix. Alles, was Sie erzählt haben, beweist a plus b, daß Sie der saublöde Gerechtigkeitsfanatiker, der verfehlte Judex, der Papa-Monte-Cristo, der Großmutter-Zorro, der Robinson Grusel, der kritzelnde Groller, der Mauerbeschimpfer, der Irre des Gesudels, kurz, mit einem Wort, der anticidrolinische patentierte Belämmerer sind.
– Mademoiselle, sagte Labal ruhig, erlauben Sie mir, Ihnen zu sagen, daß Sie wie eine dumme Kuh räsonieren, daß Sie nicht weiter sehen als bis zu Ihrer Nasenspitze und daß Sie mit Ihrer Gehirnmasse nichts Richtiges anzufangen wissen. Reflektieren Sie doch einen Augenblick; ich werde mich nicht des Wortes denken bedienen, das Sie vielleicht erschrecken könnte, ich bitte Sie nur zu reflektieren. Natürlich nicht wie ein Spiegel, was ganz und gar oberflächlich wäre, obgleich ich weiß, daß die jungen Damen eher daran gewöhnt sind …
– Läßt du ihn weitersprechen? sagt Lalix zu Cidrolin. An deiner Stelle würde ich ihm die Fresse vollhauen. Wenn der Herzog nicht schliefe, hätte er dieses Arschloch längst zum Schweigen gebracht.
– Aber er schläft, sagte Labal. Ich fahre fort: reflektieren Sie, Mademoiselle. Hätte ich Ihnen mein übrigens beispielhaftes Leben erzählt, wenn ich der Verantwortliche dieser ungerechten Verfolgung wäre? Das ist doch absurd! Lassen Sie sich überzeugen, Mademoiselle, daß ich hundertprozentig cidrolinophil bin.
Lalix gibt keine Antwort.
– Monsieur Labal, sagt Cidrolin, entschuldigen Sie bitte meine Gäste; sie haben geglaubt, das Rechte zu tun.
– Ich werde erhaben und großzügig sein, sagte Labal. Schwamm drüber.
– Das werden wir noch sehen, sagte Lalix.
– Servus, sagte die Gräfin, als sie in das Zimmer trat.
– Bäh, bäh, sagte Phelise.

– Erlauben Sie, daß ich mich zurückziehe? sagte Labal.
Er macht sich dünne.
– Ist das Frühstück noch nicht fertig? fragt Packzus Mama.
Sie fragt übrigens sehr liebenswürdig. Lalix braucht sich nicht zu ärgern. Die andere fügt hinzu:
– Wer war denn dieser Herr? Der, den man fassen wollte?
– Es war ein Irrtum, sagt Cidrolin.
Die Gräfin enthielt sich jeglichen Kommentars, um den Schlaf ihres Sohnes nicht zu stören, der nun ebenfalls eingeschlafen war; aber alle hatten die Augen weit offen, als der Duft der gegrillten Kaldaunenwurst, von Lalix hereingetragen, in ihre Nasenlöcher dringt.
– Angenehmes Erwachen, rief der Herzog aus. Saftige Erscheinung! Edler Lohn für die Ritter, die wir sind! Und unser Schurke? Wo ist er denn? Ich glaube zu verstehen, Monsieur Cidrolin, daß Sie ihn, trotz Ihrer guten Worte, in den Fluß geworfen haben, mit ein paar Bleibarren beschwert.
– Nein, sagte Cidrolin. Ich habe ihn laufen lassen.
– Soll mir ja keiner mehr kommen, sagte der Herzog empört, daß ich eine gute Tat begehe!
– Sie war schlecht, sagte Cidrolin ruhig. Dieser Mann hatte nichts mit den beleidigenden Inschriften zu tun.
– Cidrolin hat sich aufs Kreuz legen lassen, sagte Lalix.
– Ich zweifele nicht daran, sagte der Herzog, aber schließlich ist es mir wurscht. Ich lasse Sie Ihrer Malerei, Monsieur! Ich lasse Sie Ihrer Malerei!
Doch Cidrolin brauchte während des ganzen Tages den Zaun nicht wieder anzustreichen, und wie am Vortage sah er während des ganzen Tages seine Gäste nicht. Sie kamen erst nach dem Abendessen zurück.
Cidrolin spielte Karten mit Lalix. Lalix rauchte beim Kartenspiel.
Der Herzog und Packzu setzten sich neben sie und gossen sich

Fenchelessenz ein. Die Gräfin und Phelise waren spornstreichs in ihre Koje gegangen.

– Ist alles gut verlaufen? fragte Cidrolin höflich.

– Und Sie selber? fragte der Herzog munter. Die Kleckserei?

– Heute, nichts.

– Na, und wir, wir haben uns mit Architektur beschäftigt! Um seiner Mama eine Freude zu machen (Gebärde), besuchten wir alle Pfaffenbauten der Hauptstadt; und daran fehlt es nicht.

– Sollten Sie etwa antiklerikal sein, Herr Herzog? fragte Cidrolin.

– Leidenschaftlich! Aber nennen Sie mich doch nicht immer Herr Herzog. Jetzt, wo wir uns kennen, nennen Sie mich einfach Joachim.

– Warum sollte ich Sie Joachim nennen?

– Weil es mein Vorname ist.

– Es ist auch der meine. Aber ich bringe es nicht fertig, mich in der Gestalt eines andern anzureden!

– Der Gestalt eines andern Ichs, entgegnete der Herzog gutmütig. Da wir beide Joachims sind, nennen Sie mich doch Olinde, das ist mein zweiter Vorname.

– Meiner auch.

– Ich habe noch fünf andere: Anastase Cré ...

– ... pinien Hon ...

– ... orat Irénée Mé ...

– ... déric.

– Wenn das so ist, rief der Herzog ganz besonders gut gelaunt, kehren wir an unseren Ausgangspunkt zurück; nennen Sie mich Jo und ich werde Sie Cid nennen.

– Mir ist Cidrolin lieber, sagte Cidrolin.

– Also gut, Cidrolin, weil Cidrolin Sie wollen, aber dann duze ich dich.

– Ich habe nichts dagegen.

– Und du duzt mich auch, fügte der Herzog hinzu und goß sich einen kräftigen Schluck Fenchelessenz hinter die Binde.
– Jawohl, ich duze Sie.
– Na, Cidrolin, fuhr der Herzog in sehr lautem Ton fort, heute morgen gefilstema nicht, als das Morgenrot über die Flucht unseres Gefangenen fiel. Dafür, sagte ich zu mir, laß ich mir eine ganze Nacht lang das Hinterteil verfrieren, um meinem Gastgeber einen Gefallen zu erweisen, und dann benimmt sich der besagte Gastgeber wie eine verschämte, ratlose Mimose; aber wie Sthenes mir schon bedeutet hat, weißt du über die Sache besser Bescheid als ich und hast bestimmt gute Gründe gehabt, diese Person freizulassen, deren Gesicht mir nach wie vor nicht behagt. An deiner Stelle möchte ich ihn nicht in meiner Nachbarschaft haben. Und nun gute Nacht.
Nach diesem plötzlichen Abschluß stand er auf, was Packzu ebenfalls tat, aber Lalix intervenierte:
– Wer ist denn dieser Monsieur Sthenes, der diese Andeutung über ihn (Gebärde in Richtung auf Cidrolin) gemacht hat?
– Das ist kein Monsieur, das ist ein Pferd, antwortete Joachim.
– Und es macht Andeutungen?
– In dieser Hinsicht, fuhr Joachim fort, ohne sich um diese Frage zu kümmern, habe ich auch eine Bemerkung gemacht. Ich habe herausgekriegt, daß die Franzosen mit ihren Pferdewetten Alchimisten geworden sind.
Weder Lalix noch Cidrolin zuckten mit der Wimper; noch weniger Packzu.
– Ja, schloß der Herzog, sie hoffen alle, Gold aus den Pferden zu schlagen. Diesmal, guten Abend!
Er verschwand, erschien dann sogleich wieder.
– Diese meine Überlegung ist Ihnen zweifellos merkwürdig vorgekommen. Ich gebe zu, daß sie tatsächlich die Pferde scheu machen kann.

Er verschwand von neuem, und man hörte, wie sich sein Lachen entfernte, dann erlosch.

– Bleiben Sie noch ein wenig bei uns, sagte Lalix zu Packzu, der gezögert hatte, ebenfalls zu verschwinden.

– Ich kann nicht. Ich muß dem Herzog helfen, seine Stiefel auszuziehen.

– Er trägt doch gar keine Stiefel.

– Er trägt moralische Stiefel ...

– Tragen Ihre Pferde auch Stiefel?

– Moralische? Durchaus.

Ein lautes Gekreisch war zu hören.

– Hören Sie ihn? sagte Packzu. Er wird mich ausschimpfen.

Er verschwindet schnell.

– Dann, sagt Lalix, werde ich auch mal meine moralischen Stiefel ausziehen.

– Ich bleibe noch etwas, sagt Cidrolin.

Allein, legte er sich eine Patience. Dann löschte er das Licht. Während unablässig aufeinanderfolgender Minuten hörte man nur noch die nächtlichen Ouagen über den Boulevard dahinschleichen. Dann sind es Schreie, Gezeter, Flüche vielleicht. Die Tür zur Kajüte geht auf, Licht geht an. Labal wirft in den Raum den Mann, den er gerade dabei ertappt hat, wie er den Zaun mit beleidigenden Sgraffiti bedeckt. Der Mann setzt sich hin, schöpft wieder Atem, gießt sich ein Glas Fenchelessenz ein. Lalix läuft herbei, sie ist aufgestanden, sie hat einen Morgenrock angezogen. Die andern Passagiere des Kahns schlafen tief. Sie schlafen immer tief, seitdem sie nicht mehr träumen oder kaum noch.

Die herbeigelaufene Lalix sieht Cidrolin, der sich ein Glas Fenchelessenz eingießt. Labal hat sich hingesetzt, er macht ein sehr ernstes Gesicht und sagt nichts.

Lalix weiß nicht, was für eine Frage sie stellen soll.

Cidrolin trinkt sein Glas Fenchelessenz; er sagt zum Hausmeister:

– Ich hoffe, daß Sie sich nicht erkältet haben, während Sie auf mich warteten. Ihnen steht ein Glas Fenchelessenz zu.
Er sagt schwach lächelnd zu Lalix:
– Der Herr ist ein schlauer Spürhund.
Lalix setzt sich.
– Ich frage mich nur, sagte Labal, was Sie jetzt tun werden. Ich weiß zwar, daß es mich nichts angeht, aber da ich eine beträchtliche Verantwortung bei diesen neuen Ereignissen habe, werden Sie verstehen, daß ich mir und sogar auch Ihnen eine solche Frage stellen kann.
Da Cidrolin nicht antwortet, fuhr Labal fort:
– Eigentlich könnten Sie ja weitermachen wie bisher.
Er fügt hinzu:
– Ich werde nicht auf Sie aufpassen, nur keine Angst. Jetzt, da meine Mission beendet ist, werde ich meinen Hausmeisterposten aufgeben und das Viertel auf der Suche nach neuen Abenteuern verlassen.
Er wendet sich an Lalix und schließt:
– Ich will Monsieur Cidrolin nichts Böses, aber nach dem kleinen Zwischenfall von gestern war es ganz natürlich, daß ich versucht habe, meine Unschuld voll und ganz zu beweisen. Monsieur Cidrolin kann sich noch glücklich schätzen, daß ich ihn nicht abgemurkst habe, weil er sich über Gott, die Welt und mich lustig gemacht hat. Danke für die Fenchelessenz, ich trinke nie welche. Erlauben Sie jetzt, daß ich mich zurückziehe?
– Wir fordern Sie sogar dazu auf, sagt Lalix.
Er geht hinaus und schließt dabei sorgfältig die Tür der Kajüte hinter sich.
– Ich werde mich wieder hinlegen, sagt Lalix.
– Ganz recht, sagt Cidrolin. Guten Nachtschluß.
Lalix geht hinaus und schließt dabei sorgfältig die Tür der Kajüte hinter sich. Als der Herzog in aller Frühe nachsieht, ob

nicht zufällig schon das Frühstück zubereitet wird, findet er Cidrolin, der vor seinem Glas sitzt und döst.

– Hallo! ruft der Herzog. Schon auf oder noch nicht zu Bett? Schläft die Braut noch? Ist noch Kaldaunenwurst im Eisschrank? Das Wetter sieht nach Regen aus.

Packzu erscheint.

– Bereite das Frühstück zu, sagt der Herzog zu ihm. Ich habe großen Hunger.

– Und die Pferde, Herr Herzog?

– Stimmt.

Packzu kümmert sich um die Pferde. Der Herzog setzt sich Cidrolin gegenüber.

– Dann müssen wir also auf das Aufstehen der Braut warten. Was soll ich bis dahin zu mir nehmen? Auf jeden Fall keine Fenchelessenz. Um diese Zeit. Um so weniger, als ich sie nicht gut finde, obgleich es Weißes Rössel ist. Sie kann an meine nicht tippen, die ich nach dem Rezept meines Alchimisten Timoleo Timolei herstelle. Auch noch so ein Bezug zwischen Pferd und Alchimie. Die Rössalchimie. Ist es ein gutes Wort? Ich frage es mich. Ich habe bessere gemacht, vorzeiten ... früher ... einst ...

Er gähnte.

– Potztausend, Cid! Du bist heute morgen nicht gesprächig!

– Ich muß Ihnen eine Neuigkeit mitteilen.

– Duzen wir uns nicht mehr?

– ... dir mitteilen.

– Ich höre.

– Der Hausmeister von gegenüber hat den Kerl geschnappt, der meinen Zaun bekleckerte.

– Den richtigen?

– Den richtigen.

Der Herzog lachte sehr laut und lange, bevor er sagte:

– Na, dann hat er dich also erwischt?

– Ja.

– Was liegt schon dran!
– Das könnte noch kommen.
– Er wird dich nicht daran hindern, zu malen und neu zu malen, solange es dir Spaß macht.
– Es ist nicht er, der mir Sorgen macht.
– Sie steht heute morgen wohl nicht auf, sagt der Herzog.
– Ich weiß nicht, sagt Cidrolin.
– Wenn das so ist, sagt der Herzog, werde ich die Pferde spazierenführen, und wir werden in der Stadt frühstücken. In der ›Schiefen Sirene‹ zum Beispiel. Du kannst den beiden Weibern sagen, daß sie uns dort treffen sollen.
– Ich werde es nicht versäumen, sagt Cidrolin.
Der Herzog ging hinaus und warf dabei zerstreut die Tür der Kajüte hinter sich zu.

20

Cidrolin räumte in der Kajüte auf, dann ging er an Deck. Die Gräfin und Phelise erschienen, Kaldaunenwurst zu verzehren; entsprechend den Anweisungen des Herzogs wurden sie aufgefordert, sich zur ›Schiefen Sirene‹ zu begeben, und sie gehorchten sofort. Sie waren schon sechzehn Minuten weg, als Lalix erschien. Sie hatte ihren Koffer in der Hand.
– Adieu, sagte sie.
Sie stellte den Koffer ab und streckte Cidrolin die Hand hin. Dieser mußte daraus schließen, daß sie wegging, dann das Bedürfnis empfinden, dieser Entdeckung Ausdruck zu verleihen, denn er sagte:
– Gehen Sie?
– Wie Sie sehen.
– Haben Sie ernsthafte Gründe, zu gehen?
– Ich mag keine Deppen.
– Auf wen ist das gemünzt?

– Ich habe so an Ihnen gehangen. Ich glaubte, daß Sie verfolgt werden.
Sie begann zu heulen.
– So, so, sagte Cidrolin. Sind Sie mir böse?
– Ja, antwortete sie aufschluchzend. Sie haben sich über mich lustig gemacht.
– Ich habe mich über niemanden lustig gemacht. Ich hatte nur einen Zeitvertreib für mich gefunden. Einen Zeitvertreib, sonst nichts.
– Man muß schon meschugge sein, um so was zu tun.
– Immer noch besser, als in den Kneipen herumzuhocken.
– Außerdem trinken Sie zuviel.
– Bin ich je betrunken?
– Sie sind bestimmt mit Fenchelessenz durchtränkt, wenn Sie Ihr Zeug auf den Zaun kritzeln. Sich selber zu beschimpfen! Warum zeigen Sie nicht gleich Ihren Hintern, wenn Sie schon dabei sind?
– Das ist ganz und gar nicht meine Art, sagte Cidrolin. Ich glaube, Sie bringen die Dinge etwas durcheinander.
– Was bringe ich durcheinander? Wollen Sie jetzt noch anfangen zu diskutieren?
Sie begann von neuem zu weinen.
– Na, na, sagte Cidrolin. Ich werde sehr unglücklich sein, wenn ich Ihnen Kummer gemacht habe.
– Es ist höchste Zeit, daß Sie das sagen.
Sie tupfte die Feuchtigkeit ab, die über ihre Wange lief, dann schneuzte sie sich energisch.
– Ich gehe, fügte sie hinzu.
Sie nahm ihren Koffer.
– Was werden Sie tun? fragte Cidrolin. Zu Monsieur Albert zurückkehren? Arbeit suchen? Nach Hause fahren?
– Was kann Ihnen schon daran liegen, ich verschwinde sowieso aus Ihrem Leben!

Was sie gerade gesagt hatte, ließ sie so aufschluchzen, daß sie den Koffer wieder hinstellen mußte.

– Wenn Sie darüber so weinen müssen, sagte Cidrolin, dann verschwinden Sie doch nicht.

– Wenn das alles ist, was Ihnen zu sagen einfällt ...

Sie zog die Tränen hoch, nahm ihren Koffer wieder in die Hand, sagte Adieu und ging mit festem Schritt weg. Cidrolin sah ihr zu, wie sie die Böschung hinaufstieg, das Törchen am Zaun aufstieß. Sie entfernte sich.

In der Kneipe an der Ecke der Brücke machte sie halt, um einen Kaffee zu trinken. Auf der Terrasse übten Paare den Zungenkuß und befühlten sich, bevor sie an ihre Arbeit gingen. Dieses Schauspiel regte Lalix dazu an, ein paar neue Tränen laufen zu lassen, die sie diskret wegwischt. Im Innern bereiten Alchimisten mit Pfoten und Bleistiften ihre Pferdewette vor. Unter ihnen befand sich auch der Freund der Gerechtigkeit. Lalix trank schnell ihren Kaffee und brach auf.

An dem Bahnhof, an dem sie Monsieur Albert begegnet war, gab sie ihren Koffer auf der Gepäckaufbewahrung auf und ging einen zweiten Kaffee trinken, um mal kurz ein kleines bisserl ihre augenblickliche Lage in Augenschein zu nehmen. Sie saß auf der Terrasse eines Bierlokals, eines großen, mit einem Haufen Gäste und einem Haufen Kellnern und sogar mehreren Oberkellnern. Auf dem Bürgersteig ging ein Haufen Passanten vorüber; auf der Fahrbahn rollte ein Haufen Ouagen. Da war ein Zeitungsverkäufer, der laut schrie, und da war eine Alchimisten-Dame, die ein Glöckchen schwang und versuchte, Lotterielose zu verkaufen.

Lalix blieb eine gute Stunde, das heißt etwa eine und eine Viertelstunde dumm und verstört da sitzen; dann bezahlt sie plötzlich, nimmt einen Bus, steigt aus und geht in die Bar Biture, eine Bar, die so tut, als gleiche sie allen andern Bars. Sie setzt sich. Der Schankraum war leer: weder Gäste noch Wirt. Eine

offene Falltür scheint zu bedeuten, daß dieser letztere sich in seinem Keller beschäftigt, aber womit? Die Einsamkeit ausnutzend, weint Lalix sachte.
Plötzlich erscheint in Höhe des Fußbodens eine halb-kurze, halb-lange Mütze aus weichem Tuch mit einer schwarz-weißen Karierung: Lalix tupft sich mit einem schon ganz feuchten Taschentuch Guckäugelchen und Zinken ab, während sich die weiter oben ausführlich beschriebene Kopfbedeckung langsam über den Boden erhebt. Ein Kopf folgt, dann das übrige, von den Schultern bis zur Pantoffelsohle, halb-kurze, halb-lange Pantoffeln aus weichem Stoff mit schwarz-weißer Karierung. Als das Ganze die Falltür geschlossen hat, macht es eine Umdrehung von siebenunddreißig Grad, worauf es ein junges Mädchen erblickt, das verloren in einem Spiegel die Spiegelung einer Reproduktion des sterbenden Herkules von Samuel-Finley-Breese Morse betrachtet.
– Was wünschen Sie? fragt der Wirt. Hier werden alleinstehende Damen nicht bedient. Was glauben Sie denn?
– Ich warte auf Monsieur Albert, antwortet Lalix mit unterwürfiger Stimme.
– Albert, welcher Monsieur Albert? Glauben Sie vielleicht, daß ich alle meine Gäste beim Namen kenne?
Er wirft einen Blick in die Runde, um die Unermeßlichkeit der Sache anzuzeigen, eine Unermeßlichkeit, die sich aus der Feststellung der umgebenden Wüstenei folgern läßt. Lalix gibt nicht nach:
– Sie wissen genau, wen ich meine. Monsieur Albert, mein Gott, Monsieur Albert. Ich will ihn ja nicht fressen. Ich muß mit ihm reden. Ich werde auf ihn warten.
Onésiphore schiebt seine Mütze zurück und kratzt sich mit solcher Energie am Wirbel, daß sich schließlich die Kinnbacken bewegen und durch ihre Öffnung folgende Worte herauslassen:

– Also schön, wenn Monsieur Albert der ist, den Sie suchen, der ist im Knast.
– Das ist nicht wahr!
– Sehe ich aus wie ein Lügner?
Er setzt sich mit drohender Miene wieder die Mütze aufs Haupt.
– So ein Pech, murmelt Lalix.
– Monsieur Albert! Von der Sorte findest du massenweise, wenn du das suchst.
– Ich habe Vertrauen zu ihm.
Sie wird noch einmal zu weinen anfangen. Onésiphore beugt vor.
– Zieh Leine, zieh Leine, sagt er. Du wirst ihn sobald nicht mehr sehen, deinen Monsieur Albert. Sobald nicht. Los, zieh Leine ... zieh Leine ...
Mit tragischem Gesicht steht Lalix auf und geht hinaus, wobei sie sorgfältig die Tür hinter sich schließt, während der Wirt hinter seiner Theke in Tränen ausbricht.
Lalix geht ihren Weg, einen Weg, der keiner ist, da er nirgendwo hinführt, dabei ist sie nicht im Walde, aber Lalix geht aufs Geratewohl, es fehlt nicht viel und sie wird vom Winde verweht, denn die Winde wehn, es ist November, es regnet sogar, und Lalix setzt ihren Weg fort, unterm Regen, aber es schifft schließlich zu stark, und so bleibt Lalix stehen und stellt sich in einer Toreinfahrt unter und über ihr Gesicht tröpfeln Regenwassertropfen oder Tränen.
– Na, sagt die Gräfin, Sie sind ja klatschnaß geworden.
– Bäh, bäh, sagt Phelise.
Lalix sieht sie verstört an.
– Fühlen Sie sich nicht wohl? fragt die Gräfin. Sie glotzen uns an, als hätten wir Ihnen Bohnen verkauft, die nicht weich werden. Heda, erkennen Sie uns überhaupt?
– Guten Tag, Madame, sagt Lalix auf wenig kompromittierende Art.

– Servus, sagt die Gräfin.
– Bäh, bäh, sagt Phelise.
– Wir haben uns untergestellt, sagt die Gräfin, sobald es etwas weniger gießt, rennen wir zum Ouagen, der dort (Gebärde) an der Straßenecke steht. Sollen wir Sie mitnehmen? Wir treffen uns mit Jojo und Pousspousse zum Mittagessen. Essen Sie mit uns? Wir gehen in ein Super-Luxusrestaurant, da reichen drei Sterne nicht aus, um es im Baedeker anzuführen, da braucht man eine ganze Konstellation, Sie können sich also denken, daß man sich vor den Tellern nicht langweilen wird, nicht wahr, Phelise?
– Bäh, bäh, antwortet Phelise und zeigt ein Stück verspeichelte Zunge.
– Es regnet weniger, sagt die Gräfin. Gehen wir?
– Nein danke, Madame, murmelte Lalix.
– Los, keine Geschichten!
Sie zieht Lalix mit, und Phelise trottet hinterher.
– Aber wenn Sie mit uns hier zu Mittag essen, wer macht ihm denn dann seinen Fraß? fragt der Herzog, als sie sich im Super-Luxus-Konstellations-Restaurant getroffen haben.
– Ich mach ihn nie wieder, sagt Lalix. Ich nicht. Nie wieder. Ich gehe. Es ist aus zwischen uns.
Sie begann kläglich zu schluchzen.
– Nein, nein und nochmals nein! rief der Herzog. Sie werden uns doch nicht unser Mittagessen vermasseln wollen!
– Erzählen Sie uns, was Sie haben, murmelte Pouscaillou kühn.
– Ich mag die Bekloppten nicht, sagte Lalix durch ihre Tränen hindurch.
– Von wem reden Sie? fragte der Herzog.
– Von Cidrolin, antwortete Lalix plaudernd. Er hat nämlich …
– Wissen wir, wissen wir, sagte der Herzog gereizt. Und was noch?

– Das ist nicht normal, sagte Lalix.
Bei dieser Antwort lächelte der Herzog, der den Dialog mit diesen Worten fortsetzte:
– Haben Sie eine Schwäche für ihn?
– Ich hatte.
– Sie lieben ihn also.
– Ja, ich liebte ihn.
– Ist das normal?
Lalix schwieg überrascht.
Der Herzog fuhr fort:
– Ich wette, daß Sie ihn noch immer lieben.
Lalix gab keine Antwort.
– Ist es nicht so?
– Doch.
– Und ist das normal?
Lalix gab keine Erwiderung.
– Sehen Sie, sagte der Herzog. Nichts ist normal.
Er fügte hinzu:
– Los! Sie gehen nach dem Mittagessen wieder zurück zu Ihrem Cidrolin. Versprochen?
Lalix murmelte:
– Ja.
Der Herzog wandte sich an die Gräfin, um ihr zu sagen:
– Sehen Sie. Das ist doch gar nicht so schwierig.
Er klatschte in die Hände und rief:
– Wir fangen an mit Kaldaunenwurst, Oberkellner, wir machen weiter mit Kaldaunenwürstchen, und wir hören auf mit kaltem Pflaumenmus, Oberkellner. Das nennt man eine gut komponierte Mahlzeit. Und zum Teufel mit dem Kaviar und anderen Moskowitereien! Und Champagner!
Sie letzten sich also an Kaldaunenwurst, Kaldaunenwürstchen und kaltem Pflaumenmus, aber Lalix hatte es eilig, auf den Kahn zurückzukehren. Nach dem Kaffee zog sie sich diskret

zurück, während der Herzog sich eine neunte Flasche Champagner leistete.
Die beiden Pferde waren draußen an einem Halteverbotsschild angebunden. Passanten, die sie sahen, verwandelten sich für einige Augenblicke in Neugierige, dann kehrten sie zu ihrer eigentlichen Natur zurück. Eine kleine Gruppe Polizisten diskutierte lau. All das vermochte nicht, einen Auflauf zu bilden. Lalix hielt sich nicht auf, denn sie kannte Sthenes und Steph kaum. Nachdem sie sich ein Taxi genommen hatte, ließ sie sich vor der Kneipe an der Ecke des Quais absetzen, um dort Zigaretten zu kaufen. Einige Paare übten dort gewissenhaft den Zungenkuß, während Alchimisten darauf warteten, daß ein kleiner Apparat sie darüber belehre, ob ihr Kopfzerbrechen begründet war.
Lalix ging aus der Kneipe, setzte ihren Weg auf dem Quai-Boulevard fort und erblickte von weitem einen Auflauf, und als sie näher kam, erkannte sie Polizeiautos und Feuerwehrwagen.
– Scheiße, sagte sie halblaut. Was mag ihm denn jetzt wohl wieder passiert sein?
– Ein Haus im Rohbau ist eingestürzt, antwortete ein Passant, der aus der entgegengesetzten Richtung kam. Es war natürlich unbewohnt, da es immer noch im Rohbau war. Nur der Wächter war da. Man zieht ihn gerade aus den Trümmern. Interessiert Sie meine Rede?
– Mittelmäßig, antwortete Lalix.
– Sie sind recht anspruchsvoll, entgegnete der Passant, der sich angewidert entfernt.
Der Boulevard ist gesperrt.
– Ich wohne dort, sagte Lalix. Auf dem Kahn.
Man läßt sie durch. Es gibt keinen Cidrolin auf dem Kahn. Sie setzt sich in die Kajüte, zündet eine Zigarette an, faltet den grünen Filz auseinander, legt sich eine Patience. Cidrolin ist auf dem Quai unter den Neugierigen. Andere arbeiten: man räumt

die Fahrbahn, man versucht, den Hausmeister zu enttrümmern, man filmt für die Wochenschau und fürs Fernsehen. Da es anfängt Nacht zu werden, bringen Soldaten Scheinwerfer herbei. Es ist wirklich ganz dufte, aber die Scheinwerfer werden unnötig sein. Man zieht schließlich etwas unter den Trümmern hervor, die Leiche von La Balance in sehr schlechtem Zustand. Man läßt sie ebenso diskret wie schnell verschwinden. Die Fahrbahn ist frei, die Ouagen fahren wieder, die Neugierigen gehen sonst wohin zuschauen, die Passanten kommen von neuem vorbei: immer noch selten, denn sie sind jetzt nächtlich. Und die Polizisten, die Feuerwehrleute, die Soldaten entfernen sich in der Nacht.

Vor dem Törchen am Zaun sieht Cidrolin, wie sich nach und nach diese ganze Vermischtes-Aktivität auflöst. Als er sich umdreht, bemerkt er, daß an Bord des Kahns Licht brennt.

– Sieh an, sagt er halblaut, sollten meine Gäste schon zurück sein?

Kein Passant antwortete ihm.

Er ging die Böschung hinunter, über die Planke und trat in die Kajüte. Lalix drückte ihre Kippe im schon vollen Aschenbecher aus und lächelte ihn an.

– Na, klappts mit der Patience? fragte Cidrolin und setzte sich ihr gegenüber.

Lalix gab keine Antwort; sie drehte eine neue Karte um, dann eine andere, tippte sich plötzlich mit der Fingerspitze an die Stirn und rief:

– Mein Koffer! Ich habe meinen Koffer auf der Gepäckaufbewahrung vergessen!

– Ich werde ihn holen gehen. Auf welchem Bahnhof?

– Lassen Sie nur, ich gehe morgen früh selbst.

– Wie Sie wollen.

Nach kurzem Schweigen fuhr Lalix fort:

– Es hat sich allerhand ereignet während meiner Abwesenheit.

– Oh, nicht allzu viel. Das Gebäude von gegenüber ist dem Hausmeister auf den Kopf gefallen.
– Und was ist aus Judex geworden?
– Er ist tot?
– Und Sie? Die Malerarbeiten?
– Ich bin arbeitslos.
– Na, dann ist doch allerhand passiert während meiner Abwesenheit.
Nach kurzem Schweigen fuhr Cidrolin fort:
– Armer Kerl.
– Wer denn?
– Der Hausmeister.
– Warum armer Kerl? Ein Nerventöter und ein Mörder.
– Er ist immerhin tot.
– Sicher, das ist kein Grund zum Lachen, aber man wird ohne ihn auskommen. Wir können ja nichts dafür.
Sie nahm eine Zigarette und zündete sie an. Sie fügte hinzu:
– So schlecht war die Bauweise dieses Hauses wohl auch wieder nicht. Es ist bestimmt nicht von allein eingestürzt. Oder?
Nach kurzem Schweigen antwortete Cidrolin:
– Ich bin Maler, ich bin kein Architekt.
Er lächelte ernst und schloß:
– Wirklich: wir können nichts dafür.
Lalix zerdrückte ihre kaum angerauchte Zigarette im Aschenbecher und sagte:
– Ich werde das Abendessen richten.
– Es sind noch Kaldaunenwürstchen im Kühlschrank, sagte Cidrolin, aber ich konnte mich nicht dazu aufraffen, Brot kaufen zu gehen. Soll ich noch gehen?
– Nicht nötig. Wir kommen auch so aus.
Lalix steht auf, legt die Karten und den Filz an ihren Platz; als sie auf der Türschwelle ist, schlägt Cidrolin vor:
– Wollen wir nach dem Abendessen ins Kino gehen?

Als sie heimkamen, fanden sie die Pferde an Deck des Kahns und ihre Gäste in der Kajüte. Cidrolin sieht nach, wie es ihnen geht.

– Wir haben Verdruß gehabt, rief der Herzog munter. Der Pferdeouagen ist bei dem Einsturz zerdebbert worden! Ein riesiger Tragstein ist draufgefallen. Könnten Sie Sthenes und Steph nicht im Kielraum unterbringen?

– Das könnte man arrangieren, sagte Cidrolin.

– Das ist noch nicht alles, fuhr der Herzog mit der gleichen Munterkeit fort. Ein paar Bruchsteine haben auch meinen Ouagen ruiniert: man kann sagen, daß er völlig und total unbrauchbar ist. Da die alte Packzu heute nachmittag mit ihrem eine Panne hatte, frage ich mich, wie wir wieder heimkommen sollen.

– Hatten Sie die Absicht, heimzufahren? fragte Cidrolin.

– Und die da, fügte der Herzog hinzu und überhörte diese Frage, haben ihr Rad um die Ecke gebracht.

– Ein Motortandem, sagte Abbé Riphinte.

Als er nachzählte, stellte Cidrolin fest, daß aus seinen vier Gästen sechs geworden waren.

– Ein ausgezeichnetes Fahrzeug, sagte Monsignore Biroton.

– Es gibt gar keine besseren, sagte Abbé Riphinte.

– Eine italienische Marke, sagte Monsignore Biroton.

– Wir haben es in Trient gekauft, sagte Abbé Riphinte.

– Ja, sagte der Herzog. Sie kommen vom Konzil zurück.

– Wir haben dort einige Thesen über den Monotheismus der prähistorischen Völker dargelegt, sagte Monsignor Biroton.

– Ihre Wandmalereien sind der eindeutigste Beweis dafür, sagte Abbé Riphinte.

– Und Ihre Braut? fragte der Herzog Cidrolin und schnitt den Priestern das Wort ab. Ist sie nicht da?

– Doch, doch, sagte Cidrolin. Sie war müde. Sie ist zu Bett gegangen.

– Ich verstehe das, sagte der Herzog. Die Aufregung.
– Ganz richtig, sagte Cidrolin, der noch hinzufügte: Ich werde mich um Ihre Tiere kümmern.
Und er ging hinaus.
Nachdem er die Öffnung des Kielraums freigemacht hatte, nahm er die Stellung des stehenden Denkers ein und behielt sie so lange bei, daß er schließlich eine Stimme hörte, die zu ihm sagte:
– Sie brauchen nur eine ziemlich breite Planke hinzulegen, dann rutschen wir.
Cidrolin dehte sich um; die beiden Pferde sahen ihn an und sonst niemand.
– Und um wieder raufzukommen? fragte er. Wie wollt ihr das anstellen?
– Tja, dazu brauchen wir natürlich einen Flaschenzug und einen Bauchgurt, antwortete Sthenes. Und eine gewisse Menge Kraft, deren Maßeinheit von nun an meinen Namen tragen wird, der darin dem Newtons tausendmal überlegen sein wird.
– Wenn ihr mal drin seid, kanns passieren, daß ihr drin bleibt.
– Sie werden schon klarkommen. Im Augenblick haben wir jedenfalls keine Lust, die Nacht draußen zu verbringen, vor allem, wenn es anfängt zu regnen. Nicht war, Steph?
Da Cidrolin sich nicht rührte, ergriff Sthenes wieder folgendermaßen das Wort:
– Es wird spät. Wenn Sie richtig suchen, müssen Sie so was doch finden, eine Planke, die breit genug ist. Die zum Beispiel, die als Steg dient.
Cidrolin tat, wie Sthenes ihm gesagt hatte.
Sobald die Pferde untergebracht waren, ging er zu Bett.

21

Als Cidrolin am nächsten Morgen an Deck stieg, erblickte er den Herzog, der mit einem Küchenmesser die Taue durchschnitt, während von Packzu und die Priester mit Hilfe von Stangen den Kahn mühsam vom Ufer abstießen.

– Darf man wissen, was Sie da tun? fragte Cidrolin höflich.

– Ich fahre nach Hause, sagte der Herzog.

Da Cidrolin sich anschickte, ein paar zusätzliche Fragen zu stellen, sagte der Herzog herrisch zu ihm:

– Darüber werden wir später noch reden.

Cidrolin kratzte sich am Kopf, ging in die Kajüte zu Lalix, die gerade Kaldaunenwürstchen grillte.

– Na, sagte sie, machen wir eine Reise?

– Es sieht so aus.

Mehr sagten sie nicht zueinander. Darauf betrat Cidrolin die Kajüte. Er fand dort mehrere Damen oder Fräuleins, die schweigend auf das Frühstück warteten. Auf die Brücke zurückkehrend bemerkte er, daß seine Gäste sich unaufhörlich vermehrten. Der Herzog gab Befehle, rief Neuankömmlinge an. Das letzte Kabel war durchschnitten worden, der Kahn entfernte sich vom Ufer. Cidrolin machte kehrt und begab sich wieder in die Küche. Die anderen beachteten ihn nicht. Er nahm Lalix am Arm und zog sie an Deck.

Langsam fuhr der Kahn flußaufwärts. Der Herzog hatte sich ans Steuerruder gestellt und schien an dieser Beschäftigung ein großes Vergnügen zu finden. Er erblickte Cidrolin und Lalix, die in das Rettungsboot stiegen und es losmachten; sie hatten bald das Ufer erreicht und verschwanden.

Darauf begann es zu regnen. Es regnete tage- und tagelang. Es gab so viel Nebel, daß man nicht wußte, ob der Kahn vorwärtsfuhr, rückwärtsfuhr oder auf der Stelle stehenblieb. Schließlich strandete er an einer Turmspitze. Die Passagiere gingen an

Land, Sthenes und Steph nicht ohne Mühe; sie waren, die Armen, sehr mager und sehr müde. Das Wasser hatte sich in seine gewöhnlichen Bette und Behälter zurückgezogen, und die Sonne stand schon hoch am Himmel, als der Herzog am nächsten Tag aufwachte. Er näherte sich den Zinnen, um mal kurz ein kleines bisserl die historische Lage in Augenschein zu nehmen. Eine Schlammschicht bedeckte noch die Erde, aber hier und da blühten schon kleine blaue Blumen auf.